A Última Nota

A Última Nota

Felipe Colbert   Lu Piras

CAPA E DIAGRAMAÇÃO
Felipe Colbert

REVISÃO
Felipe Colbert
Lu Piras

Este livro está em conformidade com o novo Acordo Ortográfico da Língua Portuguesa.

Colbert, Felipe
    A última nota / Felipe Colbert & Lu Piras — São Paulo, SP : Cadmo, 2017.

    ISBN: 978-85-68758-12-0

    1. Ficção brasileira I. Piras, Lu. II. Título.

CDD-869.93

Índices para catálogo sistemático:
1. Ficção : Literatura brasileira 869.93

Capítulo 1

"Você não deveria se sentir assim, Alícia!", disse para mim mesma.

Minhas mãos suavam desde que entrei no Salão Leopoldo Miguez. Havia outros trinta alunos se preparando para o penúltimo ensaio antes do concerto da Orquestra dos alunos da graduação, mas eu devia ser a mais nervosa de todos. Podia experimentar a apreensão chegando aos meus ouvidos na vibração aguda das cordas dos violinos, na afinação harmoniosa dos demais instrumentistas, tudo isso somado à cadência descompassada do meu ritmo cardíaco.

Bem, eu estava nervosa, mas nem por isso, menos inspirada.

Meu avô, o violinista grego Amadeus Mastropoulos, se me visse agora, estaria orgulhoso de mim. Eu tinha o privilégio de estudar na Escola de Música da Universidade Federal do Rio de Janeiro e, pela primeira vez, me apresentaria como primeiro-violinista. Eu havia conquistado o lugar de *spalla* da minha turma e, de agora em diante, seria a última a entrar no palco e quem sentaria na primeira estante, à esquerda do maestro. Além disso, ainda faria uma apresentação solo durante o concerto, que ocorreria em uma semana.

As apresentações da turma de graduação sempre foram bastante requisitadas. Modéstia à parte, os graduandos possuíam uma belíssima orquestra de cordas, que incluía primeiros-violinos, segundos-violinos, viola, violoncelo e contrabaixos, além da harpa, conduzida por minha melhor amiga, Caroline Diaz. Isso tudo sem falar nos outros instrumentos. Juntos, nós costumávamos fazer belos espetáculos; e agora que minha responsabilidade aumentara, esperava que o próximo não fosse menos grandioso.

Como parte das minhas recém-adquiridas obrigações, verifiquei se o naipe das madeiras já estava composto e preparado, bem como a família dos metais. Cumprimentei com um aperto de mão o pianista sentado ao *Steinway* de cauda e sentei no meu lugar. E antes que eu pudesse, mais uma vez e sempre como se fosse a primeira vez, agraciar meus sentidos com a beleza requintada da decoração e com a acústica do ambiente, fui despertada pela mão pesada do professor de Prática de Orquestra e nosso maestro, Oscar Tavares, pousando em meu ombro direito.

— Hoje iniciaremos pelo seu solo — disse ele, sorrindo como um cobrador de impostos.

Eu devolvi o sorriso, satisfeita por não estar com meu violino aprumado e por ele não ter esbarrado no meu instrumento.

Pousei o estojo nas pernas e retirei-o cuidadosamente. Estiquei as costas, ajeitei o violino sobre o ombro com a espaleira e, sob os olhos e ouvidos minuciosos de Oscar, posicionei o arco sobre as cordas, preparando-me para o solo.

Quando ele fez o sinal, eu comecei.

A peça *Nocturne*, de Chopin, era uma das minhas prediletas. Eu estava à vontade com a partitura e acompanhava as notas conduzindo o arco precisamente pelas quatro cordas. Já havia ensaiado aquela música algumas vezes e me dava ao luxo de desviar os olhos de vez em quando. As nuances musicais se revelavam conforme eu sincronizava os movimentos das mãos e a melodia ganhava corpo enquanto eu lhe emprestava a minha alma.

Foi quando eu me empolguei demais e errei feio.

Ok, não tão inspirada assim!

Oscar desceu do tablado de madeira. Parou à minha frente, falando e gesticulando rudemente. Tudo o que eu fiz foi erguer os olhos para o afresco de Carlos Oswald sobre a minha cabeça. As palavras ecoavam pelo salão. Eu não acreditei que ele estivesse fazendo aquilo, mas Oscar nunca deixava passar uma oportunidade de constranger um aluno diante dos colegas. Ou melhor, não perdia a chance de exercer seu autoritarismo, mesmo que isso implicasse interromper um ensaio que prejudicaria outros trinta alunos, por causa de um aluno apenas.

Não tive coragem de olhar para Carol, mas tinha certeza de que, assim como eu, ela tinha vontade de apertar o pescoço de Oscar.

Ele me recordava de que agora eu era *spalla* e que isso significava cobrança redobrada em cima de mim. Eu estava ciente disso, é claro. No entanto, isso não lhe dava o direito de me repreender diante de um au-ditório quase cheio. Talvez ele achasse que eu me importava com sua pessoa, mas, naquele dia, nada me importava senão concluir o solo. Não por mim, não por Oscar ou pela nota que fosse me atribuir.

Meu avô estava ouvindo. Tinha certeza disso. E seria por ele, como sempre foi. Principalmente por ele.

Capítulo 2

Carol e eu caminhávamos para fora do Salão Leopoldo Miguez, em direção ao *foyer*. O estojo do violino estava mais pesado que o normal. Minha cabeça latejava e eu inutilmente massageava as têmporas, quando ela disse:

— Talvez o cara esteja assim porque é noite de lua cheia... — Ela arreganhou os dentes, numa careta impossível de reproduzir em palavras.

Esbocei um sorriso tímido. Carol havia dito aquilo num tom incontestavelmente engraçado, mas tinha certeza que, se não estivesse com as mãos ocupadas com tantas partituras, estaria balançando meus ombros para me animar.

— Estou com saudade do meu avô. Eu queria tanto que ele pudesse ouvir... que ele soubesse.

Ela puxou o meu braço para que eu parasse e a escutasse.

— Ele sabe! Onde quer que ele esteja, ele vê e ouve tudo. E está muito orgulhoso de você!

Eu olhei melancolicamente para ela. Às vezes, a maneira como Carol proferia suas observações tornava um pouco mais difícil o que eu desejava colocar para fora.

— Hoje faz um ano da sua morte — comentei. — Você sabe, meu avô foi um grande violinista e chegou a se apresentar com a Filarmônica de Berlim. E eu pretendo seguir os passos dele. Se aquele Oscar deixar...

Carol me interrompeu:

— Fala sério! O "Ogroscar" não é ninguém para impedir seu sonho. Você conseguiu a posição de *spalla* na nossa Orquestra, não é? É seu mérito e ele tem que engolir. Isso é para ir se acostumando porque, um dia, todos irão vê-la como *spalla* da OSUFRJ!

Liberei um sorriso um pouco mais animado. Não tinha como deixar de me embalar pelas palavras otimistas de Carol. E assim, sem dizer mais nada, voltamos a caminhar.

Quando estávamos no hall da Escola de Música, senti meu corpo inteiro travar, como se dois tentáculos me prendessem pela barriga. Carol elevou as sobrancelhas, girou os olhos e esticou um sorriso frouxo. Só de ver sua expressão, eu já sabia de quem se tratava...

Theo.

Sempre que ele se aproximava, ela fazia aqueles gestos extravagantes. Meu namorado tinha o dom de afastar as pessoas de mim. Carol só não se afastava porque era a minha melhor amiga e, como ela mesma dizia, melhores amigas suportam os namorados grudes das melhores amigas. E eu não iria discordar.

Theodoro, como muitas vezes, havia decidido me buscar de carro na faculdade. Desde que ganhara o Ford do pai, andava mais exibido do que o habitual. Ele não perguntou nada sobre o ensaio. Ainda bem. Não tinha o menor ânimo para conversar sobre aquilo. Na verdade, o que eu mais queria agora era ter um tempo só para mim, mas isso era um privilégio raro entre os Mastropoulos.

As famílias gregas mais tradicionais costumam fazer suas refeições sempre reunidas. No nosso caso, sempre que o movimento do nosso restaurante baixava, subíamos para casa e nos sentávamos à mesa até se esgotarem as comidas dos pratos. Como comerciantes, meus pais sempre foram contra o desperdício. Como bons gregos, havia sempre fartura em casa.

Até hoje, não sei como consegui manter minha cinturinha invejável.

Nos despedimos de Carol e seguimos de carro para minha casa. Quando chegamos, percebi logo o cheiro de *Moussaka*, um prato típico grego cuja aparência lembra uma lasanha, composto por berinjela, carne picada, manteiga e especiarias. Por alguma razão que eu preferia não cogitar, mamãe havia preparado o prato preferido de Theo.

— *Kalispéra sás!* — ele saudou o "boa tarde" carregando no sotaque, ao pisar em casa.

— *Kaliespéra sás*, Theo! — cumprimentou mamãe, antes de dar um longo abraço nele e beijar minhas bochechas com força.

Papai também abraçou Theo. Os três pareciam uma família feliz. Já eu, me sentia um pouco de fora. Para falar a verdade, talvez eu *quisesse* estar de fora, especialmente no dia de hoje. Mas em poucos segundos, papai já tinha me envolvido num exagerado abraço quádruplo. Quando o intenso calor humano grego cessou, todos nos sentamos à mesa. Eu estava com planos de ficar só na salada, mas Theo se encarregou de encher meu prato com a *Moussaka*.

Ele se sentia tão em casa que me incomodava. E eu não me sentia à vontade quando ele ficava à vontade demais.

Mamãe e papai adoravam comer. Não foi à toa que os dois abriram um restaurante. Eles sempre valorizaram bastante as tradições gregas e, por isso, deram ao estabelecimento o óbvio nome de Parádosis (ou "Tradição"). Nas minhas horas vagas, entre as aulas e outros afazeres, eu trabalhava no restaurante fazendo um pouco de tudo, com exceção do menu e das finanças. A primeira tarefa era exclusiva da D. Artêmia, minha mãe. A segunda, do Sr. Egídio, meu pai. Eles tinham uma ótima relação com a vizinhança e com os fornecedores. Nossa família fazia parte de um círculo seleto e, por que também não dizer, secreto. Por conta disso, eu sempre soube que estava destinada a me casar com um membro deste círculo.

As famílias greco-brasileiras mais numerosas ficavam no Rio de Janeiro e em São Paulo. Theo, paulista, estava no Rio para estudar. Nos conhecemos quando ele, já metido à jornalista (mas ainda estagiário) no jornalzinho informativo *O Leopoldo* fez uma entrevista com a orquestra de graduandos da Escola de Música. Ele tinha uma lista de perguntas já elaborada que repetia a todos os alunos. Quando chegou a minha vez, ele mudou todas as perguntas. Nada sobre violinos ou gostos musicais. Ele já sabia à qual família eu pertencia, sem que eu o tivesse visto um dia sequer da minha vida. Perguntou apenas sobre tradições de família. Quando me dei conta, eu estava sendo sabatinada por ele como se fosse uma entrevista de casamento. A certa altura, quando esperava por alguma pergunta sobre dote ou algo parecido, ele simplesmente perguntou: "Você aceita jantar comigo esta noite?"

Bem, eu tinha dezoito anos, havia acabado de entrar na faculdade, ele era bonito, galanteador e... grego como eu. O primeiro jantar foi na casa dos meus pais e foi amor à primeira vista (entre eles). Seguiram-se muitos outros até que a família de Theo veio ao Rio me conhecer. Isso foi há um ano, um pouco antes de meu avô Amadeus morrer. Desde então, nosso relacionamento ficou mais sério e eu já começava a me acostumar com o nome Alícia Mastropoulos Papadakis.

Hoje, depois de quase três anos de namoro, eu só me permitia pensar até aí.

Theo, para variar, soltou um de seus galanteios à mesa, ainda terminando de mastigar:

— Estava tudo delicioso, D. Artêmia.

— Obrigada, Theo. Eu tinha certeza de que ia gostar.

— Por acaso hoje é uma ocasião especial? — interrompi.

— Toda refeição é especial — filosofou meu pai.

— Por falar nisso... como está a agenda dos seus pais? Precisamos marcar a festa de noivado — completou minha mãe.

Eu quase engasguei com pequeno pedaço de queijo feta que tinha acabado de levar à boca. Antes que pudesse dizer algo, Theo soltou do meu lado:

— Meu pai está numa viagem de negócios à Atenas e só regressa da próxima semana. Eu falarei com ele assim que chegar.

Minha mãe sorriu discretamente, mas ela nunca conseguia disfarçar seu entusiasmo em arranjar o casamento de sua única filha com o filho de um ricaço da construção civil. Ela sempre me falou que uma moça grega deveria se casar com um rapaz grego de *boa* família — com ênfase em boa —, ter filhos gregos e viver para sua família grega. E eu só comecei a entender a importância destes valores para os Mastropoulos quando eles conheceram os Papadakis.

Meus pais tinham orgulho de ser comerciantes e gerir um dos restaurantes típicos mais tradicionais da cidade, mas nunca aceitaram bem a minha faculdade de música. Eles não queriam uma profissão para mim. Para eles, eu deveria me preocupar apenas em encontrar um bom partido. Pode parecer um pensamento antiquado para os brasileiros, contudo, ainda é muito presente na cultura grega. Sendo assim, D. Artêmia e Sr. Egídio só pararam de pegar no meu pé e começaram a aceitar a minha faculdade quando eu lhes apresentei Theo. De certa forma, o enlace entre as famílias sempre foi uma perspectiva conveniente para mim, pois eu nunca teria que abandonar a minha carreira. Por consequência, eu nunca me separaria do vínculo mais importante que tinha com meu avô.

Assim, deixei que eles continuassem decidindo sobre o meu futuro. E fiquei observando a *Moussaka* esfriar no meu prato.

Capítulo 3

Sempre que eu caminhava pelas ruas do Catete, as lembranças de meu avô ficavam mais vívidas. Um ano havia passado e sua fisionomia ainda marcava minha mente como se estivéssemos conversando lado a lado. E mesmo que cada passo dessa lembrança doesse com profundidade, ainda assim, eu não desejava esquecer nada sobre ele.

Da minha casa no Cosme Velho até a casa dele (agora, casa da minha avó Cecília), era um pulo. Eu pegava o ônibus e, em quinze minutos, aportava por lá. Todas as terças-feiras eu tinha o hábito de visitá-la. Eram os dias de feira, que alteravam a rotina do bairro; e a minha, também.

Do ponto de ônibus, avistei minha avó passando pelas barracas de frutas, carregando um saco de maçãs no braço esquerdo e duas bolsas de legumes e folhas no carrinho. Mantinha a coluna ereta no corpo esguio e magro como o de uma bailarina. Sempre saudável, conservava a beleza nos traços na idade e, acredite, até mesmo nos longos cabelos brancos. Embora a família pouco soubesse sobre a sua origem, sabíamos que a pele clara, os cabelos loiros da juventude e os olhos azuis não eram gregos.

Eu não me conformava por não ter herdado a aparência de vovó. Eu era a cópia da minha mãe, quando jovem, grega até a ponta do nariz. Pele no tom suave de um bronzeado natural, longos cabelos ondulados e castanhos, além de expressivos olhos negros. Eu os achava grandes demais, mas Theo já havia me feito aceitar que são bonitos não por serem negros, mas por serem gregos.

Sem que ela percebesse, me aproximei sorrateiramente pelas costas de vovó e agarrei a sacola de maçãs.

— A senhora não devia carregar tanto peso, mas é teimosa! — surpreendi-a.

— Alícia, minha querida! — Ela abriu um largo sorriso.

— Por que a senhora não me esperou? Sabe que este é o melhor programa da minha vida.

Caminhamos juntas pelas ruas do bairro onde ela e meu avô viveram, e depois, onde nasceu meu pai. Ali, meu avô comprou a casa de número 3 de uma pequena e bucólica vila, espremida entre dois prédios modernos. Recantos como este convivem com a selva de pedra da cidade, mas são cada vez mais raros. A vila do meu avô foi tombada e as casas preservam a mesma rebuscada arquitetura inglesa.

Eu gostava de imaginar como seria viver naquela época, onde tudo era mais romântico, elegante e harmonioso. Questionava frequentemente minha avó sobre seu passado, do qual ela se alegrava e contava histórias do tempo em que se considerava a pessoa mais feliz do mundo. Por ela, toda essa plenitude de felicidade se devia ao meu avô Amadeus.

— Vó, eu quero lhe fazer uma pergunta... — Eu equilibrava as sacolas, enquanto abria o portão da vila. Ela olhou para mim, entrou com o carrinho de feira e eu limpei a garganta antes de continuar: — A senhora me contou que o vovô, em certa época da vida, também foi compositor. Onde estão essas músicas?

Ela não disse nada até entrarmos em casa. Eu deixei as sacolas sobre a bancada da cozinha e ali encostei minhas costas, encarando vovó. Diante do meu silêncio, ela não teve escapatória:

— Eu não sei onde guardei isso, minha filha. São tantas pastas, é tanto papel...

Eu não insisti, o que não significa que havia desistido. Já previa que aquela pergunta, justamente por estes dias, provocaria a sua esquiva. A solidão, para ela, era como uma caixa minúscula onde sua alma vivia aprisionada, e ver as partituras de vovô neste momento a encolheria tanto que poderia fazê-la desaparecer. E para falar a verdade, nem eu mesma sabia por que aquilo havia surgido na minha cabeça tão de repente.

Aproveitei que ela preparava o almoço e liguei a tevê na sala. Disfarcei durante cinco minutos. Depois, me apressei em subir as escadas e procurar nos quartos. Vovó armazenava muita velharia nos armários de mogno, tão antigos quanto ela. Ela não jogava nada fora.

As partituras de vovô tinham que estar em algum lugar. Olhando para o amontoado de pastas e outros objetos antigos de gosto duvidoso, ousei pensar que, por serem lembranças especiais, não poderiam estar misturados com os outros pertences.

No quarto de vovó existia uma espécie de alçapão. Eu conhecia o esconderijo desde os meus sete anos de idade, quando brincava com os filhos dos vizinhos, que adoravam bisbilhotar ali. Eu não tinha esse mesmo interesse, mas podia admitir que uma casa com passagens secretas dava asas à imaginação de qualquer criança.

Afastei o tapete estampado com motivos geométricos gregos que cobria o alçapão e tomei coragem para puxar a fita que o abriria. Precisei colocar a mão no nariz para conter um espirro. Para a minha surpresa, era mais raso do que minha imaginação poderia supor durante todo este tempo. Quando a alergia cessou, tirei do nicho uma espécie de livro que parecia ter saído das profundezas de um navio pirata naufragado.

Não me atrevi a limpar o pó, embora tivesse tido esse impulso. O título — no centro da capa dura do livro, numa tipografia serifada medieval, gravada em baixo relevo e em tinta dourada metalizada —, estampava a palavra "Gratia". Eu sabia que *gratia* em latim significava "graça", por isso, fiquei intrigada com aquele nome. Abri o livro com cuidado e vi que, na verdade, era um caderno de partituras. Na primeira folha amarelecida pelo tempo, a letra do meu avô desenhava a palavra "composições", com sua assinatura logo abaixo.

Meu coração disparou. Minha vontade foi sair dali com o caderno debaixo do braço, mas contrariando meu forçado otimismo, admiti que ele era grande demais e que minha avó perceberia.

Comecei a folhear e separei algumas páginas coladas. Quando já estava mais ou menos na metade do caderno, uma das folhas caiu no chão. Fiquei em pânico pensando que a teria arrancado sem querer, mas não. Aquela folha estava propositalmente solta. Quando a peguei, senti nos dedos o papel diferente, com a textura grossa. Outra vez, li o nome "Gratia". Para estar separada, numa folha especial e ainda ter o mesmo título do caderno, devia ser a obra-prima do meu avô.

Não tive dúvidas. Corajosa e dolosamente, dobrei a relíquia e guardei-a no bolso da minha calça jeans.

De onde estava, já podia sentir o cheirinho do salmão com molho de hortelã e castanhas da minha avó se misturando ao cheiro de poeira e mofo. Deixei o livro na mesma posição, fechei o alçapão, cobri com o tapete e desci para a cozinha com a expressão dissimulada, de quem tinha pacientemente assistido ao desenho dos *Simpsons* na sala. Era a minha única oportunidade na semana de poder confortar meu estômago com algo que não fosse grego. Então, diante do semblante pacífico e inocente da minha avó, peguei os talheres e não deixei um grão de comida no prato.

Capítulo 4

No dia seguinte, a chuva desabou enquanto eu me deslocava para o ensaio. Mesmo acostumados a tempestades de verão, cariocas nunca parecem estar preparados. Para variar, saí de casa sem guarda-chuva, ainda que a moça da meteorologia tivesse avisado que seria um dia instável com pancadas de chuva pela tarde. Pois bem, até onde eu sabia, as tardes não começavam às nove horas da manhã.

Olhei pelo vidro da janela do ônibus sendo flagelado pela chuva e me encolhi no banco. Diminui o volume do meu iPod para ouvir melhor aquele barulhinho. A cortina de água transformava o mundo aos meus olhos numa pintura impressionista e as luzes dos faróis e sinais de trânsito refletiam nas gotas, criando um efeito interessante. Enquanto eu as observava deslizando preguiçosamente, deixava o vidro embaçado com minha respiração. Aproveitei e desenhei nele algumas notas da música que escutava.

Foi um verdadeiro milagre o ônibus conseguir chegar à Escola de Música. Quando adentrei, me deparei com uma poça no piso centenário do *foyer* do Salão Leopoldo Miguez. O prédio estava vazio, as salas de aula, fechadas, e o funcionário da biblioteca, a única alma que encontrei perambulando por ali, me avisou que o professor Oscar estaria no Salão. Ao escutar aquilo, minha destreza por ter chegado no horário quase mergulhou no meio da água empoçada. Ali estava eu, a única aluna da Escola de Música que havia conseguido burlar o fim do mundo, completamente encharcada e arrependida por ter que ficar a sós com Oscar.

Eu pensava sobre as minhas alternativas: entrar na jaula do leão como sua única refeição do dia ou dar meia-volta e encarar o Armageddon que acontecia lá fora. Minha escolha não demorou um segundo. Já estava prestes a enfrentar a tempestade, quando vi a fera surgir na porta do Salão e dizer:

— Senhorita Mastropoulos. Entre, por favor.

Sem alternativa, arrastei meus ossos para o interior do Salão, atrás dele. Torci para que todas as pinturas e esculturas acima da minha cabeça despencassem naquele instante, mas acontecimentos simplórios como este não deviam ocorrer por causa de pedidos vindos de jovens desafortunadas.

Oscar não subiu no tablado. Ele pegou uma cadeira e sentou-se na minha frente, o que me deixou em pânico. Depois cruzou as pernas e colocou as mãos atrás da cabeça, como se estivesse descansando na areia da praia.

— Vamos ouvir seu solo.

Emboscada, abri meu estojo e saquei o violino e o arco. Ajeitei-o sobre o ombro e esperei que ele fizesse o sinal para que eu começasse a tocar. Por algum motivo, ele ignorou completamente o protocolo. Respirei fundo e deixei que minhas mãos trabalhassem.

Nem em mil anos eu conseguiria explicar o que aconteceu em seguida.

Talvez por conta da minha expectativa aterradora ou talvez porque nada pior pudesse me acontecer naquele dia, Oscar ficou satisfeito com meu último ensaio antes da apresentação da Orquestra. Consegui surpreendê-lo, a ponto de fazê-lo comentar:

— Se tocar como hoje, Alícia, o concerto será um sucesso.

Depois de um elogio destes, arrumei minhas coisas e entrei definitivamente na chuva para me molhar.

No dia do meu aniversário, eu não estava muito animada para festa. Completar 21 anos não era diferente de completar 18, 19 ou 20. Eu pensei que de algum modo fosse me sentir adulta da noite para o dia, mas acordei me sentido mais infantil do que nunca. Eu queria colo, cafuné, sorvete e assistir ao filme mais cor de rosa que pudesse encontrar na locadora. Eu não queria pensar na vida.

A maioria veio com os dezoito, mas eu pouco tinha mudado desde então, exceto por um item que eu precisava agora carregar a tiracolo — mais conhecido pelo nome de Theo. Mesmo não sendo uma bolsa, sentia como se meu namorado vivesse pendurado em mim, e não me lembrava de nenhum outro acessório mais exibicionista do que ele.

Eu abri a porta do restaurante e encontrei os olhos castanhos de Theo por trás de um imenso buquê com brotos de rosa vermelha. Ele jogou o buquê nos meus braços e foi entrando sem cerimônia. Fechei a porta assim que todo o perfume entrou atrás dele. Logo suas mãos largas apertavam minhas costas num abraço sufocante. Ele me deixava sem ar e eu mal podia respirar com o excesso de perfume e as rosas fazendo coceira no meu nariz.

Theo me beijou ardente e voluptuosamente na frente de toda a minha família e amigos. Os beijos dele eram sempre assim, como toda ação exagerada em Theo. Ouvi alguns assobios que já sabia a quem pertenciam e uma salva de palmas quase generalizada. Fulminei Carol com os olhos. Todos já tinham parado de bater palmas e mamãe ainda continuava, como se estivesse à espera que o beijo continuasse.

Meus pais tinham convidado um grupo musical para tocar até o último convidado ir embora. Como eles estavam atrasados, alguns colegas da faculdade roubaram o violão e se apoderaram do piano de papai. O ambiente estava animado e todos conversavam nos mesmos grupos de sempre. A família da minha mãe enchia o restaurante e a casa sozinha. Além das tias que moravam em Copacabana, havia os marmanjos dos meus primos e a criançada que corria de um lado para o outro. Da parte de papai, sendo ele filho único, havia apenas seus amigos, quase todos empresários.

Vovó Cecília não havia comparecido. Eu entendia a causa. Eu a convidei como em todos os anos anteriores, mesmo sabendo que a relação dela com meus pais não havia melhorado. Fazia tempo que vovó não pisava por ali. Se estivesse presente, se sentiria constrangida em meio ao burburinho grego, especialmente, na presença de mamãe, que repetiria sua saudação seca e a ignoraria, como nas outras oportunidades. Uma cena que, definitivamente, eu não precisava rever, justo hoje.

Para os garçons contratados, a festa também foi um grande entretenimento. Eu os ouvia cochichando sempre que ia à cozinha buscar alguma coisa. Um deles quase derrubou uma bandeja de *kourabiedes*, meus docinhos de amêndoas preferidos, quando viu papai entrar em trajes típicos para dançar o vibrante *Maleviziotiko*, a dança típica da ilha de Creta.

Enquanto todos batiam palmas para o grupo que dançava, eu arrumava as flores que ganhei de Theo num jarro. Eram brotos jovens que eu gostaria de ver desabrocharem, no entanto, com o calor daqueles dias, talvez não resistissem até lá. Respirei-lhes o aroma e imaginei se fossem gardênias brancas, minhas flores preferidas. O Theo sempre se esquecia disso.

Ao retirar o celofane, tive cuidado ao segurar as flores, mas elas já estavam sem espinhos. O buquê se expandiu e eu pude ver, entre os caules nus, uma pequena caixa preta de veludo. Theo já estava ao meu lado, fazendo sombra sobre o arranjo. Ele não disse nada, mas eu percebia a expectativa no seu respirar mais ofegante. Abri a caixinha e vi o anel de ouro branco, sofisticadamente adornado com um diamante esculpido em forma de coração. Os dois quilates da pedra reluziam seu valor astronômico. O exagero era, sem dúvida, a marca registrada de Theo.

A música, de repente, havia cessado. Todos os olhos estavam voltados para nós dois. Ele ajoelhou-se sobre o joelho direito e, olhando fixamente para meus olhos, perguntou:

— Alícia Mastropoulos, você aceita se casar comigo?

O silêncio nunca havia sido tão ensurdecedor! Eu precisava da música, precisava preencher o vazio que eu sentia no peito. Mas o que estava pensando? Já tivera três anos para me preparar para isso. Eu sabia que esse momento chegaria e suspeitava que não passaria daquele dia.

Alguns sons impacientes começavam a se manifestar e eu continuava a olhar para Theo. Um pontilhado de suor tinha se formado em sua testa por conta do esforço que fazia ali ajoelhado e do nervosismo, provavelmente. Eu tinha que responder e libertá-lo de sua posição de cavaleiro medieval.

O suspense já havia tomado conta do seu semblante e o agravado de "média ansiedade" para "perigo de explosão". Foi quando mamãe, penalizando-se de Theo, perdeu todo o apreço pelo meu livre-arbítrio (se é que alguma vez o teve) e puxou um coro que pedia: "Aceita! Aceita! Aceita...". Todas as tias, os primos, amigos e até os músicos da banda se juntaram ao coro. Para tornar ainda mais dramático — como gregos adoram —, só faltava rufarem os tambores.

— Sim. Eu aceito.

Theo demorou para descolar o joelho da cerâmica e, pela fisionomia torcida, parecia sentir câimbras enquanto retirava o anel da almofada e suavemente o colocava no meu dedo anelar da mão direita. Uma salva de palmas dispersou os convidados.

Pelo resto da festa, esmerei-me para esconder a mão que brilhava, enfiando-a no bolso das calças sempre que podia. O anel era lindo e resplandecente, no entanto, pesado demais para as mãos suaves de uma violinista.

Capítulo 5

O sol agrediu meus olhos me obrigando a esconder o rosto no travesseiro. A cortina balançava com a brisa num vai e vem monótono. A luminosidade me lembrava de que eu tinha passado mais da metade da noite em branco pensando na cena em que Theo e meus pais haviam combinado para o pedido de noivado. Eu tinha certeza de que meus pais sabiam do pedido e que, daquele momento em diante, fariam de tudo para apressar o casamento.

Eu me levantei. Sem passar outra coisa pela minha cabeça, decidi me vestir e ir até a casa de vovó. Quando cheguei, notei que ela cuidava do jardim. Sempre distraída, não deu pela minha presença e eu agachei ao seu lado, de mansinho.

— Este jardim estava mesmo precisando de mais flores, vó!

— Alícia! Que surpresa! — Ela se virou com um sorriso esplendoroso.

— Deixe que eu faço isso, vó. — Tirei a pá de sua mão e comecei a amassar a terra. Ela havia acabado de plantar algumas mudas. De soslaio, percebi que olhou para o anel na minha mão direita. Não tentei disfarçar. E também não precisei gastar palavras explicando o que havia acontecido.

Ela simplesmente disse:

— Theo gosta muito de você.

— Eu não estou bem certa se sinto o mesmo que ele — respondi.

Ela não pareceu muito surpresa.

— Você não sabe se quer se casar...

— Vó, como soube que vovô era o homem da sua vida?

Agora sim, seu semblante não disfarçou a surpresa. Ela voltou a pegar a pá da minha mão para cavar mais um buraco na terra. Faltava ainda uma mudinha de planta. Suas mãos tremiam um pouco por causa da idade, mas ela fazia o trabalho bem depressa.

— Eu sempre soube. Mesmo antes de conhecer o seu avô, já sabia que ele era o homem da minha vida.

— Antes? Como isso é possível, vó? — instiguei. — Parece que a senhora está só poetizando...

— Minha história com seu avô foi como uma poesia, carregada de sentimento.

Sentimento e *mistério*. Eu sempre fui muito curiosa sobre a história deles, mas ela sempre evitava falar nisso. Primeiro, pelo fato de um grego tradicionalista ter se casado com uma mulher não-grega, o que era uma vergonha para muitos. Depois, porque a lembrança de vovô a magoava. E, ainda, talvez porque ela nem soubesse como começar a história.

— Eu gostaria de saber mais sobre o passado de vocês. Talvez isso me ajude a entender o que sinto de verdade e o que eu desejo.

— Eu queria poder ajudá-la, querida, mas meu amor pelo seu avô é algo incomum. A nossa história é diferente.

— Sim, foi um amor proibido...

— Não por ter sido proibido, mas por ter sido destinado.

— E o que o destino reservou para mim? Será que eu não poderei amar ninguém como a senhora amou meu avô? Não poderei viver uma história de amor como a sua?

— Não pense demais sobre isso. Seu coração mostrará o caminho quando chegar o momento. Pode ser que seja mesmo o Theo...

— "Pode ser?" — ironizei. — Não há mais ninguém na minha vida, vó.

— O tempo e o acaso não nos pertencem.

Minha avó estava especialmente filosófica — um sinônimo simpático que encontrei para "delirante" —, o que não ajudava em nada. Pelo contrário, só me deixava mais ansiosa. Como sempre, ela não foi adiante com o papo, e eu não insisti. Eu sabia que meu relacionamento com Theo não podia ser comparado com o dos meus avós; e, no meu íntimo, eu queria acreditar que o destino me daria um empurrãozinho também.

Ela se levantou devagar e eu ajudei-a a recolher o material de jardinagem. Pediu que eu regasse as novas flores, dizendo que me faria bem um pouco de primavera. Bem que eu gostaria de fazer o tempo passar mais depressa. Mas antes da primavera, ainda viria o inverno.

Capítulo 6

Enfim, havia chegado o dia do concerto.

Eu caminhava por dentro do Solar Henrique Lage faltando poucos minutos para a apresentação da Orquestra de Graduandos. A chuva que caiu durante a noite se encarregou de dar ainda mais exuberância ao verde da mata Atlântica que cercava o local. Por ser fim de semana, o parque estava cheio e havia muitas famílias fazendo piquenique no gramado da fonte. Os raios de sol que penetravam pelas brechas dos galhos e folhas das árvores centenárias criavam uma atmosfera lírica e aprazível. E eu seria capaz de compor uma música usando apenas o jogo de luzes e sombras que acompanhava meu percurso.

Toda apresentação, fosse ou não um mero ensaio, provocava um misto de sensações em mim, só que desta vez, a inspiração destacava-se sobre o resto. E isso se devia a uma expectativa que me tomou logo que me levantei naquela manhã. Eu não sabia por que me sentia assim, no entanto, o sentimento de que algo iria mudar minha vida se tornou mais forte quando entrei no solar.

Restavam poucos lugares vagos na plateia. Encontrei meus pais, mas não conseguia enxergar minha avó. Os colegas que haviam chegado afinavam seus instrumentos. Sentei na minha cadeira e organizei a ordem de partituras que iríamos tocar no concerto. O combinado era que meu solo com o *Nocturne* de Chopin fecharia o evento, por isso treinei algumas notas na minha cabeça enquanto tirava o violino do estojo.

No bolsinho ao lado do arco, vi a folha amarelada que encontrei na casa de minha avó, dobrada em quatro. Eu tinha tido a coragem de roubá-la, mas não tinha tido a coragem de tocá-la.

Com uma partitura em cada mão e o violino pousado na perna, ergui os olhos por um instante e vi o momento em que minha avó entrou no solar, conseguindo seu modesto lugar na última fileira à esquerda.

Inspirei contente e coloquei a partitura na estante.

Iniciamos a apresentação. Senti-me segura durante boa parte dela. O concerto, no geral, transcorria sem problemas, com o regimento do nosso professor Oscar. Somente quando chegávamos ao fim, o nervosismo me abraçou de forma mais intensa. A *spalla* entraria em ação a qualquer momento e o coração batia a mil por hora.

Quando ouvi meu nome e levantei, quase me esqueci de cumprimentar o *spalla* dos violoncelos. Fiz a vênia para a plateia, cochichei para o pianista e acenei para o maestro. Corrigi minha postura com o violino pousado sobre a clavícula esquerda e, diante da estante, deixei meu coração me guiar.

Eu comecei a tocar a composição de meu avô.

Ainda levou um tempo até Oscar desistir de reger *Nocturne*. Do tablado onde ele se posicionava, me enviou sinais que eu não queria interpretar. Carol, com sua harpa, sentava-se a poucos metros de mim e me observava com ar de espanto, bem como cada um dos seus colegas da família das madeiras. Na verdade, em cada rosto, havia uma expressão diferente que, juntas, poderiam compor um parágrafo inteiro de interrogações, exclamações e reticências.

Eu ainda não tinha tocado as três últimas notas e uma lágrima que teimava em cair, finalmente deslizou pelo canto do meu olho. Ela rasteou lentamente minha face esquerda e caiu sobre o violino. Delicadamente, correu pelo cavalete e se instalou no tampo, ressoando a amplitude da nota mais grave em vez da mais aguda.

Quando o violino silenciou, o mar de aplausos me confirmou que ninguém havia percebido meu deslize final. Não havia palmas contidas, não havia palmas ocas. Era uma ovação que eu não esperava e não precisava, porquanto tudo que eu quis foi homenagear meu avô. Para minha surpresa, a única pessoa que não aplaudia era vovó Cecília. Ao invés disso, ela simplesmente colocou a mão no peito, à altura do coração, a caixa de ressonância mais sonora e vibrante que existe. Eu quase podia ouvi-lo reverberando, acima de todos os aplausos. Eu quase podia vê-la chorar, emocionada. E então, disse para mim mesma:

"*Gratia*, vovô."

Capítulo 7

Arregalei os olhos. Foi minha única reação quando um Oscar-subindo-pelas-paredes-de-cócoras me entregou a nota da minha apresentação no dia seguinte. Eu não contestei, mas também não ouvi metade do que ele esbravejou. Ele me deu a nota que achou que eu merecesse por ter trocado as partituras e dispensado o pianista e o maestro, mas não levou em conta, nem para os décimos, que foi tudo um sucesso.

— E, *spalla* — disse ele, diante de toda a turma —, você terá que reconquistar esses pontos se quiser se formar.

Eu queria tê-lo respondido. Queria que ele soubesse que ponto nenhum valeria o momento em que descobri que o músico pode ser maior do que a música. No entanto, suas palavras rudes conseguiram me atingir antes que eu pudesse lhe dizer isso. Não havia mais nada de "meu" na vida que já não me pertencia, a não ser o bacharelato. E ele não iria me tirar isso.

Faltando meia hora para terminar a aula, percebi que não conseguiria mais segurar as lágrimas. Carol ouviu meu soluço, e eu me dei conta de que já deveria ter ido embora. Arrumei a pauta e as lapiseiras no estojo, coloquei a mochila no ombro e deixei a sala às pressas.

Eu corria pelas ruas desertas da Lapa, fungando sem parar e com a mochila descaindo do ombro, quando percebi o celular vibrando na bolsa. Imaginei ser Carol. Joguei a mochila no chão, sequei as lágrimas e atendi a chamada.

— Boa tarde, esse é o celular da... — houve uma breve pausa. — Alícia Mas...trop...oulos?

— Sim. Mastropoulos.

— Estou ligando do Hospital da Lagoa. Acabamos de receber a internação de um rapaz que não se recorda de nada. A única coisa que ele repete, sem parar, é seu nome. Você poderia vir até aqui?

Demorei para sintonizar as palavras *rapaz* e *hospital*, mas quando me dei conta, a única pessoa que me passava pela mente era Theo. Sem conseguir evitar, alguns acidentes recentes — um em especial, contendo o Ford de Theo e comprovando minha teoria de que ele andava exagerando em suas exibições —, tomaram minha mente num pulo.

Meu Deus, o que será que havia acontecido?

— Theodoro Papadakis? — Fez-se silêncio do outro lado e não insisti. — Ele... está bem? Está em algum quarto?

— Achamos melhor colocá-lo em observação. Quarto 222.

— Ok, estou indo agora mesmo!

Antes de sair, liguei imediatamente para o celular do Theo. Ele não atendeu. Insisti mais uma vez, sem sucesso. E meu sangue gelou, arrefecendo dos pés a cabeça.

Por causa do trânsito no túnel, demorei para chegar ao hospital. Não conseguia traduzir em palavras o arrependimento que eu sentia, tudo isso por causa dos pensamentos que andava tendo sobre Theo. Se ele estivesse gravemente ferido, poderia já ter morrido e eu nem chegaria a vê-lo.

Entrei afobada na recepção e perguntei pelo quarto 222, quando um médico que estava ao meu lado virou-se para mim, já com a mão estendida.

— Boa tarde, eu sou o Dr. Marcos Paulo Freitas, responsável pelo rapaz. Vamos lá?

A princípio, hesitei. Queria que me explicassem logo o que havia acontecido com Theo. Percebi o médico colocar a mão nas minhas costas e praticamente me empurrar pelos corredores.

— Aparentemente ele está bem de saúde, sem sinais de envolvimento em briga ou acidente. Fizemos alguns exames emergenciais para averiguar traumas ou lesões internas, mas não revelaram nada. Os resultados mais apurados estarão prontos amanhã.

Segurei o braço do médico, que acelerava cada vez mais o passo.

— Mas... espere aí, doutor. Como ele veio parar aqui? Por favor, me dê alguma orientação.

— Lamento, mas não tenho muitas informações. Ele foi encontrado por um jardineiro do Parque Lage. Quando a ambulância chegou, estava desacordado e completamente nu, deitado no centro do coreto. Não tinha roupas, nem pertences. Nenhuma documentação foi encontrada por perto. Nós imaginamos que poderia ter sido vítima de um assalto, mas os seguranças não viram movimentos suspeitos, portanto...

— No Parque Lage? — Foi tudo que eu retive.

Assim que adentramos no quarto, percebi-o escuro e com o odor viciado do hospital. Quando o médico abriu as cortinas, senti um arrepio na espinha.

Para minha surpresa, não era Theo.

Na verdade, eu nunca havia visto aquele rapaz na minha vida!

A luminosidade não o acordou. Ele estava deitado de barriga para cima, com um tubo de soro conectado ao seu braço direito. Eu me aproximei a passos leves para não despertá-lo. Quando cheguei ao lado da cama, ouvi a porta do quarto bater. O Dr. Freitas havia me deixado sozinha com o estranho.

Meus olhos percorreram cada centímetro do seu rosto. Um completo desconhecido, mas percebi que jamais o esqueceria. Uma beleza como a dele não era fácil de esquecer.

Meus lábios secos descolaram enquanto eu observava as curvas dos seus lábios. Tinha o nariz pequeno e retilíneo, as sobrancelhas grossas e uma parte da franja castanha que descaía sobre a testa. Eu podia fechar os olhos e desenhar seus traços na minha imaginação, mas não ficaria tão perfeito quanto a realidade. Por isso, eu não queria fechar os olhos.

Eu me aproximei devagar, observando seus detalhes mais de perto. Gravava cada linha de seu rosto em meu pensamento quando, de repente, ele abriu os olhos. Então, vi o tom de azul mais cristalino com o qual céu e mar nenhum poderiam rivalizar. Ele não era apenas um homem belo. Ele era um deus grego. E de deuses gregos, eu entendia muito bem.

Eu estava tão nervosa que comecei a delirar com meus pensamentos. Tive uma estranha vontade de rir da situação. Meu rosto tão perto do seu, e a imensidão azul dos seus olhos consumindo os meus.

— Alícia? — perguntou ele.

O romper do silêncio quebrou algum encanto que pairava entre nós e eu me afastei depressa.

— Como... como você sabe o meu nome?

— Eu não sei — respondeu ele.

Estreitei as sobrancelhas e cruzei os braços.

— Não sabe?! Quem é você?

Ele ficou mudo, me encarando.

— Olha, isso deve ser um tremendo engano — adiantei. — Eu vim aqui porque me ligaram do hospital. Se você não sabe quem é e não quer me explicar por que me chamou, então eu... então eu vou embora.

— Eu... não me lembro. Me desculpe...

— Tudo bem. Adeus.

Antes de lhe virar as costas e sair, avaliei a sua expressão e não consegui concluir nada, a não ser que ele parecia tão confuso quanto eu. Como eu havia sido tola! Haviam me chamado e eu, sem verificar direito, corri para dentro de um hospital, como uma louca. Odiava Theo por não ter atendido o celular e não ter me retornado até agora. Onde será que ele havia se metido? Seria alguma piada dele? Minha única certeza é que eu não tive nenhuma ligação anterior com o rapaz daquele quarto. Mas por que eu me sentia como se estivéssemos invadindo o espaço um do outro? Como se tivéssemos comungado para aquela situação? Além de uma situação estranha, foi muito desconcertante.

Sem conseguir evitar, um alerta vermelho piscava agora dentro de minha cabeça. E se Theo não tivesse nada a ver com isso? E se o rapaz fosse um maluco? Encontrado nu no coreto do Parque Lage? Que coisa absurda!

E, sem mais nada a fazer por ali, fui embora do hospital.

Capítulo 8

A manhã tinha sido movimentada no restaurante. Um grupo de empresários e políticos gregos estava na cidade para uma importante conferência internacional. Papai aproveitou para alugar os pobres — quer dizer, *ricos* —, cidadãos e não perdeu a oportunidade de colocar a conversa em dia e tecer algumas críticas à situação econômica e social da Grécia. Apesar disso, as gorjetas foram altas e papai exalava sua satisfação por todos os poros. A animação era tanta que ele resolveu colocar o CD de Melina Mercouri para tocar. Eu perdi um pouco do apetite, mas o carneiro assado com batatas estava tão perfumado de açafrão que eu não pude resistir.

Como quase nunca conseguíamos comer calados, pensei em contar o que havia acontecido mais cedo no hospital. Porém, minha mãe (como sempre) aproveitou a oportunidade e passou a minha dianteira, tratando com meu pai:

— *Agapité mou*, você não acha que precisamos estreitar ainda mais as nossas relações com a comunidade aqui no Rio? Estamos muito afastados do círculo.

— Afastados, Artêmia? Semana passada, recebemos a família Kazantzidis no restaurante e nem cobramos pela refeição! Agora é a vez de eles nos receberem.

— Mesmo assim, precisamos nos cercar mais de nossa cultura. Pela Alícia.

— Você quer dizer "nos fecharmos para o mundo", não é, mamá? — Segurei a primeira garfada no ar. — Por que não nos tornamos logo ortodoxos?!

— Você não entendeu bem, filha. Há certas influências de que não precisamos.

— Que influências?

Mamãe olhou para papai. Depois, limpou a boca no guardanapo rendado e respondeu:

— Eu acho que você passa tempo demais com sua avó. Se nos envolvermos mais com a comunidade, será melhor para você. Há muitos jovens e existem várias atividades culturais, principalmente nas férias. Você poderia se matricular nu...

Larguei os talheres no prato.

— Mamá!

Eu contive a língua e levantei bruscamente, quase derrubando a cadeira no chão. Meus pais se espantaram com minha atitude, mas como queriam que eu reagisse? Minha avó sempre foi a minha conexão com o mundo real quando não sou consumida pelos fictícios rituais gregos a que eles me obrigam desde pequena. Eu nunca me senti uma grega de verdade. Não nasci na Grécia! Eles haviam me imposto religião e tradições, mas eu já não era uma menina e exigia respeito. Senão por mim, pela minha avó Cecília, a quem o meu avô Amadeus escolheu para formar uma família. Se o meu avô não teve problemas em aceitar a minha avó como "estrangeira", por que meus pais tinham? E por que meu pai se subjugava tanto à minha mãe? Aquilo me tirava do sério.

Olhei firme para minha mãe. A perseguição dela à minha avó havia piorado bastante desde a morte de vovô. Joguei o guardanapo que estava no meu colo em cima da mesa, deixando bem claro a minha insatisfação. Por fim eu disse:

— Acho que vou para meu quarto.

Meus pais permaneceram sentados enquanto eu subia as escadas. E minha vontade de lhes contar sobre o hospital ou qualquer outra parte da minha vida havia sumido já no primeiro degrau.

Capítulo 9

O dia seguinte não era dia de feira, mas não importava. Acordei cedo, pois sabia que àquele horário encontraria minha avó na Igreja do Largo do Machado. A conversa com meus pais me deixou chateada e eu mal dormi pensando na desunião da minha família. Vovó fazia parte dela e eu não deixaria que a excluíssem.

Mirei suas madeixas brancas entre duas senhoras sentadas com lenços na cabeça, uma delas especialmente corcunda. Vendo tantas outras cabeças brancas e o padre no altar, num primeiro momento, me senti uma alienígena. Depois, conforme avançava pela nave da Igreja, via-me tomada por paz e conforto.

Uma senhora me deu passagem. Sentei-me bem atrás de vovó. Quando a missa terminou, eu a cutuquei de leve. Ela se virou e levou um susto, mas imediatamente me acariciou e disse:

— Você será sempre bem-vinda aqui, meu bem. Aqui e em qualquer lugar onde o seu coração queira estar.

— Ele quer sempre estar com a senhora.

Esperei as duas companheiras de missa se despedirem dela e irem embora, devagar. Nos juntamos e ela me abraçou. Engasgada com a conversa que tive com meus pais, contei tudo para ela. Ela não se surpreendeu, mas vi a tristeza passear nos seus olhos, o que me deixou mais irritada. Disse-me que meus pais só queriam meu bem, mas que nem sempre os pais sabem o que é o bem. Fiquei em silêncio, tentando compreender aquelas palavras. A meu ver, meus pais só tinham tempo e olhos para seus próprios umbigos. Ah, e também para o umbigo de Theo. Nesse intervalo de pensamento, devo ter demonstrado mais irritação, pois minha avó me carregou para fora da Igreja. Com poucos passos e mais uma meia dúzia de frases dela, eu já me acalmara. Ela sempre arrumava um jeito de acalmar meus ânimos. Simples, assim. E é por isso que eu disse que meu coração sempre queria estar com ela.

Caminhando pela rua, a sirene insistente de uma ambulância nos acompanhou durante quase toda a nossa trajetória até a vila. Os carros não lhe davam passagem e, ao contrário deles, que murrinhavam, eu e vovó aceleramos o passo.

— Vó, se alguém que você nunca viu, um completo desconhecido, aparecesse perguntando por você... o que você faria?

Minha avó arregalou os olhos. Imaginei se eu contasse que esse desconhecido apareceu nu, mas isso eu tinha vergonha de contar para ela.

— Como assim, querida?

— Ligaram do Hospital da Lagoa ontem dizendo que um rapaz foi encontrado no Parque Lage, chamando pelo meu nome. Achei que pudesse ter acontecido algum acidente com o Theo. A senhora sabe que ele vem aprontando ultimamente. — Nós paramos em frente ao portão da vila. — Mas não, não era ele. Era um rapaz que não conheço. Se eu soubesse que não era o Theo, não teria ido. Eu até pensei em ajudá-lo... mas a senhora acredita que ele não quis nem me dizer quem é?

Ela ficou muda, com a chave na mão balançando feito um pêndulo de encontro à fechadura do portão. Eu já ia tocar seu braço para despertá-la, quando ela disse:

— Você fez bem em ir lá, Alícia.

— Pois acho que não foi bom. Fiquei impressionada. Nem dormi direito por causa disso.

Minha avó sorriu brevemente, como se desdenhasse.

— Você é uma boa menina. É por isso.

Meia hora depois, eu estava com Carol no Hall da Escola de Música. Ela queria conversar sobre o meu desentendimento com Oscar, mas eu, já conformada com a situação, disse que o desentendimento vinha apenas da parte dele. Verdade. Se ele queria pegar no meu pé, não seria problema meu. Eu não era a *spalla* à toa, e nem mesmo ele, com toda sua presunção, conseguia ir contra isso.

No final, Carol sempre concordava comigo, principalmente quando eu estava exaltada. E falar do "Ogroscar" invariavelmente me exaltava.

Theo apareceu de surpresa. Hoje era dia de reunião com o grupo editorial do jornal *O Leopoldo*, no qual normalmente ele me buscava após o encontro. Ainda chateada com a sua displicência em atender o celular no dia anterior, tentei ser suave ao dizer que tinha um compromisso com Carol.

— Eu não posso ir com vocês?

— É programa de mulher! — respondeu Carol, depressa.

— Isso! — concordei, um pouco empolgada demais.

Theo ficou me encarando, desconfiado.

— Eu tinha planos pra gente hoje... — Ele tirou dois bilhetes do bolso e sacudiu na minha frente. — Mas se você prefere a Luluzinha a um cineminha com seu namorado, tudo bem.

Carol revirou os olhos e deu a língua para Theo. Ele inflou o peito e devolveu os bilhetes para o bolso, bastante convencido. Ele realmente achava que ia me carregar para assistir um filme de ficção científica com ele. Às vezes eu me indagava se ele estava me namorando, ou se ele namorava ele mesmo e eu era apenas sua amante.

Theo me deu um beijo e nos deixou sozinhas. Carol me perguntou para onde eu queria ir. Sem pensar muito, respondi que podíamos almoçar num quiosque da Lagoa. Ela estranhou o programa inusitado e, depois que escutei a mim mesma, eu também. Até que me dei conta de que a Lagoa não saía do meu pensamento. Mais especificamente, o Hospital da Lagoa. Mais especificamente ainda, um certo Apolo de olhos azuis. Eu suspirei com a mera lembrança. Eu não só me lembrava de cada traço do seu rosto como me sentia culpada por tê-lo abandonado quando eu era, assustadoramente, tudo o que ele tinha. E, por isso, fui assolada por uma culpa ainda pior do que os devaneios da minha síndrome da pós-adolescência retardada.

Escolhemos o quiosque árabe porque eu estava desejosa para comer algo que não fosse grego ou brasileiro, e vice-versa. Enquanto esperávamos nossos pratos e Carol falava sobre o último episódio da temporada de um seriado americano qualquer, meu pensamento não saía do rapaz do 222. A culpa foi me consumindo tanto que eu estava a ponto de explodir.

— Eu conheci um rapaz — falei, sem pensar muito.

Carol ficou estática. A garçonete trouxe nossos pedidos e nem assim ela se mexeu.

— Ah, você entendeu errado! Eu conheci um rapaz desconhecido que disse que me conhece. Melhorou?

— Do que você está falando?

—No dia seguinte ao nosso concerto do Solar do Parque Lage, uma coisa muito estranha aconteceu. Telefonaram do hospital dizendo que um rapaz tinha sido encontrado no parque, sem identificação, pelado e chamando pelo meu nome.

— Parei! O cara tava pe-la-do?!

Ela disse a frase tão alto que as três garçonetes do lugar olharam na nossa direção.

— Carol, me escute! O cara me conhece e eu não sei como, onde, nem por quê!

— Que doido isso! E como é esse cara? É gatinho? *Você viu o cara nu?*

Balancei a cabeça, sem acreditar. Ela riu. Depois, ficou pasma de novo.

— Você tem que voltar lá! Falando sério, Alícia, você abandonou o cara sem lenço nem documento num hospital público? Você é tão cruel assim, amiga?

— Você acha isso mesmo?

A culpa já transbordava em suor pela minha testa. O molho picante de alho ainda piorava a situação. Encarei minha melhor amiga, aguardando ela dizer que estava brincando comigo, mas não chegou nem perto disso. Não fiquei impressionada. Carol sempre tendia a me apoiar ou carregar para as ideias mais malucas possíveis, só que desta vez, achei que estávamos indo longe demais! Ou será que não?

— É, você tem razão, Carol. Eu devia ter tentado ajudar o rapaz — respondi. — Você não quer ir lá comigo?

Carol quase derrubou a cadeira ao se levantar num pulo. Ela pendurou a bolsa no ombro e perguntou:

— Quem paga a conta?

Chegamos à recepção do hospital e chamei pelo Dr. Freitas. Eu e Carol sentamos na sala de espera e ficamos ali, nos remexendo nas incômodas cadeiras por mais de vinte minutos. Comecei a importunar a recepcionista que já me olhava como uma carranca. Decidi resolver do meu jeito. Peguei Carol pelo braço e, como ainda me lembrava do caminho, fui direto e sem erro até a porta do quarto 222.

Eu mantive a mão repousada na maçaneta por vários segundos antes de abrir, o que irritou Carol. Ela colocou a mão sobre a minha e girou. A mola da porta fez um ruído que me incomodou e eu quis voltar atrás. Carol me empurrou e entramos juntas, de uma só vez.

Meu queixo quase caiu com a cama vazia e arrumada!

As janelas escancaradas e a entrada aberta produziram uma corrente de ar que fez com que a porta se fechasse num baque. Eu e Carol nos entreolhamos. Ela fechou a janela, enquanto eu voltei a abrir a porta. No mesmo instante, percebi Dr. Freitas andando pelo corredor. Corri atrás dele e encostei a mão no seu ombro. Ele se virou.

— Doutor, lembra-se de mim?

— É claro. Como vai?

— Estou bem — respondi, enquanto Carol se juntava a gente. — Doutor, onde está o rapaz que ficava no quarto 222? — Se minha voz soou preocupada, não foi impressão.

— O Sebastian? Ele foi para casa.

— Seb...Sebas...tian?

— Sim. Não é o nome dele? Uma pessoa da família esteve aqui. Acho que deixaram o hospital faz uma hora, mais ou menos — completou, baixando os olhos para anotar algo nas fichas que estavam em sua mão.

— Puxa, foi por pouco! — lamentou Carol, obviamente com as palavras "gatinho" e "pelado" ainda reverberando na sua mente. — Se não tivéssemos pedido a sobremesa, teria dado tempo.

— Doutor, ele... falou sobre algo? — perguntei.

— Como assim? — O médico voltou a me dar atenção.

— Quero saber se ele se lembrou de alguma coisa. Parecia bem confuso ontem... — *Isso para não falarmos de mim*, pensei.

— O paciente parecia sofrer de um quadro de amnésia pós-traumática, mas provisória. Neste caso, é normal não se lembrar de alguns fatos e pessoas. Mas vocês não conversaram? Não o conhece?

— Vocês não deviam tê-lo segurado por mais tempo? — interveio Carol, me salvando da pergunta.

Dr. Freitas virou-se para ela.

— A pessoa que veio buscá-lo assinou um termo de responsabilidade. Além disso, os exames não comprovaram nenhuma alteração fisiológica. Não havia necessidade de mantê-lo aqui. E logo o quarto será ocupado por outro paciente.

— É claro — disse Carol. — Bem, obrigada, doutor.

Carol me beliscou discretamente. Eu não conseguia perguntar mais nada. Agradeci ao Dr. Freitas e saímos juntas do hospital. Carol lamentou mais uma vez nossa falta de sorte, mas logo parou de comentar o assunto. Já eu, não conseguia agir com a mesma tranquilidade que ela, muito menos apagar aquele rosto da minha mente.

Sebastian. Então este é seu nome?

Enquanto pedíamos um taxi, eu lutava com duas sensações distintas: por um lado, sentia-me feliz por saber que o rapaz tinha uma família, que não era um João-ninguém. Por outro, continuava intrigada e bastante insatisfeita por não conseguir desvendar o mistério. E, para não dizer, com um ódio danado da sobremesa que comemos.

Capítulo 10

No dia seguinte, acordei completamente dispersa. Por distração, havia deixado passar dois ônibus e, quando entrei no terceiro, por pouco não me esqueci de descer no ponto da Escola de Música. A sorte foi que a senhora sentada ao meu lado havia reparado na pasta de partituras que eu segurava junto ao peito e me avisou.

Eu caminhava pelas ruas e, à medida que me aproximava do prédio da Escola de Música, todos os sons da Lapa silenciavam ao meu redor. Não por causa do som do meu iPod, mas dos meus pensamentos, que falavam alto demais.

Encontrei meus colegas no corredor, à espera de Oscar. Ele estava atrasado (fato raro, diga-se de passagem) e nenhum de nós tinha acesso à chave. Torci para que ele não aparecesse, pois era minha folga no restaurante e seria perfeito se eu pudesse ter todo o dia livre. Então, me perguntei para que precisaria do dia livre, se não conseguia me concentrar em nada. Talvez, a resposta estivesse justamente nisso. Eu precisava de um dia para pensar na vida. Isto é, pensar em tudo e não pensar em nada.

Carol chegou trazendo a chave e más notícias. Oscar estava estacionando seu carro e logo imaginei seu mau humor por causa do trânsito. Se bem que ele não precisava de motivo algum para estar mal-humorado.

Assim que ele abriu a sala, nós entramos e sentamos em nossos lugares. O burburinho dos colegas exaltados novamente me fez dispersar. Sequer percebi que Oscar havia chegado e estava fazendo a chamada.

— Alícia Mastropoulos? — chamou ele e, pela entonação, não deveria ser a primeira vez.

— *Presente!*

Oscar ergueu os olhos da pauta que segurava e os fixou em mim:

— Presente é o que teremos hoje, ao final da aula.

É claro que Ogroscar não perderia a oportunidade de se manifestar!

Odiei o trocadilho, mas ele prosseguiu a chamada, satisfeito. Deixei que continuasse assim. E, ao contrário do que eu supunha, ele estava torturantemente bem-humorado durante toda a aula. Apesar disso, eu gostava muito da disciplina e ousaria até dizer que era minha predileta.

Nos minutos finais, enquanto guardávamos nossos instrumentos nos estojos, ele pediu nossa atenção:

— Tendo em conta que alguns não alcançaram a média com o concerto, eu decidi dar uma segunda chance a todos vocês. Para não dizerem depois que estou de perseguição — eu podia jurar que vi seus olhos girarem na minha direção... —, *todos* poderão aumentar suas notas, se me entregarem, no prazo de um mês, uma peça para solista composta em forma-sonata de três movimentos.

Ok, agora tinha certeza que ele direcionava o trabalho hercúleo para mim, a única com nota vermelha na classe. Eu precisava apenas daquela notícia para acabar com minha dispersão do dia. Assim que ele terminou de explicar os detalhes técnicos — ou diria, sórdidos —, do relatório que precisaria acompanhar a composição musical, meia dezena de mãos foi ao ar, protestando. Oscar ignorou a todos. Eu fiquei quieta, tentando não piorar as coisas. Carol me atiçou com uma careta e eu sorri para ela, meio sem vontade. Para mim, não havia dúvidas: seria preciso fazer milagre para compor uma sonata de três movimentos em um mês. Ou, então, encontrar um bom e santo milagreiro.

Capítulo 11

O dia anterior, meu tão estimado dia de preguiça, afinal, não foi meu dia de folga. Por essa razão, decidi que não sairia do quarto até a hora do almoço, quando a Alícia-garçonete teria que entrar em ação.

Eu estava refestelada em minha cama, de barriga para baixo, estudando algumas peças de Bach e Mozart e indo muito bem até aquele momento. Começava a compor minha própria sonata quando ouvi a voz estrídula de D. Artêmia clamando por mim. A voz penetrou pela fresta da porta fechada do meu quarto e se amplificava conforme ela se sentia ignorada. Ainda eram 9h30, portanto, cedo para descer para o restaurante. Eu podia ser garçonete *part-time*, mas era filha em tempo integral. E mamãe fazia questão de me lembrar disso todos os minutos do dia. Bastava ficar em casa para ela assumir que eu estava de pernas para o ar. O fato é que estava mesmo e não pretendia me mover de posição.

Ela abriu a porta sem bater e ficou me observando, encostada à porta. Olhei para ela brevemente e voltei a atenção para as pautas.

— Não me ouviu te chamar, Alícia?

— Mamá, eu estou estudando!

— Tira esses fones de ouvido. Não seja mal-educada!

Voltei a olhar para ela.

— Disse que estou estudando. Eu preciso dos fones para estudar. Lembra? Eu estudo... *música*?

— Não seja sonsa, Alícia! Eu quero conversar com você.

O tom de sua voz costumava ser sempre imperativo comigo. Esse critério fazia parte do sistema rígido de educação que ela dizia ser fundamental para a manutenção da instituição da família grega tradicional e blablablá. Para que ficasse claro o que significava essa rigidez para D. Artêmia, eu não podia ter a chave do meu próprio quarto porque isso era uma afronta à sua autoridade matriarcal.

Ela não pediu licença para afastar meus cadernos e as pastas espalhadas ao meu redor e sentou-se ao meu lado. Tirei os fones, me endireitei e sentei com as costas no encosto da cama.

— Alícia, você já não é uma menina e não pode continuar se comportando como uma. Você agora é uma mulher e está noiva. Deve comportar-se como tal.

— Ahm... e como é que uma *noiva* deve se comportar, mamá?

— Como *não* deve, deveria ser a pergunta. Você não pode continuar agindo de maneira irresponsável, ignorando os costumes, vivendo como uma brasileira.

— O quê?! Eu sou brasileira! E não sou irresponsável!

Se a conversa não tivesse atingido um ponto dramático, eu até teria rido do meu comentário. Mas minha mãe persistiu:

— Com os assuntos da família, é sempre sim. Você só se preocupa com essa faculdade e se esquece de que o mais importante é pensar no seu futuro.

— Mas a faculdade é o meu futuro, mamá.

— Theo é o seu futuro. É no seu casamento com ele que você precisa focar cem por cento da sua atenção — disse ela, implacável. — Em breve, ele será sua família e você precisará transmitir aos seus filhos nossas tradições.

— Filhos? Não acha um pouco cedo para pensar nisso? Eu nem me casei ainda!

— Alícia, o que você sabe sobre nossas tradições? Você nunca se interessou pela história da nossa família...

— Não é verdade. Eu sempre me interessei muito.

— Pelo lado errado da família.

— O vovô Amadeus e a vovó Cecília *não são* o lado errado da família.

Ela não pestanejou nem por um instante.

— Quando seu pai se casou comigo, ele sabia que estava tomando a decisão de esquecer tudo que o afastava das tradições.

— Mamá, as tradições não se sobrepõem à família. Vovó Cecília é minha família.

— Isso não vem ao caso. Eu não quero falar da sua avó. Quero falar de você. Do que você deseja para a *sua* vida.

— Você disse muito bem, é *minha* vida. E o que eu desejo é problema meu.

— Não, não é, Alícia! Você está cansada de saber que a união entre os Mastropoulos e a família Papadakis não interessa apenas a mim e ao seu pai.

Balancei a cabeça.

— Eu não ligo à mínima para o que pensa ou deseja a família Papadakis.

— E também não se importa comigo ou com seu pai?

Não estava valendo a pena ter aquela conversa. Eu sabia que, dali em diante, nosso relacionamento só se agravaria e nós duas nos afastaríamos ainda mais do que sempre estivemos. Minha mãe erguera um muro em volta de si, um muro alto demais para que eu o transpusesse. Talvez ela quisesse manter esse distanciamento de mim. Talvez ela pensasse que o muro tivesse sido erguido por mim. Ela nunca se colocava na minha situação, em como eu poderia me sentir um peixe fora d´água na família. A verdade é que eu até preferia estar fora d´água a ser um peixe num aquário. Todo passo vigiado, todo gesto controlado, toda palavra deturpada, toda vontade reprimida... Minha única conquista, eu devia ao meu avô Amadeus, que plantara a semente do sonho dentro de mim. Eu nunca desejei nada que não fosse conquistá-lo. As conquistas dele sempre pareceram ser minhas próprias conquistas, e vice-versa. E, para isso, ainda que precisasse caminhar contra o vento, eu estava disposta a continuar sonhando.

Olhei desanimada para minha mãe e respondi:

— Mamá, eu entendi. Não precisa dizer mais nada. Agora, se não se importa, eu preciso continuar os estudos.

— Eu vou deixar você continuar com essa bobagem de faculdade. Mas você não pode me decepcionar, Alícia. Eu quero ver você ao meu lado enquanto eu decido os detalhes da sua cerimônia com o Theo. Quero total disponibilidade sua. Entendeu?

Eu fiz que sim, vencida pelo cansaço. Graças a Deus, ela saiu pela porta, antes que eu me jogasse pela janela.

Depois da conversa desastrosa com minha mãe, não consegui continuar os estudos para a sonata. Experimentei enfiar a cabeça no travesseiro algumas vezes acreditando que a escuridão e o silêncio me ajudariam a recuperar a inspiração, mas foi inútil. Mais triste do que amedrontada com a artilharia pesada de D. Artêmia, decidi procurar o Sr. Egídio. Apesar de ter também suas armas voltadas para a defesa do interesse da união entre Mastropoulos e Papadakis, meu pai não era tão rigoroso como minha mãe e pelo menos me ouvia.

Com a porta semiaberta, vi que estava em seu escritório e deduzi que podia bater. Ele não respondeu à minha primeira tentativa, mas na segunda, pediu que eu entrasse. Tinha os óculos de leitura presos às asas do nariz, as sobrancelhas quase formando um arco único e muitas rugas na testa. Diante deste quadro, concluí que ele devia estar fazendo os cálculos do balanço do mês.

— Desculpa interromper, papá. — Virei-me para a porta. — Eu volto em outra hora.

— Não, filha... sente-se — convidou ele, tirando os óculos e massageando os olhos com as mãos. — Eu tenho sempre tempo para você.

Como papai me fazia sentir diferente! Não me sentia tão acuada quanto na presença de minha mãe e sabia que podia lhe contar tudo, que não iria me repreender. Poderia não concordar comigo, mas nunca diria que eu estava totalmente errada.

— Sua mãe conversou com você? — perguntou, colocando os cotovelos sobre os papéis amontoados na mesa.

Aproximei a cadeira da mesa e respirei fundo.

— Sim, ela conversou.

— É sobre isso que quer falar comigo?

— Na verdade, pai, quero saber se você pensa como a mamãe.

— Sobre o quê?

— Sobre tudo. Você sempre concorda com ela, mas quase nunca emite sua própria opinião. Eu queria saber qual é.

Foi sua vez de respirar fundo.

— Alícia, minha filha, eu tenho uma opinião sobre tudo. Na maioria das vezes, coincide com a da sua mãe.

— Isso dificulta um pouco nosso diálogo... — Pus as mãos nos braços da cadeira para me levantar.

— Você já vai?

— Eu não quero ouvir o mesmo papo de tradição que mamãe vive repetindo. Eu sei por que é importante para ela. Eu queria apenas entender por que é tão importante para você.

— Você não quer se casar com o Theo, é isso?

— Não, não é isso... — *"É, talvez seja isso também"*, disse para mim mesma. — É que eu me vejo na mesma situação que você. Mamãe conseguiu afastar você da vovó Cecília e agora ela quer fazer o mesmo comigo. Por que deixou que os vínculos da família dela se sobrepusessem aos laços da sua família, pai?

— Alícia, você não sabe o que está dizendo. Sua mãe não me afastou de ninguém.

— Então, você quis se afastar?

— Eu não me afastei. Por que diz isso?

Eu joguei meu corpo para frente. Os pés da cadeira arranharam o chão.

— Como não? Minha avó nem pode entrar nessa casa. Desde que vovô morreu, você nunca foi visitá-la no Catete! — exasperei.

— Você está começando a se exaltar, filha.

— É claro! Você é filho dela. Como pode dar às costas à sua mãe? Só para não ter que justificar o fato de ela não ser grega para as famílias do círculo... Isso é ridículo!

— O que você está dizendo, Alícia? De onde tirou isso?

— Eu *concluí* isso.

— Mas está errada.

— Então, o que está certo? O senhor é que não está.

Ele esfregou a testa e virou sua cadeira para a janela atrás de si. Percebi que não queria me olhar nos olhos.

— Você não sabe da história. Não entende.

— Não, eu não entendo mesmo. Por que não me explica?

Ainda de costas, ele suspirou e disse:

— Quando eu me casei com a sua mãe, nossos votos foram no sentido de construir uma família com bases sólidas, reais, duradouras. Uma família que valorizasse as tradições e que as preservasse para as futuras gerações. Algo que seu avô Amadeus deixou que se perdesse quando conheceu sua avó. Eu não quis começar minha família com a sombra do que meu pai se tornou por causa de sua avó.

— Como assim?

Finalmente meu pai se virou. Tentei disfarçar minha expressão pasma. O que ele queria dizer?

— O amor de seu avô por sua avó o afastou do círculo, dos amigos, da vida. Ele vivia para ela.

— E para você! Ele viveu para a família, pai. Não transforme o amor deles em algo egoísta. Eu sei que não foi assim.

— Sua avó foi egoísta. Ela não deixou que seu avô me educasse nas tradições.

Percebi que mamãe havia feito a cabeça dele, e eu não conseguiria desfazer uma lavagem cerebral de anos de matrimônio em apenas uma conversa. Mas eu podia tentar.

— Papá, todos nascemos com livre-arbítrio. Ela queria apenas que você escolhesse.

— E eu escolhi.

— Afastar-se dela.

— Foi melhor assim. Para ela, principalmente.

Eu me calei. Levantei e dei um beijo na bochecha do meu pai. Ele trazia tanta amargura no coração que transbordava na forma como pronunciava as palavras. Percebi que essa amargura camuflava seu amor pela minha avó e que era seu artifício para não deixar transparecer os verdadeiros sentimentos. Eu não entendia por que ele estava se protegendo do amor materno, quando vovó precisava tanto do seu filho. Não era para ser assim e não deveria continuar assim. Mas eu saí do escritório, de certa forma, satisfeita. Pois, se entre os dois havia assuntos pendentes, por que não haveria também esperança?

Capítulo 12

Um belo dia de sol me despertou mais cedo que o habitual. Levantei-me cheia de pique, dobrei os lençóis perolados e, enquanto cobria a cama com a coberta de patchwork que ganhei de minha avó, tive a ideia de lhe fazer uma surpresa. Vesti a primeira roupa que encontrei pendurada no cabideiro: calça jeans e uma velha blusa cinza descaída no ombro direito com a imagem de sapatilhas de bailarina.

Saí de casa sem tomar café e, por culpa da minha imprudência, senti meu estômago roncar do Cosme Velho até o Catete. A sorte é que a lata velha que me transportou era tão barulhenta, que não incomodei ninguém que sentou ao meu lado durante a viagem.

Sob um céu azul convidativo à praia, havia aqueles que preferiam ir à feira. Como guarda-sóis cobrindo cada centímetro da areia, os toldos coloridos das barraquinhas se aglomeravam no asfalto das ruas estreitas interditadas ao trânsito. Eu estava entre os cariocas que preferiam a feira à praia. Dona de um tom de pele naturalmente moreno, dava-me ao luxo de exibir uma cor saudável, sem precisar torrar ao sol.

Em vez do aroma oleoso e enjoativo dos protetores solares, eu me deliciava com a variedade de perfume das frutas e das especiarias. Um vendedor me ensinou como escolher o abacaxi, outro me ofereceu um ramo de alecrim para que eu cheirasse e outro, bastante solícito e apelativo, fez questão de me oferecer uma prova da sua doce e suculenta manga Tommy. Ainda fiz uma pausa estratégica para descansar na barraca do pastel, onde esqueci completamente a tabela de calorias.

Passeei entre as barracas como a chapeuzinho vermelho no bosque, saltitante, com sua cesta no braço e ansiosa por preparar um almoço delicioso para a vovó. A minha diferença com a personagem dos irmãos Grimm é que ela encontrava um lobo disfarçado de vovó em sua casa. E este não seria o meu caso.

Equilibrar as sacolas nos braços e encontrar a chave mergulhada nas profundezas da bolsa era uma missão quase impossível, especialmente, considerando o seu minúsculo tamanho em comparação a toda tralha que eu carregava sempre comigo: estojo de maquiagem, *nécessaire*, agenda, celular, óculos de sol e tudo mais que a senhorita Mary Poppins acreditava ser de primeira necessidade.

Meia hora depois, eu conseguia abrir a porta da casa da minha avó com os braços doloridos pelo peso das compras. Sem forças, deixei uma das sacolas virar, sendo justamente a do pacote de feijão preto. Os grãos se espalharam por todos os lados. Eu assisti ao momento dramático em que eles rolaram para baixo da mobília da sala e tudo o que pude fazer foi morder os lábios.

Que bela dona de casa que eu vou me sair, pensei.

O barulho anunciou a minha chegada. Ouvi passos pelo corredor. Não era bem o que eu tinha planejado para surpreender minha avó, mas eu não conseguiria ser rápida o suficiente para juntar aquele feijão todo de novo antes que ela aparecesse. O máximo que fiz foi preparar um sorriso mecânico, daqueles bem amarelos.

De repente, deixei as outras duas sacolas caírem no chão também.

Fiquei estática olhando para a pessoa à minha frente. Eu não acreditava no que meus olhos viam, a ponto de me esquecer de piscar. Não só por não parecer real o que estava diante de mim, mas também por não querer perder um segundo daquela vista.

Havia feijão, tangerina, salsa, peixe, tudo aos meus pés. E havia um rapaz diante de mim. Durante quase um minuto, eu só tive olhos para ele.

Eu não tive dúvidas: era o rapaz do quarto 222. O desconhecido que me conhecia. O Adônis de olhos oceânicos. Parecia mais alto do que eu supunha antes, mas talvez porque era a primeira vez que eu o via em pé. E a não ser por um pequeno e nada discreto detalhe, ele se vestia bem diferente; no lugar da bata branca do hospital, as roupas do meu avô. Eu reconheceria o colete azul marinho, o preferido de vovô, até se estivesse jogado num brechó parisiense entre centenas de velharias. Ele teve, inclusive, a audácia de pendurar o relógio de prata da *Mohertus Trading Co.* que meu avô comprara em Viena, no bolso da calça.

Embora minha reação estivesse aprisionada ao hipnótico tiquetaquear do objeto, a ira crescia dentro de mim acompanhando o ritmo acelerado do meu coração. Eu pensava em tantas coisas que poderia lhe dizer, a começar pelos xingamentos, mas a situação era tão inusitada que deveria existir uma explicação.

Eu só duvidava que ele tivesse intenções de me dar alguma.

Instintivamente, peguei uma cenoura no chão e apontei para o estranho. Foi ridículo, eu sei.

— O que você está fazendo aqui? — indaguei, nervosa.

— Alícia...

— É só isso que sabe falar?

—É bom vê-la novamente.

— Pois desta vez você não me convence! Pode começar. Explique-se, *Sebastian* — disse-lhe, desistindo da cenoura e colocando as mãos na cintura. — Eu não tenho o dia todo. Quem é você? O que está fazendo aqui? E por que está usando a roupa do meu avô?!

Diante da minha exaltação, ele se calou. Observava-me com ar de interrogação e aquilo me angustiava. Tive a impressão de que se explodisse uma granada lá fora, ele manteria a mesma expressão contemplativa de alguém que vê o mar pela primeira vez. Seus olhos estavam vidrados em mim, como duas órbitas vazias, como uma piscina rasa ou um espelho oco. Ao mesmo tempo, seu olhar era intenso demais para alguém que não tinha memória. Eu não conseguia desvendar nada do seu semblante e a resposta que não veio, ficou engasgada junto com o que eu também não lhe disse.

Se ele era um lobo em pele de cordeiro, eu ainda não sabia dizer. Mas, para todos os efeitos, este lobo usava um disfarce e eu não ia me deixar enganar. Por isso, fui atrás da única pessoa que poderia me dar uma explicação sobre aquela situação insólita...

D. Cecília, a avó mais sem noção do mundo.

Na varanda externa à cozinha, em sua cadeira de balanço, vovó lia, serena e inocentemente alheia (ou fingindo-se alheia) à tempestade que havia se formado no hall da sala. Tirei abruptamente o livro de suas mãos e cruzei os braços à sua frente. Ela se levantou e entrou cozinha sem dizer nenhuma palavra. Fui atrás dela e me certifiquei de que o rapaz não ouviria a conversa, fechando a porta.

Esperei que ela dissesse algo para facilitar o meu lado. Soaria fora de contexto (quando não existia sequer um contexto) verbalizar todos os questionamentos que passavam pela minha cabeça. Se a situação por si só era bizarra, o fato de verbalizar poderia torná-la real. Eu receava que, ao perguntar qualquer coisa, pudesse começar a acreditar que o que estava acontecendo era verdade. Realmente havia esse rapaz estranho no hall da casa da minha avó, com o nome de Sebastian e metamorfoseado de meu avô.

— O que significa isso, vó? O que esse cara está fazendo aqui?

— Ele precisava de um lugar para ficar.

— Ah, é mesmo?! E por que a senhora se responsabilizou por ele? A senhora por acaso o conhece? O que está escondendo de mim, vó? — eu perguntava com tanta ansiedade que quase comia as palavras.

Mantendo sua serenidade, ela puxou duas cadeiras. Sentou-se numa e me ofereceu a outra. Eu dispensei.

— Não, querida, eu não o conheço. Só achei que deveria ajudá-lo.

— Quando eu contei para a senhora sobre esse rapaz, não pensei que fosse trazê-lo para a sua casa! Se eu soubesse que faria uma loucura dessas, não teria contado. Vó, isso pode ser perigoso! E se ele for um maníaco? E se for um ladrão? E se... e se estiver fugindo da polícia?

— Não é nada disso, Alícia.

— E como é que a senhora sabe? Por acaso ele traz uma estrela na testa?

Ela se atreveu a rir.

— Não estou brincando, vó. O cara é esquisito... não basta toda a história estranha do aparecimento dele, de saber meu nome e não se lembrar de mais nada, agora ele se apoderou das roupas do vovô!

— Fui eu que emprestei para ele — defendeu ela. — As roupas estão até com cheiro de mofo. Nem tive tempo de lavar. Coitado...

— Vó! A senhora me assusta!

Eu abanei meu rosto. Arrastei as mãos pelos cabelos, produzindo um coque. Eu estava começando a sentir calor com o nervosismo da situação.

— Alícia, é o certo a fazer. Deixe como está — ponderou minha avó.

Uma interrogação gigante se formou sobre a minha cabeça. Na verdade, além de gigante, a interrogação piscava como um letreiro de neon.

— Bem, pelo menos para a senhora, ele disse seu nome verdadeiro. Já foi um avanço! Para mim, nem isso ele quis dizer!

Ela espremeu os lábios e confessou:

— Não é bem assim... Ele não se lembrava do próprio nome, por isso, eu lhe dei este... em homenagem ao compositor.

Minha mente quase se despiu da sensatez que ainda sobrava ao escutar aquilo.

— Johann Sebastian Bach?! — Soltei uma risada nervosa. — Pelo menos a senhora não se inspirou no roqueiro...

Sua criatividade só não era maior do que a sua imprudência. E para acreditar nela, eu tive mesmo a quem sair.

Capítulo 13

Ainda mais irritada do que antes da conversa com vovó, marchei até a entrada da casa. A cada passo, sentia tensão em todos os músculos do meu corpo e repetia para mim mesma: "Isso não está acontecendo."

Conforme procurava pelos grãos de feijão que ainda deveriam estar debaixo do sofá, fui me dando conta do quanto estava perturbadamente indecisa. Ao mesmo tempo em que queria ver aqueles grãos para ter a confirmação de que Sebastian era real, queria não vê-los e, assim, tudo não teria passado de uma ilusão.

Mas e a música que eu ouvia? De onde estava vindo? Também era uma ilusão?

Não, claro que não. Os grãos de feijão podiam não estar mais sob o sofá, mas o misterioso Sebastian *era* verdadeiro. E quando o vi novamente, ele estava bastante compenetrado, bisbilhotando a minha bolsa, ao som da melodia clássica que tocava no aparelho de som de vovó.

Aproximei-me de mansinho e, aproveitando o volume da música, cheguei bem perto. Eu queria dar-lhe um susto de tal magnitude que, dali em diante, ele jamais se atreveria a colocar suas mãozinhas larápias na bolsa de uma mulher.

Não sei se a minha respiração junto à sua orelha me denunciou ou se fui barulhenta demais com os tênis de borracha no assoalho.

Ele se virou no mesmo instante em que eu me preparava para gritar no seu ouvido. Libertei o ar dos pulmões e não dei o grito que havia preparado, mas outro, porque me desequilibrei e quase tombei por cima dele e das compras que estavam devidamente ensacadas no sofá.

Como um choque, senti suas mãos, firmes e fortes, segurarem meus braços. Reparei nos dedos longos e nas veias protuberantes em seu pulso. Depois reparei em seu peito definido, pescoço, queixo, lábios e estacionei aí. Procurei inutilmente por imperfeições em seu rosto e encontrei seu olhar. Depois, me perdi.

Quase a ponto de ter um colapso com todos meus sentidos reverberando ao mesmo tempo, escutei ele dizer:

— Desculpe. Ouvi um barulho estridente vindo da sua bolsa e, de repente, ela começou a tremer...

Barulho estridente? Começou a tremer? Eu estou mesmo ouvindo isso?!

— Ah, sim. Existe um aparelho de comunicação, inventado algumas décadas atrás, que produz ondas eletromagnéticas, as quais nos permitem enviar e receber operações de voz e dados. Ele se chama... *celular!* Conhece? — perguntei ironicamente, depois de tirar o aparelho da bolsa e exibir para ele.

Ele fez menção de pegar o objeto das minhas mãos. Fiquei com receio de o aparelho tocar de novo. Theo devia estar procurando por mim e, por algum motivo que não sabia explicar, não pretendia misturar seu nome àquele momento. Fiquei enjoada só de pensar naquilo.

Não me contive e deixei que Sebastian pegasse o celular. Ele ficou observando a peça, deslumbrado, como se fosse um diamante precioso. Mais uma vez, tinha a expressão de interrogação no rosto que me tirava do sério.

Encarei-o incisivamente até ele desviar a atenção do objeto para mim. Ele esquadrinhou meu rosto. Agora, tinha aquele olhar intenso e estávamos tão próximos que eu podia sentir sua respiração, o calor do seu corpo, seu coração batendo. Ou seria o meu, que batia tão alto assim?

Minhas penas ficaram bambas. Eu não pretendia me desequilibrar outra vez, por isso, peguei meu celular de volta, empurrei Sebastian no sofá e, pendurando a bolsa no ombro, saí sem olhar para trás.

Querendo me afastar daquela loucura o mais rápido possível, preferi ir do Catete ao Centro de metrô, ao invés do ônibus. Para minha sorte, àquela hora estava vazio e eu pude ir sentada num banco só para mim. Coloquei os fones do iPod e deixei o aparelho sortear entre as centenas de músicas clássicas gravadas nele. Lá pela terceira melodia, começou a tocar o Prelúdio da *Suite nº 1* de Bach para Cello. Nervosa, desliguei o aparelho e puxei os fones. Fiquei o resto da viagem olhando para o meu reflexo no vidro da janela para não pensar no túnel escuro que me encobria do lado de fora.

Ao chegar à estação da Cinelândia, tive a sensação de que uma pessoa que me visse naquele estado de ansiedade pensaria que eu tinha um negócio muito sério para resolver, talvez ações em queda na bolsa ou um ente querido no hospital, menos que eu corria para me encontrar com o Theo.

Àquela hora, ele devia estar saindo da sede do jornal *O Leopoldo*. Eu sabia que ele tinha marcado de almoçar com os colegas do estágio. Como não atendi o celular, Theo havia me enviado um torpedo, avisando do compromisso. Eu precisava chegar a tempo de encontrá-lo na sede, pois não aguentaria esperar até o fim do dia, quando ele apareceria no restaurante.

De longe, avistei-o com três rapazes deixando o prédio da Escola de Música. Gritei seu nome, mas o barulho do tráfego não permitia que minha voz chegasse até ele. Liguei para o celular, mas Theo sempre o deixava no silencioso enquanto estava trabalhando e ainda não devia tê-lo colocado no modo normal. Os sinais de trânsito também não colaboravam. Só para alimentar meu nervosismo, um deles piscava no amarelo e os demais, totalmente dessincronizados.

Eu estava a ponto de me atirar entre os carros quando Theo, por milagre ou destino, olhou na minha direção.

Parecendo clichê de filme romântico, nós corremos ao encontro um do outro, driblando e aproveitando a brecha entre os carros até que, enfim, nos abraçamos. Sem olhar muito em seus olhos, dei-lhe um beijo demorado na boca e uma série de beijinhos em seu rosto. Ele me afastou um pouco, estranhando a atitude carinhosa. Eu realmente não costumava ter estes ataques de pieguice com ele.

— O que aconteceu?

— Nada. É que eu fiquei com saudade.

Ele avaliou meu rosto.

— Acho que você quer alguma coisa... — deduziu.

— Não... quer dizer. Eu quero. Quero me casar com você!

— Disso eu já sabia. O que mais você quer?

— Eu não posso ser romântica com o meu noivo?

— Hum... você sempre foi de luas. Mas eu gostei dessa fase. — Ele me abraçou mais forte e deu um beijo em meu pescoço. Eu me encolhi por impulso.

— Theo, quero apressar o casamento. Temos certeza do que queremos, então, não há motivo para não marcarmos logo a data. Nossos pais ficarão felizes, não acha?

Ele enrugou a testa e elevou uma sobrancelha.

— Sem dúvida! Vão, sim — respondeu, sorrindo. Seu braço deu a volta pelo meu pescoço e começamos a caminhar lado a lado. Quando o semáforo abriu para nós, ele comentou: — Sabe, Alícia... eu já esperava por isso.

Inclinei o rosto para ver sua expressão de macho grego convencido e ele me tascou um beijo estalado na boca. Uma coisa Theo fazia melhor do que eu: no seu jeito romântico de ser, ele era o antônimo do romântico.

Eu e Theo, juntos, sem muito esforço, até poderíamos um dia inventar esse vocábulo.

Capítulo 14

Quando cheguei ao Parádosis, vi o caos instalado na porta, com uma fila que se estendia ao longo de cinco metros na calçada. E havia mais gente descendo do ônibus de turismo. Isso que dava trabalhar num restaurante típico próximo ao ponto turístico mais conhecido da cidade e ser filha de Egídio Mastropoulos, o amigo de todas as agências de viagem do Rio de Janeiro. Papai não economizava em publicidade e com isso obteve o patrocínio de duas das maiores agências da cidade, que incluíram em seus circuitos uma passadinha obrigatória e estratégica pelo nosso restaurante.

Antes de entrar, tive um vislumbre atemorizante do que seria minha tarde. Tratava-se de uma excursão da terceira idade com simpáticos e rosadinhos velhinhos, bastante animados. Respirei fundo e atravessei o salão em direção à cozinha, distribuindo sorrisos amarelos pelo caminho. Mamãe estava terminando de dar as instruções ao *chef*, mas logo que sentiu a minha presença (às vezes eu pensava que ela tinha um terceiro olho atrás da cabeça), se virou e disse:

— O prato do dia é o *Ellinikí*. Certifique-se de que não falte queijo parmesão, orégano e azeite na mesa de ninguém.

Estranhei as instruções apressadas e perguntei:

— A senhora vai sair?

Mamãe meneou a cabeça enquanto tirava o gigantesco pote de azeitonas de baixo da bancada.

— Eu e seu pai temos assuntos urgentes para resolver no Centro. Não voltaremos antes do jantar.

— Você e papá?!

Ela voltou a fazer que sim com a cabeça, sem me dar muita atenção. Se eu tinha ouvido bem, estava encarregada de uma missão ainda mais complicada do que pensava.

— Eu vou ficar tomando conta de tudo sozinha?! — Deixei meu pânico evidente na última sílaba mais aguda.

— Você não é uma estreante nisso. E se virou muito bem da última vez, Alícia.

Da *última* vez deixei cair de uma só vez cinco pratos e três xícaras. É fato que gregos adoram quebrar louças em datas festivas, mas este não era, nem de longe, o caso. Além disso, dei o troco errado vezes suficientes para fazer uma grande diferença (nos desfavorecendo, como não podia deixar de ser) no fechamento do caixa. O episódio me rendeu a madrugada inteira de sermão de papai. Sempre fui péssima em matemática, mas ele ainda tinha esperança de que eu fosse ao menos aprender a usar a calculadora para nos favorecer. Foi um saldo difícil de esquecer, mas, olhando agora, acho que apenas para mim.

Esquadrinhei o saguão lotado através do vidro da cozinha. Minha cabeça latejou e as pernas quase bambearam com a visão do Apocalipse. Parecia ser o encontro mundial da terceira idade.

Virei de novo para minha mãe e disse:

— Acho que precisamos de mais gente trabalhando no salão. Temos apenas dois funcionários se revezando.

Minha mãe sequer desviou os olhos do papel em que escrevia.

— Com 21 anos, já está cansada de ajudar nossa família?

— Não é isso. E se um deles ficar doente? Não podemos contar com a sorte o tempo todo...

— Eu e seu pai sempre demos um jeito, não é?

Sim, com toda a minha serventia, é claro.

— Acho que precisamos também de um computador novo no caixa. Não fazemos manutenção naquele há anos... E as cortinas começaram a ficar puídas, não percebeu? Dependendo de como o sol bate nelas, deixa passar luz para as mesas — disseminei.

Ela finalmente levantou os olhos do papel e me encarou, com a testa enrugada e as duas sobrancelhas erguidas para o céu.

— Não me lembro da última vez que você opinou sobre os negócios da família. Só porque vai ficar sozinha por algumas horas acha que temos que resolver tudo neste exato instante?

— E quanto tempo vocês vão ficar fora?

— Eu já disse, não voltaremos antes do jantar. Onde está com a cabeça? Você pode nos ligar no celular, se precisar.

Tirei o telefone do gancho e perguntei:

— Bem, posso fazer isso agora?

D. Artêmia me encarou com olhos de quem não tinha muita paciência a oferecer. A nossa conversa de dois dias atrás ainda ressoava com força suficiente para fazer com que eu me calasse. Para ela, eu continuava agindo bem distante da mulher adulta que previa, é claro. Eu compreendia bem sua intenção, e quase podia assistir seus pensamentos apostando corrida de um lado para outro dentro da sua cabeça. Dadas as circunstâncias, aquele era mais um teste pelo qual eu deveria passar. Então, coloquei o fone de novo no gancho. Vencida pelo cansaço, dei a entender que eles poderiam ficar tranquilos, que eu enfrentaria a situação. Não tive coragem sequer de perguntar aonde eles iam com tanta pressa, mas contando que não tivesse nada a ver com minha vida, eu me sentiria menos encrencada.

Eu deveria ter pedido algumas aulas ao equilibrista de pratos quando o circo chinês passou pela cidade. Se o tivesse feito, sem dúvida não teria derrubado a bandeja com a cesta de pães pita sobre o colo de uma senhora grega que aparentava ter noventa anos e cara de poucos amigos. A sorte é que consegui segurar o pote com o *skorthalia* (um molho feito à base de alho) antes que ele deslizasse junto. Atrapalhada, colhi os pães da saia preta da senhora e usei o guardanapo para limpar as migalhas. A filha dela, não tão mais jovem, tentou ajudar e começou a fazer várias perguntas, depressa demais para que eu conseguisse traduzir. Meu nervoso só aumentou.

Estava em falta com minhas lições de grego. Desde pequena, as recebera dos meus pais, em casa. Para ser sincera comigo mesma e justa com meus tutores, era preciso admitir que fazia mais de cinco anos que não praticava muito o idioma e que, por isso, me via bastante enferrujada. De vez em quando, um sentimento de culpa atroz me fazia pegar um livro na biblioteca do meu pai e *tentar* ler alguma coisa. No entanto, na maioria das vezes, meu contato com o idioma se limitava às poucas palavras que meus pais falavam entre eles e quando Theo resolvia alugar um filme grego para uma sessão pipoca lá em casa.

O movimento não diminuía e os velhinhos estavam deleitados em suas cadeiras, prolongando o momento da sesta como se tivessem todo tempo do mundo. E realmente tinham. A julgar pelas rasas marcas da idade em seus rostos, eles haviam passado mais tempo papeando à soleira da porta de suas casas do que enfrentando a labuta diária. Meus pais costumavam dizer que o grego sabe envelhecer porque sabe se alimentar bem. Eu sempre me interessei pela dieta mediterrânea, mas apenas no que tangia aos interesses dos negócios da família. Nunca me escravizei em dietas ou aos alimentos considerados mais saudáveis. Pelo contrário, mesmo na culinária grega, uma das mais saudáveis do mundo, eu tinha sempre preferência pelos pratos excessivamente regados de azeite.

Finalmente uma mesa vagou. Eu ajudei o cliente a caminhar até a porta oferecendo-lhe o apoio do meu braço. Ele quis retribuir com uma nota de vinte euros. Agradeci o gesto, mas não aceitei o dinheiro. Papai aconselhava que nunca devíamos recusar as gorjetas dos clientes porque era falta de educação. Eu não estava nem aí para isso, apenas ouvia minha consciência. E ela me dizia, naquele exato momento, que eu estava tendo mais uma das minhas alucinações quando encontrei Sebastian na porta do restaurante.

Eu não pretendia me acostumar a tropeçar nele, especialmente quando tinha certeza de que estava me perseguindo. Assim que o senhor entrou no ônibus de turismo, voltei-me para ele que, parado como um dois de paus, me observava. Ainda usava as roupas do vovô e o relógio de prata, o que eu ainda considerava muito atrevimento. Passei por ele esbarrando propositalmente em seu ombro e terminei de recolher a louça da mesa que tinha vagado. E não é que, incrivelmente, ele se sentou à mesa?

— Ei! O que pensa que está fazendo?! — disse.

— Eu quero almoçar. Estou com fome.

— Ah... e você acha que eu vou servir você?

— Bem, não gostaria que fosse outra pessoa...

Joguei a bandeja sobre a mesa e cruzei os braços. Ele se assustou com os copos que tremeram, depois disfarçou um sorriso no canto dos lábios e inclinou a cabeça. Eu não sabia dizer se estava fazendo charme ou se era realmente cara-de-pau.

— Olha, rapaz, eu estou muito ocupada agora. Preciso atender os clientes.

— Eu sou um cliente. E o meu nome não é *rapaz*, é Sebastian.

Ok, cara-de-pau, sem dúvida.

Entrei no seu jogo.

— Sim, *Sr. Sebastian Bach*. Em que posso servi-lo? — Tirei o talão de pedidos do avental e empunhei a caneta. — Hoje temos o *Ellinikí* de talharim.

— Se é a recomendação da casa, eu aceito.

— Ótimo. E para beber? Não recomendo o *uzo*, se você é fraco pra bebida.

Ele arqueou as sobrancelhas, considerando o desafio.

— Vou querer isso, então. *Uzo!* — disse, levantando as palmas das mãos.

Isso estava se tornando mais divertido do que eu pensava.

Entre garrafas de vinho, cestas de pão, pratos, taças e talheres, eu o espiava. Nunca tinha visto alguém deliciar-se tanto com uma refeição. Ele cheirava cada garfada que levava à boca como se precisasse primeiro apurar os sentidos, e depois mastigava de olhos fechados. Cumpriu este ritual até limpar o último grão em seu prato. Parecia não comer havia bastante tempo ou talvez nunca tivesse saboreado um tempero grego na vida.

O restaurante tinha esvaziado e, com exceção do forasteiro da mesa 3, havia apenas dois executivos gregos que ainda terminavam a sobremesa na mesa 5, bem ao lado. Ao contemplar o restaurante vazio depois de uma tarde exaustiva, pude, enfim, suspirar. Um suspiro entrecortado, interrompido, quando vi Sebastian se levantando da sua mesa e quase levando a toalha e a louça junto com ele para o chão. Ele caiu, desajeitado, sobre a outra mesa e ao tentar se levantar, trôpego, derrubou a taça de vinho tinto que derramou na toalha de linho branca da D. Artêmia.

De onde estava, levei as mãos à cabeça e corri para socorrer os executivos, que haviam se levantado por impulso.

O *Thalassitis Gaia Nótius Red* gotejava pela toalha, mas esse era o menor dos estragos. Segurei Sebastian pelo braço e sentei-o na cadeira. Ele não conseguia erguer a cabeça, que pendia sobre os ombros como se o pescoço fosse de mola.

Completamente bêbado.

Ofereci outra taça de vinho aos dois homens por conta da casa, mas eles se recusaram e, cordialmente, ainda perguntaram se o rapaz iria ficar bem. Olhei para Sebastian, grogue e praticamente desacordado, e disse-lhes que sim. Expliquei que ele não era grego e tinha bebido *uzo*, a aguardente grega, pela primeira vez. Eles começaram a rir e deram tapinhas nas costas de Sebastian para acordá-lo. Podia garantir que qualquer um acordaria, mas Sebastian não era qualquer um. Ele não acordou.

— Talvez ele esteja à espera de um beijo da princesa — disse um dos executivos, o mais gordinho e metido a engraçadinho.

Enrubescida, disfarcei:

— Esse aí está mais pra sapo. Vou mandá-lo coaxar em outro pântano.

Uma hora depois, eu estava sozinha com um *stalker* de araque, vergonhosamente bêbado, no restaurante dos meus pais. Eu terminava de passar o pano no chão quando senti algo forte segurar meu pulso.

— Desculpe pela sujeira.

Sua cabeça pendia para um lado e seus olhos estavam vermelhos sob as pálpebras pesadas. Ainda assim, o azul intenso sobressaía e me enjaulava. Ao me dar conta do momento hipnótico, desvencilhei-me de sua mão e continuei meu trabalho com o esfregão.

— Estará tudo resolvido quando você pagar a conta. Não incluirei o valor do vinho que você derramou e pode deixar que assumo o estrago com a toalha para minha mãe. — *Só para ela aprender a não me deixar sozinha no restaurante de novo*, pensei. — Você fica me devendo uma.

Ele se levantou, apoiou-se por um instante na mesa e caminhou devagar até mim. Mal conseguia se equilibrar, mas pelo menos recobrara a consciência.

— Eu... não sei como pagar a conta — comunicou.

— Você está de brincadeira, né?

Fixei-me no seu semblante interrogativo e não consegui apurar nada.

Larguei o esfregão no chão e coloquei minhas mãos nos bolsos da calça dele. Depois de, constrangedoramente, verificar todos eles, percebi que Sebastian não estava de brincadeira. Ele não tinha um centavo sequer.

— Você entrou aqui para almoçar *sem dinheiro*?

Ele refletiu, como se procurasse uma boa resposta.

— Não existe outro modo de retribuir sua gentileza?

Claro. Que tal sendo menos cínico?

— Escute, isso aqui é um restaurante. Eu não fiz gentileza nenhuma! Você disse que queria ser tratado como um cliente e eu fiz isso. Agora, você tem que agir como um e pagar o que consumiu. Entendeu?

Por que será que eu tinha sempre a sensação de que ele não estava *mesmo* entendendo nada?

— Se eu não pagar, o que acontece?

Sebastian testava até a cota de paciência extra que nunca pensei que tivesse. Refleti se minha avó sabia daquela peripécia dele ou não. Eu me meteria numa enrascada se o deixasse ir embora sem pagar, mas preferia ouvir o sermão do meu pai pela madrugada inteira a me envolver ainda mais com essa história que nunca teve pé e, agora, já estava também perdendo a cabeça.

— Vamos fazer assim: você vai embora e não aparece mais na minha frente! — disparei, dando-lhe às costas.

Ele devia ter se dado por satisfeito por eu estar tomada pelo sentimento de solidariedade e não chamar a polícia. Mas, para o meu espanto, ele pegou o cabo do esfregão no chão e disse:

— Antes de ir, vou ajudá-la na limpeza.

Mirei o balde com a água tingida de vinho e imaginei-o borbulhando, exatamente como devia estar o sangue nas minhas veias. A paciência se tornou uma virtude dispendiosa demais para ser desperdiçada com um sujeitinho tão petulante. Enquanto ele brincava de faxineiro, eu me aproximava do ponto de ebulição.

Como se não bastasse mais nada, ouvi vozes masculinas entrando no restaurante e reconheci a de Theo entre elas.

Os cinco rapazes que o acompanhavam juntaram duas mesas e sentaram. Theo vinha ao meu encontro caminhando imponente como um imperador grego, sem desgrudar os olhos das mãos de Sebastian, que seguravam o instrumento de limpeza. Se pela minha cabeça passavam "n" possibilidades e "y" combinações de fatores, imaginava quantos "x" estariam passando pela cabeça dele. Nessa equação, eu sabia que ele não encontraria lógica em nenhuma resposta que eu desse. Sendo assim, o melhor, diziam as más línguas, era sempre negar tudo.

Quando a atenção de Theo mudou o foco para meu rosto, eu transfigurei minha expressão mais cândida e deixei-o perguntar:

— Quem é? Novo empregado?

— Não. Não sei. Não o conheço. Só está ajudando a limpar o vinho que derramou.

Bem, até aquele momento, eu não havia *realmente* mentido.

Theo passou por mim e parou à frente de Sebastian, que pude confirmar ser mais alto pelo menos dez centímetros. Em contrapartida, Theo era mais corpulento e tinha o dobro dos bíceps dele. Desde que o conheci, ele se vangloriava da musculação que fazia, preferindo camisas mais justas ao corpo. Devia se sentir especialmente másculo quando cruzava os braços, pois foi a posição que adotou diante de Sebastian.

Seus olhos escanearam milimetricamente as roupas dele e, inspirando ar de superioridade, disse-lhe:

— Rapaz, você até tem pinta de ser um bom faxineiro, mas vai ciscar em outro terreiro. Minha noiva ainda tem trabalho para fazer.

Olhei para Theo, incrédula pelo que tinha ouvido. Não tive tempo de contestar, pois, de um segundo para o outro, já tinha seus lábios colados nos meus. Quando consegui me libertar do beijo, Sebastian ainda estava ali, especado, na mesma posição.

— Eu lamento pelo prejuízo e agradeço a refeição. Estava tudo delicioso, Alícia.

— *Alícia?* — estranhou Theo.

Com o dedo indicador, dei algumas batidinhas na plaquinha com meu nome alfinetada no meu avental. Ele manteve a testa franzida e voltou sua atenção para Sebastian, desta vez observando-o de cima a baixo.

— Onde você comprou essas roupas, cara? Abriu um brechó novo na cidade? — Ele começou a rir, e seus amigos, na sequência.

— É melhor você ir embora. Obrigada pela ajuda. Eu posso fazer isso.

Tirei o esfregão de suas mãos e virei Sebastian na direção da porta da rua. Quando comecei a acompanhá-lo, Theo me impediu.

— Espera! O garoto não me respondeu. Eu me amarrei nos suspensórios! Parece que o "retrô" voltou à moda, não é?

— Theo, ele já estava de saída quando você chegou.

— Não é o que parece. Acho que vocês estavam de papo quando eu cheguei.

— Eu estava apenas retribuindo o prato de comida — interveio Sebastian.

Balancei a cabeça, colocando discretamente o dedo indicador em riste sobre minha boca, sem que Theo e os amigos dele me vissem. Eu só queria que ele tivesse ficado calado, mas já era tarde. Theo não o esqueceria mais.

— Ah, a faxina era para pagar pela comida? Quanta gentileza! Logo vi que você não é desse tempo! Acho que nem do século passado... Você é de que era? Mesozoica? — Ele se virou para os amigos, que riram uns para os outros, só para inflamar o drama. Depois, se voltou para mim e caçoou: — Querida, eu pago pela refeição dele para você não precisar ouvir sermão do seu pai.

Sebastian fez menção de dizer alguma coisa. Eu movimentei a boca sem expelir uma palavra, esperando que ele fizesse uma boa leitura labial: "Por favor, vá embora." Ele pareceu compreender. Despediu-se, me deixando de presente os olhos mais brilhantes do mundo. E no momento em que Sebastian cruzou a porta, eu me virei para Theo e percebi que a sujeira não seria fácil de limpar.

Capítulo 15

Nem mesmo os carneirinhos coloridos refletidos pelo abajur na parede do meu quarto me ajudavam a dormir.

Eu olhava para o breu do teto, apertava o travesseiro contra o peito, virava de um lado para o outro, puxava e tirava as cobertas, abria e fechava a janela, voltava para a cama, sentava, deitava, tentava contar os carneirinhos, perdia as contas e, enfim, voltava a olhar para o breu do teto. No círculo vicioso da minha insônia, decidi parar de tentar me abstrair dos meus pensamentos. Não adiantava me forçar a bloqueá-los e dormir, se eu não conseguia dormir porque precisava pensar.

O dia havia sido cansativo e, por causa disso, meu corpo afundava no colchão. Meus pais haviam chegado tarde e um pouco "altos" demais, o que me fez desconfiar do compromisso urgente que mamãe havia citado. Por um momento, acreditei que o fato de terem me deixado sozinha no restaurante não havia passado de uma prova de fogo na qual, até agora, não sei se me saí muito bem. Selecionei a *playlist* completa de Jon McLaughlin no Ipod e, ainda assim, eu não conseguia relaxar. A certa hora da madrugada, concluí: a bateria que esgotava era a do aparelho, e não a minha. A música só me fazia querer pensar... pensar... e eu não conseguia parar de pensar.

Nele.

Desisti de dormir, saltei da cama e liguei o computador. Minhas pernas agitavam sem controle enquanto esperava pela janela do navegador aparecer na minha frente. Quando finalmente aconteceu, recorri ao oráculo Google para pesquisar alguma notícia que pudesse ter sido veiculada sobre a misteriosa aparição de Sebastian no coreto. Meio desorientada por causa do cansaço, digitei as palavras "aparição" e "mistério" e surgiram 922.000 resultados, a maioria se referindo a fenômenos religiosos. Claro que eu não conseguiria extrair nada de útil com aquilo. Então, filtrei a pesquisa e fui direto ao ponto, curta e grossa: "rapaz + encontrado + Parque Lage + Coreto + nu". Substituí "nu" por "pelado", mas o resultado continuou sendo igual, ou seja, nada que se relacionasse ao caso.

Desliguei o notebook e fiquei parada diante da tela escura. Meu semblante era o reflexo da frustração. Além disso, estava decepcionada comigo mesma por não ter conseguido extrair nada de Sebastian nas três vezes que estivera com ele. Aquilo mexia com minha cabeça. Eu sempre soube ser tão persuasiva para alcançar meus objetivos, mas quando estava com ele, nenhum artifício meu funcionava. Por quê?

De repente, percebi que a tela não estava mais escura, e sim, tinha a cor azul que tanto me encantava e que só havia visto em um único lugar em toda minha vida. Aqueles olhos, emoldurados em longos cílios castanho-escuros me fitavam, ora com dúvida e curiosidade, ora com um magnetismo que me fazia perder o juízo. Eu não me satisfazia apenas com os olhos, queria ver mais: a sobrancelha, o nariz, os lábios. Eu precisava de uma visão que me completasse. Foi aí que estacionei. A distância estava perfeita. Eu podia ver seu rosto, tão perto do meu, que podia tocá-lo. Estendi a mão e a tela enegreceu novamente. Pisquei algumas vezes e esfreguei os olhos para me certificar de que não estava tendo uma ilusão de ótica. Exausta, eu podia estar sonhando sem perceber.

Mas, na verdade, acho que eu *queria* estar sonhando.

Capítulo 16

O clima de pânico tomou conta do prédio da Escola de Música. Não havia ninguém (nem mesmo o empregado da limpeza podia servir de exceção) que não soubesse do trabalho final que Oscar passou para minha turma. Alunos que ainda não haviam se matriculado na disciplina dele nos olhavam com expressões fúnebres. Já os que sobreviveram e que agora viviam no sétimo céu da era pós-Oscar, ao passarem por nós, inclinavam as cabeças em sinal de compaixão.

Passei o resto da manhã vivendo à sombra de consternação, suor e lágrimas por todos os cantos. Assim que terminou o último tempo de aula, me apressei em sair dali, antes que começasse a entrar na neurose coletiva.

Não havia passado muito do meio-dia quando empaquei em frente à casa 3, com o dedo na campainha. Eu podia usar a chave para abrir a porta, mas agora que um estranho morava ali, começava a me sentir uma forasteira na casa da minha avó. Isso não estava certo. É claro que eu devia usar a chave! Eu continuava sendo a neta da D. Cecília e a casa da minha avó continuava sendo o meu segundo lar. Nada havia mudado. Eu não estava com ciúmes da minha avó, estava? Não, eu só precisava me acostumar à ideia de que, de agora em diante, dividiria minha avó com alguém que não tinha ninguém. E, de repente, essa ideia não mais soava tão descabida assim.

No tempo em que estive ali parada como um poste, pude apurar que minha avó havia cozinhado peixe com pimentões (de novo), o que abriu meu apetite.

Meti a chave na fechadura e girei. Ao entrar na casa, imediatamente notei algumas diferenças. As janelas estavam abertas para entrar luz, e os móveis, mais limpos, sem a fina camada de poeira. Os tapetes com motivos gregos desapareceram da sala, o que deixou o ambiente mais saudável e menos cafona (eu sempre detestei aqueles tapetes). O aparelho de som tocava música clássica num volume agradável e havia um lindo jarro com flores frescas e perfumadas no centro da longa mesa de jantar. Era quase uma nova casa.

Encontrei-os na cozinha, almoçando. Sebastian estava sentado à mesa, de costas para mim, e minha avó o servia. Ela estacionou a concha de arroz no ar, surpresa por me ver ali num dia que não era de feira. E eu mais ainda, com o que tinha planejado fazer.

— Alícia! Você chegou na hora certa! Sente-se e almoce conosco!

— Estou sentindo o cheirinho desde lá de fora! Mas a senhora preparou o mesmo prato da semana passada... onde está a sua criatividade? — impliquei com ela, enquanto pendurava a bolsa na cadeira.

— Sebastian gostou e eu quis repetir para ele.

Foi quando ele se dignou a olhar para mim, ainda que de soslaio. Estava mais tímido do que nas outras vezes. Eu diria, até envergonhado. Pela primeira vez, senti que minha presença o incomodava. E, ao contrário dele, pela primeira vez, eu me sentia à vontade na sua presença.

Puxei a cadeira e me sentei ao seu lado.

— Tudo bem?

Ele mantinha os olhos fixos no garfo que segurava com força. Pensei que o talher fosse entortar com o que devia estar pensando. Fiquei aliviada por não ver nada de paranormal, embora ainda tivesse dúvidas sobre outros dons que ele poderia estar escondendo.

— Se precisa conversar com a sua avó a sós, eu posso retornar em outra hora. Não tem problema — disse ele, fazendo menção de se levantar.

Eu toquei em seu braço.

— Não! Eu não vim para ver minha avó. Hoje... — Tudo que eu refleti que não devia acontecer estava de fato acontecendo. E gaguejar não estava nos meus planos. Respirei e prossegui: — Hoje, vim ver você.

Tinha certeza de que o susto com minhas palavras foi generalizado. Sentia meu rosto queimar de vergonha, o sangue imprensando a pele, e nem podia colocar a culpa no tempero picante do peixe, porque ainda não o havia provado. Mas isso não era nenhum problema, porque Sebastian não se virou para confirmar. Ele continuava *tentando* entortar o garfo, sem dizer mais nada. Com isso, a cor do pimentão se tornou desbotada em comparação com as minhas bochechas.

— Vim para te fazer um convite, Sebastian. Você não é obrigado a aceitar, mas... enfim, é só um convite. Não leve a mal... — *Não, não, não vá por aí, Alícia. Não seja tão óbvia!* — Eu estava pensando se você gostaria de ir comigo ao shopping! — *Comprar roupas novas, para rapazes da sua idade, que não sejam remendadas, não cheirem a mofo, não sejam da década de 1970 e não constranjam você na rua...*

— Mas que ideia maravilhosa, Alícia! — participou minha avó, estampando um sorriso que mal lhe cabia no rosto. — Vá com ela, Sebastian! Você vai se divertir.

— Não, obrigado. Eu não posso.

— Não pode, por quê? — perguntou ela.

— Vó, se ele não pode, não insista... — interrompi. Eu não estava convencida, por isso, joguei verde: — Ele deve ter outro programa melhor.

— Não é isso... — Sebastian coçou a cabeça, descompassado.

— Não se preocupe com dinheiro. Nós não vamos gastar nada, eu prometo! — Cruzei os dedinhos por trás das costas. Se eu lhe dissesse quais eram meus planos, ele recusaria liminarmente. — E, então, vamos ou não vamos?

Sebastian me olhava agora em modo *standy by*. Fiquei receosa de como estaria sendo seu julgamento. A humilhação de Theo no dia anterior ainda filtrava pelos seus olhos. Queria dizer-lhe, afobada, que eu não tinha culpa daquilo, que minha posição também não havia sido nada confortável, e que, se pudesse, teria feito algo, mas todas as palavras engasgavam na minha garganta e não saiam pela boca. Foi quando, para minha admiração, Sebastian pegou a espátula e selecionou no refratário à nossa frente a posta de peixe mais suculenta, levando-a até meu prato. Ele sorriu brevemente e perguntou:

— Com ou sem molho?

— Com molho! — Devolvi-lhe o sorriso, mais largo que o da minha avó. — O segredo está sempre no molho.

Capítulo 17

Ninguém me confundiria com o 007, mas, assim como o personagem, eu também tinha uma baita missão pela frente.

A caminho do shopping, comecei a levar a sério a "Operação Sebastian". Até então, nada sabia sobre ele, a não ser que era de carne e osso, fraco para bebidas e que amava peixe com pimentões. Porém, enquanto via-o grudado na janela do ônibus examinando cada movimentação na orla da praia, tirei mais uma conclusão: ele não era carioca.

Eu podia assumir que ele tinha um sotaque parecido com o meu, falava chiado e puxava pelo "r". Mas como um carioca poderia não conhecer sua própria cidade? Como poderia nunca ter visto o mar?

Quando passamos por Botafogo, ele disse que o Pão de Açúcar era a terceira coisa mais bela que ele já vira na vida. Quando perguntei qual havia sido a segunda, ele apontou para o Cristo Redentor no alto do morro do Corcovado. Achei engraçado (uma maneira simpática de dizer *intrigante*), mas continuei curiosa sobre a primeira.

No trajeto até o shopping, uma lista enorme de dúvidas surgiu na minha cabeça, das quais sublinhei uma delas: por onde ele teria andado toda sua vida? Sebastian parecia ter minha idade, talvez um ano mais velho, mas agia como uma criança que nunca andou na rua, aprendeu sobre sinais de trânsito ou viu um cachorro latindo. Eu entendia pouco de medicina, mas será que sua perda de memória seria capaz de fazê-lo chegar a este ponto?

Quando entramos no shopping, precisei lhe dar a mão para passar entre as pessoas, porque ele parava a todo o momento para examinar alguma coisa. Tudo lhe chamava atenção. E a recíproca também se aplicava, pois ele chamava a atenção de todo mundo. Eu gostaria que fosse apenas por causa da roupa esdrúxula, mas ao observar os olhares estagnados das mulheres, percebi que a roupa era um mero detalhe.

Entramos numa loja de roupas masculinas e três vendedoras (quer dizer, uma alcateia) se aproximaram e cercaram Sebastian. Eu me meti no meio e puxei-o pelo braço para perto de mim, enquanto analisava as peças nos cabideiros. Não encontrei muitas que me agradassem, mas uma das meninas (a fêmea alfa) trouxe uma camisa azul-marinho com listas brancas que exibiu para ele.

— Experimente esta. Vai valorizar a cor dos seus olhos...

Sebastian franziu o cenho para mim, finalmente compreendendo por que eu o havia arrastado até ali. Balançou a cabeça e saiu da loja. Eu devia ter explicado a ele, ao invés de provocar a situação. Agora, teria muito mais trabalho pela frente.

O melhor seria agir com naturalidade. E um pouquinho de cinismo.

— Vamos voltar, Sebastian. Você pode não ter gostado daquela camisa, mas há outras opções.

— Você prometeu que não gastaríamos dinheiro.

— Bem, eu fiz figa. Por isso, a promessa não vale.

— Não vale? — perguntou, levantando as sobrancelhas, confuso. — Você costuma prometer coisas e não cumpri-las com muita frequência?

— Só quando é uma situação excepcional. Como neste caso.

— O que há de excepcional nesta situação?

— Você.

— Eu?

— Você não pode continuar saindo na rua com estas roupas, Sebastian. — *Como explicar sem ofendê-lo?* — Você me lembra demais o meu avô e isso me faz mal. Naquele dia do restaurante...

De repente, ele deu um passo para frente. Ficamos tão perto que parei de falar. E quase de respirar, também.

— Me desculpe. Eu não sabia que isso machucava você — disse ele.

Desconcertada, virei para a loja e vi que estávamos sendo observados pelas lobas através da vitrine.

— Por favor, aceite minha oferta. Você também se sentirá melhor com roupas que sejam mais seu estilo.

— E qual é meu estilo?

Fiquei vermelha. Eu tinha certeza de que estava vermelha. Disfarcei, avaliando-o meio de lado e, por fim, disse, puxando-o pela alça do suspensório:

— Vamos descobrir. Agora!

De repente, havia três grandes montes de roupas sobre a mesa, inclusive cuecas. Evitei pensar muito sobre este item e selecionei um *pack* com várias cores. Com certeza algumas delas o agradariam e eu não me sentiria mal por invadir sua privacidade.

Bom, talvez eu tivesse pensado muito para chegar àquela conclusão.

Enfiei Sebastian dentro do provador e sentei no puff que cheirava a plástico bolha. Pensando que fosse demorar muito até que ele experimentasse tudo, comecei a folhear aleatoriamente uma revista de fofocas qualquer. Quando finalmente ele surgiu vestido com a primeira roupa, tive a sensação de que havia congelado a loja inteira. Até mesmo o tempo havia congelado.

— Ah, eu não perderia esse gato por nenhum galã de novela... — Escutei uma vendedora sussurrar no ouvido da outra.

Sebastian coçou a cabeça e, de um jeito encabulado, perguntou:

— O que achou, Alícia?

Ele tinha me feito uma pergunta?

— Eu achei tipo... uau! Foi feito pra você! — intrometeu-se a vendedora que nos atendia.

— A pergunta foi pra mim — disse, rispidamente.

— Nossa... Que namorada ciumenta... — murmurou ela, deixando-nos a sós antes que eu pudesse corrigi-la.

Ambos baixamos os olhares, meio sem graça, mas eu não consegui ficar assim por muito tempo. Ele tinha escolhido as peças mais simples, mas com a combinação perfeita: uma camisa cor de chumbo com gola em V e calça jeans Diesel com o cinto preto de fivela em prata envelhecida. Longe das roupas largas, a camisa realçava os músculos do bíceps e o tórax que, até então, eu não havia percebido o quanto eram bem definidos. Definitivamente, as camisas de botão do vovô não tinham intenção de valorizar esses atributos.

Levantei do puff onde tinha me afundado e me aproximei dele. Estiquei o braço, me esforçando para pegar o cachecol do cabide, mas, ao ficar na ponta dos pés, perdi o equilíbrio (ou quis perder) e entrei na cabine pressionando-o contra o espelho. Agora eu tinha a cabeça encostada em seu peito e, provavelmente, ele tinha o meu cabelo na sua boca. Se uma versão de Sebastian já tinha me deixado tonta, estar diante dele e do seu reflexo era abusar do meu senso de direção.

Ele me ajudou a ficar de pé, e eu, tomando meu lugar do lado de fora da cabine, ajustei o cachecol azul-índigo em seu pescoço.

— Esse tecido é leve, você não vai sentir calor. É um acessório para ficar mais elegante.

— Se você gosta...

— Fica elegante, acredite.

Foi quando eu me dei conta de que o cachecol, apesar de lindo e de combinar com seus olhos azuis, era supérfluo num homem *sem sapatos*. Eu só estava pensando na estética, mas não me envergonhei disso. Era prazeroso ajudar um homem a valorizar a sua beleza, principalmente quando ele não parecia ter a mínima consciência dela.

Sebastian não queria, mas eu insisti para que saísse da loja com as roupas novas. Aproveitei para levar as outras, mesmo que não houvesse experimentado todas, e também os *sneakers* Armani, que não resisti e quis oferecer para ele também. Pensei nas prestações do cartão de crédito e que meus pais já me deviam dois meses de salário. Por uma boa causa, tudo que eu precisaria fazer era ser uma boa Mastropoulos e cobrá-los. Afinal, eu sempre tinha a desculpa do meu fundo para a viagem de formatura na Grécia.

Capítulo 18

Embora já passasse da hora do almoço, a praça de alimentação do shopping continuava lotada. Arrumamos uma mesa e pedi que Sebastian guardasse nossos lugares enquanto eu comprava sorvetes. Da fila quilométrica onde estava, entre uma vastidão de cabeças, avistei duas moças se aproximarem desejando dividir a mesa, já que havia cadeiras sobrando. Não sei o que ele disse (provavelmente nem foi preciso dizer nada), mas em pouquíssimo tempo, os três ficaram sentados, conversando e rindo como se fossem velhos amigos. Logo vi que os olhos azuis de Sebastian (só podia ser isso!) me trariam muitos problemas.

Tive vontade de perder o equilíbrio e virar as duas casquinhas nas cabeças delas. Respirei fundo, olhei para as duas bolas geladinhas derretendo e, enquanto caminhava até eles, concluí que seria um desperdício. Estava um dia muito quente para ceder algo tão refrescante por uma causa nada nobre.

Sebastian se levantou assim que cheguei. Fiz sinal para que se sentasse e entreguei a casquinha. Quando me acomodei na cadeira, pude sentir a vibração nos olhares das duas e me arrependi de ter sido individualista em relação ao sorvete. Eu devia ter compartilhado com elas quando tive a oportunidade. Aproveitei e derrubei, com o pé, algumas sacolas em cima de uma das garotas. Elas se entreolharam, percebendo minha deliciosa amabilidade. Depois se levantaram, despedindo-se somente de Sebastian.

Quando ele ia se levantar novamente, coloquei a mão em seu joelho e o impedi.

— Sobre o que vocês falavam? — perguntei, lambendo meu sorvete e me fazendo de desentendida.

— Elas estavam dizendo que vão assistir a um filme no cinema. O que é isso?

Ergui as sobrancelhas de perplexidade.

— Você não sabe o que é um cinema?! De que mundo você veio?

Sebastian não respondeu, possivelmente sem graça com minha pergunta. Senti-me um pouco mal com isso, então, eu mesma fiz a vez:

— É uma grande sala onde assistimos a filmes com outras pessoas. A imagem e o som fazem a pessoa se emocionar.

Sebastian arregalou um olhar inédito de ternura que eu não consegui assimilar. Depois, agradeceu pela explicação.

Eu já tinha terminado meu sorvete e estava no final do cone de biscoito, quando percebi que Sebastian fazia uma lambança danada. O que havia com aquele rapaz? Metade já tinha escorrido pela sua mão e pingava na mesa. Nem com meus guardanapos, foi possível estancar. Por mais que eu tentasse evitar, desatei a rir do desânimo dele com a sujeira e logo ele estava rindo também.

De repente, ele congelou o semblante de modo tão sério que eu quase não conseguia olhar para ele.

— Você e Theo já se conhecem há três anos. É bastante tempo.

Eu ainda estava pensando sobre a lambança na mesa quando Sebastian mudara o tema da conversa para um assunto sobre o qual eu não tinha disposição para falar com ninguém, muito menos com ele. No entanto, parecia muito bem informado.

— Como sabe que eu conheço o Theo há três anos?

— Sua avó me disse.

— Minha avó falou sobre esse assunto com você? Por que minha avó falaria de mim para um...

— Estranho?

Expirei profundamente. Valeu como um "sim".

— Acho que você e minha avó têm interesses em comum que desconheço — comentei, fixando minha atenção no amontoado de papel melado e encharcado sobre a mesa. — Minha avó nunca hospedou ninguém na casa dela. Agora, fico sabendo que um dos passatempos prediletos dos dois é comentar sobre minha vida.

— Não foi nossa intenção. Ela não pretendia expor você.

— Mas expôs. Você nem me conhece!

— Conheço, sim.

— Ah, claro, eu havia me esquecido de que você sabia o meu nome antes de eu saber que você existia. — Desta vez, encarei-o com vontade. — Aliás, isso é algo que você está me devendo. Lembra-se da dívida da toalha? Pois bem, comece a falar.

— O que você quer saber?

— Tudo. Se você me conhece, é justo que eu te conheça também.

— Por que isso é tão importante para você? Não podemos começar a partir de agora?

Por mais incrível que pudesse parecer, fiquei acanhada pelo tom autoritário que usei no interrogatório e me encolhi. Fraquejei, mas logo recuperei a postura.

— Eu faço as perguntas aqui. Quais são suas intenções? Ou então, me diga pelo menos como me conhece.

Ele manteve o ar sereno e interrogativo, como habitual.

— Eu já disse... não sei.

— Fale algo novo.

— Acho que gosto de você desde antes de te conhecer.

Fui surpreendida pela força e alcance das palavras. Por um instante, meus sentidos ficaram baralhados e eu precisei olhar em volta para me situar. O ruído de uma praça de alimentação abarrotada de gente não era mais ensurdecedor do que o silêncio que se fez entre nós. Isso era realmente a coisa certa a ser dita por uma pessoa que cai de paraquedas na sua vida? Ou algo que eu devia estar preparada para ouvir de alguém? Não... e não. Quase pedi para ele repetir por não acreditar no que tinha acabado de ouvir, mas era melhor fazer de conta que eu não tinha ouvido.

Balancei a cabeça para os lados e perguntei:

— Você quer mesmo tornar tudo ainda mais estranho?

— Não. — Ele baixou a cabeça.

— Até porque eu sou noiva e moça de família. Não pega bem.

Embora fosse verdade, admito que a argumentação soou obsoleta e careta. Eu não ia deixar que me intimidasse e minha única defesa era estabelecer o limite que ele não deveria cruzar. Um limite de respeito.

Sebastian tornou a me fitar com seriedade.

— Seus pais não podem forçá-la a nada que não queira. Você não percebe?

Agora sim, o negócio tinha ficado sério! Foi como levar um gancho de direita sem saber de onde tinha vindo e por quê. De repente, minha conversa anterior com vovó no jardim de sua casa badalava como um sino. O que mais ela teria contado para ele?

Mais uma vez, senti como se minha vida não fosse mais minha vida. E isso vindo de minha avó, era desnorteante.

Já com a paciência em estágio terminal, eu disse:

— Ei! Você não pode se meter nisso! Meus pais não estão... — Então me interrompi. — Quer saber? Isso não é da sua conta. Você é um intrometido, e age como um sedutor barato! — Ao me levantar, arrastei a cadeira para trás num impulso que quase a levou ao chão. — Vá lavar as mãos no banheiro. Está na hora de irmos embora.

O que mais me irritava é que Sebastian me obedecia, sem retrucar. Ele se levantou, foi ao banheiro, retornou completamente limpo e, de quebra, carregou todas as sacolas. Fez tudo que eu queria até entrarmos no ônibus. Ficamos mudos a viagem inteira, desta vez, comigo sentada à janela. Uma hora ou outra, eu percebia-o olhando de soslaio para mim. Então eu me espremia contra a parede do ônibus, porque não queria encostar nele, nem ouvir mais nada. Tive a ideia de abrir a janela. O vento jogava meus cabelos no seu rosto e castigava seus olhos. E assim, vitoriosa e mais solitária do que nunca, mantive a distância entre nós dois.

Capítulo 19

As aulas no salão Leopoldo Miguez eram sempre uma viagem para meus sentidos. Além da excelente acústica, o estilo romântico parisiense do ambiente dava asas à minha imaginação. Em meus megalômanos pensamentos, eu era sempre uma dama que tocava num palácio da corte francesa de Luís XIV. Num dia condessa, noutro duquesa, mas na maioria das vezes, a princesa. Só não gostava de pensar que meus ilustres pretendentes apreciavam perucas brancas e rostos decorados.

Caroline aturava meus devaneios e caía na gargalhada com as histórias que eu inventava sobre o salão. Normalmente fazíamos isso depois das aulas do Oscar, apenas para descontrair. Hoje, porém, decidimos adiantar um pouco a conversa.

Juntas, eu e Carol nos distraíamos com facilidade. Por isso, raramente Oscar nos permitia o privilégio de um exercício em dupla. Quando não era uma, era a outra que errava a nota.

Ele estava a ponto de se juntar ao afresco no teto quando se exaltou:

— Alícia! Preste atenção!

— Perdão, professor. Vou repetir.

Reajustei o violino sob o queixo, relaxei os ombros e voltei a movimentar o arco. Deitei-o com a pressão do meu polegar, à melodia dos acordes de *Canon*, de Pechelbel. Quando eu começava a retomar minha concentração, ouvi um sussurro:

— Aquele ali não parece um conde, mas é um pedaço de mau caminho! — entoou Carol, enquanto deslizava os dedos delicados pelas cordas de sua harpa.

Sem conseguir enxergar a plateia, não sabia de quem Carol estava falando. Inclinei-me para observar o espectador que havia lhe chamado a atenção quando Oscar deu um chilique tão alto que fez o arco na minha mão tremer.

— Caroline, silêncio! Alícia, olhe para a partitura!

Foi breve, mas eu o reconheci mesmo na penumbra do auditório. Sebastian sentava-se na antepenúltima fileira. Eu me perguntei o que teria levado Carol a percebê-lo e, mais incrível, a concluir que ele era o que ela disse que era.

Mas o que ele estava fazendo ali?

Perdi a concentração. Meu coração acelerou tanto que parecia bater fora do peito. Ainda interpretando o comentário às cegas de minha amiga, desandei na sequência e ouvi um berro que me faria caminhar de lado durante alguns dias.

— *Spalla*!

As cordas cessaram de tremer, mas meu corpo não.

— Você já tocou o *Canon em D maior* tantas vezes que eu não admito que cometa erros de principiante! — bradou Oscar, quase cuspindo em mim. — É bom que esteja ciente de que o tempo para a entrega do trabalho está se esgotando. Vou querer não só a partitura da sonata, mas também que você a interprete para mim de forma irretocável!

— Sim, senhor maestro.

Oscar nunca havia confirmado, mas sempre que o chamavam de "senhor maestro", a despeito de uma apresentação, era como se estucássemos o ego dele com pimenta.

Quando se levantou, Carol me olhou de forma apavorada. Ele se colocou à nossa frente e impôs sua sombra entre nós duas.

— Largue o violino — ordenou.

Confusa, obedeci e pousei-o no meu colo.

— Se você não está querendo praticar hoje, talvez possa nos elucidar sobre história da música. Conte-nos algo sobre o *Canon*.

— Professor, eu...

— Valendo um ponto na média.

Inspirei e expirei com os olhos fechados. Oscar estava me colocando à prova novamente, desta vez, na presença de um novo membro na plateia. Procurei me abstrair disso e me esforcei para lembrar o que sabia.

— Existe uma controvérsia sobre a autoria da obra e as circunstâncias em que foi composta são desconhecidas, no entanto, existe uma versão que atribui o motivo à ocasião da celebração do casamento de Johann

Christoph Bach, irmão mais velho de Jonann Sebastian Bach e pupilo de Pachelbel. Em 1694, Johann Pachelbel compareceu ao casamento como amigo da família Bach e padrinho de Johanna Juditha. O *Canon* foi gravado pela primeira vez por Arthur Fiedler, em 1940.

— Isso é lenda de Wikipédia — disse ele, com desdém. — Você precisa estudar mais, senhorita Mastropoulos.

— É a única versão conhecida. Se o senhor encontrar alguma pesquisa que contrarie a *lenda*, por favor, não deixe de apresentar à classe — disse, antes que pudesse impedir minhas palavras de serem jogadas no ar. Eu e minha grande boca.

Oscar sorriu de canto e tirou a caneta do bolso da camisa para anotar algo na pauta.

— Pela menção a Arthur Fiedler, vou lhe dar meio ponto.

Meio ponto?

— Não, obrigada. Não creio que o mereça. Vou compor uma sonata *irretocável* e recuperarei o ponto inteiro.

O velho Oscar engoliu o próprio sorriso, enrugando os lábios para dentro. Era sua expressão mais assustadora, de quando se sentia provocado. Estranhamente, não me sentia aterrorizada como os outros, muito pelo contrário; fiquei feliz em não deixar transparecer um pingo de insegurança. Não na frente de Sebastian. Não depois deste desafio.

Mesmo que nossa história não fosse nem um pouco confortável, comecei a achar que Sebastian podia ser o antídoto que eu precisava para as bizarrices da minha vida.

Depois de guardar meu violino, procurei por Carol. Num minuto ela estava do meu lado. No seguinte, havia desaparecido. Sua harpa jazia abandonada. Já com as luzes do palco diminuídas, fiz uma meia-circunferência inspecionando as cadeiras da plateia, até onde meus olhos podiam alcançar. E então, percebi que Sebastian também havia desaparecido.

Antes de invadir o hall, ouvi vozes conhecidas. Eu suspeitei, mas ainda assim não podia acreditar que Carol havia se adiantado para encontrar com ele.

Quando cheguei perto dos dois, ela segurava a pasta de partituras junto ao peito e enrolava uma mecha de seus cabelos artificialmente ruivos, lembrando uma colegial. Sebastian estava vestindo a camisa cinza e o jeans que eu havia comprado para ele. Gostei de vê-lo usando os *sneakers*.

— Olá, Sebastian — cumprimentei-o num tom tão natural que deixaria qualquer pessoa com a pulga atrás da orelha, especialmente Carol.

— Vocês se conhecem? — Ela espremeu os olhos.

— Lembra do rapaz do coreto? — perguntei.

— O cara pelad... quero dizer... — Ela engoliu seco. — Você é o cara do quarto 222?!

— Sim, sou eu. Vejo que fiquei famoso.

— A Carol foi comigo ao hospital no dia em que você teve alta — revelei.

Carol, recuperada da surpresa e sem se dar por vencida, comentou:

— É verdade. *Eu* a convenci a voltar lá.

Revirei os olhos.

— E por que você fez isso? — indagou ele, coçando a cabeça.

— Não sei, acho que eu estava com um pressentimento bom sobre você. Pois vejo que se confirmou. Você é exatamente como eu pensava, exceto pelos olhos azuis... — Ela suspirou, e meu estômago quase deu uma cambalhota.

Cruzei os braços para observar até aonde os dois iriam com aquela conversa. Carol já havia enrolado a mecha inteira do cabelo no dedo e não soltava mais, só balançava, metodicamente, como um novo TOC recém-adquirido. Não aparentava normalidade, nem mesmo parecia a Carol que eu conhecia. Ela não era de dar muito assunto para rapazes, a não ser que tivesse alguma estratégia de sedução engatilhada.

— Pressentimento? — continuou ele.

— É. Sabe como é... um sexto sentido. Quando a Alícia me contou o jeito como você apareceu no Parque Lage, eu fiquei toda arrepiada...

Ah, não... Ela ia começar a falar de *arrepios*. Eu não ia *mesmo* continuar ouvindo.

— Ei, vocês podem me poupar desse papo? Que tal eu fazer as apresentações? Sebastian, essa é a Caroline. Caroline, este é o Sebastian. — Os dois me olharam como se eu empunhasse um arco e flecha, mas me sentia qualquer coisa, menos um cupido naquele momento. E continuei: — Agora podem conversar sobre famílias, bandas, cores, animais de estimação e outras preferências, ok? E, enquanto os pombinhos se conhecem melhor, eu vou correr atrás do ponto que não ganhei hoje na apresentação. *Bye, bye.*

Dei-lhes as costas e acelerei o passo para fora do prédio como se algum deles fosse chamar meu nome ou correr atrás de mim. Ainda esperei alguns minutos, escondida na parede lateral, mas nenhum dos dois apareceu. Passei a sentir uma pressão na minha testa, como se uma enxaqueca estivesse batendo primeiro antes de entrar. Bem, uma dor de cabeça que pede licença era novidade para mim. Ultimamente elas apareciam sempre de forma sorrateira e acompanhadas de Sebastian. Só que, ao contrário da dor, ele nunca pediu licença para aparecer na minha vida e em todos os momentos ou lugares, cercando-se de todas as pessoas que conheço.

Pois bem: a partir de agora, ele teria que pedir minha permissão. Se ousasse alguma vez estar em minha presença de novo, precisaria me apresentar um requerimento fundamentado.

E sendo assim, meu decreto anulava todas as disposições anteriores.

Capítulo 20

A dor de cabeça havia piorado bastante quando desci do ônibus no Catete.

Assim que cheguei à casa da minha avó, pedi-lhe um analgésico e fechei as cortinas da sala, onde me sentei. Ela ficou preocupada com o meu silêncio e demonstrou isso ao trazer chá quentinho de camomila com tília e gengibre que tinha acabado de fazer. Só o perfume já fez eu me sentir melhor.

Eu mal havia olhado para ela até o momento em que se sentou ao meu lado e pegou as minhas mãos. Seus dedos magros se entrelaçaram nos meus e ela perguntou:

— Você se encontrou com o Sebastian hoje?

— Como ele sabia onde eu estava, vó? — perguntei, já prevendo a resposta.

— Sinto muito se ficou chateada.

— Vó, eu vim aqui para ter uma conversa muito séria com a senhora. — Desgrudei minhas mãos das dela e cruzei-as sobre os joelhos. — Séria e definitiva.

— Sebastian me disse que...

— Por favor, vó! Pare de colocar o Sebastian entre nós! — desabafei.

— O que é isso? De repente, ele vira o centro das atenções?

— Eu entendo sua reação, querida.

— É claro que entende! Foi a senhora que o trouxe para dentro da sua casa e que está aproximando ele de mim. Mas eu não quero o Sebastian perto de mim!

— Ele disse ou fez algo de errado?

— Ele *é* errado, vó! Mais um erro para minha vida já toda errada.

— Você tem certeza do que está dizendo, Alícia?

— E a senhora, tem certeza do que está fazendo? Abre sua casa para um estranho, conta tudo sobre minha vida para ele...

— Não contei sobre a sua, mas sobre a minha vida. E acontece, Alícia, que você é minha única vida agora, querida — explicou-se. — Sebastian está muito confuso, mas eu sei que ele é um bom rapaz e que posso confiar nele. Você também pode confiar.

Minha avó havia vivido muito mais que eu. Ainda assim, eu não podia conceber que ela fosse tão inocente assim! Ela sempre era muito crédula e eu sabia que tinha herdado isso dela. No entanto, a convivência e a criação que recebi dos meus pais na cultura grega moldaram minha personalidade. Ao longo dos anos, me tornei mais desconfiada. Neste caso, porém, não era o fato de confiar ou não confiar que estava em causa. Era a falta do concreto, do palpável. Como eu poderia desconfiar de alguém que não existia?

Sebastian era como uma assombração, alguém sem passado e com um presente nebuloso, que me dizia coisas sem nexo e me fazia o tempo todo duvidar da minha capacidade de avaliar entre o certo e o errado. Ele tirava os meus pés do chão. Eu perdia a racionalidade com ele e, com isso, cada vez mais ignorava seus mistérios em troca de sua companhia.

Se eu explicasse isso para minha avó, ela não entenderia. Para ela, uma velhinha solitária cuja vida inteira foi dedicada ao marido, talvez Sebastian fosse uma boa companhia, alguém que lhe comprava flores frescas na feira e para quem ela podia cozinhar todos os dias e contar suas histórias da juventude, nada mais que isso. Já para mim, ele representava mais. E eu tinha medo de descobrir o quê.

— Vó, a senhora não tem jeito. Não vale a pena conversar. — Suspirei. — Eu vim aqui para te pedir uma coisa: mande-o embora.

— Não posso fazer uma maldade dessas. Ele não teria para onde ir.

— Vó, eu estou te pedindo. Se a senhora não fizer isso, vou ser obrigada a contar para o meu pai.

Percebi-a ficar estagnada, talvez incrédula. Levantei-me. Sem me despedir, do mesmo modo como entrei na casa, eu saí. Não queria ouvir sua resposta. Eu sabia que a tinha deixado sem alternativa.

Ao bater o portão da vila, senti uma forte constrição no peito. Mas eu não estava disposta a me arrepender. Não nesse caso.

Somente uma coisa doía mais do que minha cabeça: meu coração. Eu havia chantageado minha avó, sem dó, piedade ou pudor. Agi como minha mãe costumava agir com meu pai e comigo. Talvez eu estivesse cada dia mais parecida com a D. Artêmia — o que não era, nem de longe, motivo de orgulho.

Quando cheguei ao Parádosis, encontrei as mesas do restaurante ainda vazias. Como todo o comércio a nossa volta, o movimento nunca era muito grande no findar do mês e, especialmente naquele dia, sabia que seria baixo. Era quase hora do jantar e tínhamos apenas duas reservas. Aproveitei a tranquilidade para escolher a trilha sonora da noite. Fui até o andar de cima, adentrei o escritório de papai e, furtivamente, surrupiei-lhe alguns CDs.

Minha escolha não foi muito difícil. Nana Mouskouri sempre foi a minha cantora grega favorita. "The White Rose Of Athens" embalou muitos sonhos meus. Papai costumava cantar essa canção para eu dormir quando pequena, pois era a música que vovô cantava para ele. Hoje, ela não embalava mais meus sonhos, mas minhas doces lembranças.

Eu podia ver meu avô nitidamente sentado à mesa 3. Ele gostava daquela mesa só por causa do número. Dizia que o 3 era seu número da sorte. Eu não duvidava disso. Foi o dia do seu nascimento, o dia em que chegou ao Brasil e também que conheceu a vovó. Ele não morreu num dia 3, mas num dia 30, por isso, até naquele momento, seu número da sorte esteve com ele.

Vovô tamborilava com os dedos na mesa de madeira sempre que terminava de comer enquanto aguardava seu café. Era seu momento reflexivo da refeição. Foi quando, num dia como o de hoje, de movimento fraco, eu me aproximei da mesa, puxei uma cadeira e me sentei para lhe fazer companhia.

Naquela época, eu tinha acabado de completar 18 anos (numa era pré-*Theo*) e estava em dúvida sobre qual carreira seguir. Eu gostava de música, mas não sabia se possuía vocação. O fato de tocar violino desde os seis anos de idade me exaurira. Eu tinha consciência de que estava mais impaciente naquela idade, de que não conseguia relaxar os ombros com o instrumento. Mesmo assim, comecei a inventar desculpas para tocar menos, dizendo que estava perdendo a coordenação motora, que levantar meu braço esquerdo por horas, em um ângulo de aproximadamente 60° no cotovelo e antebraço, me dava dores musculares terríveis. Que nada! Meu corpo estava mais do que adaptado àquela posição e meu sistema neurológico já assimilara a capacidade de coordenação motora para trabalhar simultaneamente com as duas mãos. Todavia, além dos meus chiliques adolescentes, os cabeças-duras (e gregas) dos meus pais não aceitavam uma filha formada (pior ainda, em música!) de jeito nenhum. Mas vovô sempre tinha as respostas, mesmo diante de um panorama dramático como este. Quando ele não sabia como dizer, contava uma parábola. Com sua voz rouca e cansada, ele me contou uma que se chamava "a última corda". E começou assim:

"Era uma vez um grande violinista chamado Paganini. Alguns diziam que ele era muito estranho. Outros, sobrenatural. As notas que saíam de seu violino tinham um som diferente, quase mágicas, por isso ninguém queria perder a oportunidade de assistir a seu espetáculo.

Numa certa noite, o palco de um auditório repleto de admiradores estava preparado para recebê-lo. A orquestra entrou e foi aplaudida, o maestro, ovacionado. Porém, quando a figura de Paganini surgiu triunfante, o público foi ao delírio. Paganini colocou seu violino no ombro e o que se assistiu a seguir é indescritível. Breves e semibreves, fusas e semifusas, colcheias e semicolcheias pareciam ter asas e voar com o toque daqueles dedos encantados.

De repente, um som estranho interrompeu o devaneio da plateia. Uma das cordas do violino de Paganini arrebentou. O maestro parou. A orquestra parou. O público parou.

Mas Paganini não parou. Olhando para sua partitura, ele continuou a tirar sons deliciosos de um violino com problemas. O maestro e a orquestra, empolgados, voltaram a tocar. Mal o público se acalmou quando, de repente, outro som perturbador derrubou a atenção dos assistentes. Uma nova corda do violino de Paganini se rompeu. O maestro parou de novo. A orquestra parou de novo.

Paganini não parou. Como se nada tivesse acontecido, ele esqueceu as dificuldades e avançou, tirando sons do impossível. O maestro e a orquestra, impressionados, voltaram a tocar. Mas o público não poderia imaginar o que aconteceria em seguida. Todas as pessoas, pasmas, gritaram um 'OOHHH!' que ecoou pela abóbada do auditório. Uma terceira corda do violino de Paganini se partiu. O maestro parou. A orquestra parou. A respiração do público parou.

Mas, Paganini não parou. Como um contorcionista musical, ele tirou todos os sons da única corda que sobrara do violino destruído. Nenhuma nota fora esquecida. O maestro se animou. A orquestra se motivou. O público partiu do silêncio para a euforia, da inércia para o delírio.

E Paganini, enfim, atingiu a glória."

Vovô completou que o nome de Paganini perdurava através do tempo não só por ele ser um violinista genial, mas também por ser o símbolo do profissional que continuava diante do impossível.

Ele, então, limpou uma lágrima que escorria pelo meu rosto e disse:

— Alícia, um dia você será como Paganini: invencível.

— Ah, vô... o senhor não sabe o que está dizendo! — disse-lhe, fungando.

— A vocação e a magia são filhas da perseverança. Quando você toca, você faz música. Quando você acredita, você faz mágica.

E, depois disso, eu acreditei. Mesmo que agora, depois de tantos anos, eu não tivesse mais quem me contasse parábolas ou me fizesse acreditar em magia. Neste caso, como iria encontrar as respostas?

Talvez as respostas me encontrassem primeiro.

Capítulo 21

Uma nova manhã.

As últimas noites haviam sido péssimas, mas a palavra "torturante" definia bem o que eu havia passado nas últimas horas. Nem os carneiros coloridos me socorreram com tantos pesadelos. O pior de acordar foi constatar que, ultimamente, eles eram menos surreais do que a realidade. Eu podia correr de tigres num deserto, escalar montanhas de cabeça para baixo, enfrentar um tsunami pendurada no braço do Cristo Redentor, mas nada disso me parecia mais inverossímil do que saber que existia um Sebastian e que ele invadira minha vida.

No espelho oval do banheiro, meu reflexo quase saiu correndo quando me viu. Eu não poderia me culpar por ser um zumbi, mas poderia me culpar por não ter um estojo de maquiagem de primeiros-socorros para situações como esta.

Quando cheguei à sala, mamãe me avisou que Theo estava no carro, estacionado em frente ao restaurante. Eu já tinha ouvido sua buzina duas vezes e detestava quando ele fazia estardalhaço àquela hora da manhã, afinal, a pressa era minha, não dele, que tinha folga no estágio e só estava ali para me dar carona porque não gostava de me ver pegar o ônibus. Se Theo pudesse, me daria carona todos os dias. Se eu pudesse, iria de ônibus todos os dias. Nada era mais prazeroso do que sentir o vento nos cabelos e usufruir do iPod para criar trilhas sonoras pelos vários lugares, pessoas e momentos da viagem. Ao contrário disso, eu precisava me munir de tampões de ouvido para proteger os tímpanos do *stereo sound* que Theo havia instalado no bagageiro do carro e jamais esquecer minha jaqueta tipo esquimó forrada à flanela, posto que ele sentia um calor excessivo e sintonizava o ar condicionado na temperatura ideal para os ursos polares do Ártico.

Infelizmente, mesmo tentada pelo cheirinho do café e das torradas com mel, eu não podia desfrutar do café da manhã que mamãe havia preparado, pois não podia perder o primeiro tempo de aula, já tão perto do fim do semestre. Peguei as pastas, selecionei uma maçã para mim e uma banana para Theo, dei um beijo em mamãe e bati a porta. Corri até o carro antes que ele resolvesse mostrar à população mundial como funcionava sua buzina pela terceira vez.

— Tudo bem se você se sentir confuso — avisei ao sentar no banco do carona. — Não sou a Victoria Everglot. Sou mesmo sua noiva, Alícia Mastropoulos, e não a *noiva cadáver*.

Ele encurtou os olhos.

— Ahn?

— Do filme... do Tim Burton?

— Ah! — Ele continuou com a mesma expressão confusa. Deu partida no carro e arrancou. — Mas por que está dizendo isso?

— Esquece! Se você não reparou, ainda bem.

— Que você esqueceu a maquiagem?

— Eu não uso maquiagem, Theo!

— Sim, é verdade — emendou, rapidamente. — Você não precisa, meu amor. É linda de qualquer jeito.

— Mesmo com essas olheiras horrorosas?

Ele se virou para conferir enquanto guiava o carro com apenas uma das mãos.

— Theo, olha para frente! — exclamei alto.

O ônibus tirou um fino do carro que, por um triz, não perdeu o retrovisor direito.

— Realmente. Você está horrível! O que aconteceu?

Fiquei em silêncio, pensando que teria sido melhor se não tivesse insistido no assunto.

— Diga logo, Alícia. O que aconteceu para te deixar nesse estado?

— Credo... nem está tão terrível assim! — Baixei o espelho-documento e tentei exprimir um sorriso.

— Você não está bem.

— Não é nada importante. É que... — Suspirei. — Ontem me lembrei do meu avô no restaurante e de uma parábola que ele me contou. Ele sempre tinha as palavras certas na hora certa. Quer que eu conte para você? É muito bonita.

O semáforo ficou amarelo e ele desacelerou.

— Outra hora, meu amor. — Ele girou seu corpo para mim e apoiou o cotovelo no volante. — Eu estava pensando uma coisa... nós temos que começar a procurar o grupo musical que vai tocar no dia do nosso casamento. Meus pais pensaram em trazer um grupo da Grécia. Eles são conhecidos por lá e...

De repente, fui banhada por um desejo arrebatador, tão agudo que não me deixava concentrar em qualquer outra coisa.

— Theo, quando o semáforo abrir, você se importa de dobrar à direita?

— O quê?

— Eu não vou para a faculdade agora. Preciso passar num lugar primeiro.

— Você vai chegar atrasada... Estamos em cima da hora. Tem certeza?

— Tenho. Nós vamos ao Parque Lage.

Theo continuou exprimindo um enorme ponto de interrogação na testa. Se houve algo de bom, era que ele não havia discordado ou feito perguntas.

Enquanto ele girava a direção no cruzamento, eu pensava no rumo que tomava na minha vida. Decidir-se pelo caminho a ser tomado com um carro não era tão complicado. Se errasse a rua, se não fosse o lado correto, bastava fazer o retorno. Mas e dentro da minha mente? No mínimo, as consequências teriam que ser assumidas. E se eu escolhesse uma rua sem saída? A vida não dá marcha-ré. Será que eu teria volta?

Naquele momento, tudo o que eu podia fazer era seguir adiante. Sempre em frente e, de preferência, sem olhar para trás.

Theo estacionou seu iglu de quatro rodas no Parque Lage ainda a tempo que eu sobrevivesse à iminência de congelamento. Deixei o casaco de esquimó e minhas pastas no carro e levei apenas as frutas, pensando em tomarmos nosso café da manhã dentro do coreto.

Eu não fazia a menor ideia de onde ele ficava. Além disso, as poucas placas do Parque não ajudavam muito.

Comecei a caminhar a esmo, seguindo minha intuição. Andamos o suficiente para eu me dar conta de que *Alícia, intuição* e *floresta* eram três palavras que não combinavam. Depois de quarenta minutos dando voltas, acabávamos sempre no mesmo lugar: a fonte. Àquela hora da manhã, não encontrávamos ninguém a quem perguntar e Theo já dava sinais de irritabilidade, deixando-se ficar para trás enquanto eu dava mais uma volta em torno do solar.

Em certo instante, percebi que caminhava sozinha. Theo havia desistido. Voltei e encontrei-o sentado no gramado, as pernas esticadas e a cabeça inclinada para o céu. Me aproximei o suficiente para que não desse a desculpa de que não me ouvia.

— O que está fazendo? Levante daí!

— Alícia, eu não sei o que você pretende dando voltas nesse parque deserto. Que tal namorarmos um pouco? — Ele puxou meu braço e eu caí em cima dele, dobrando o pulso de mal jeito no chão.

— Ai, seu bruto!

Ele se aproximou mais e sussurrou no meu ouvido:

— Que tal irmos a um lugar mais escondido e ficarmos mais à vontade? Quem sabe na gruta que vimos há pouco? Ou na Torre Medieval? — Ele acariciou minhas costas até levantar um pouco minha blusa. — Vamos, você não matou aula para passear...

Desvencilhei-me dos seus braços e dei um tapinha na sua mão atrevida. Apontei para o meu lado esquerdo.

— Ainda não fomos para aquela direção.

Ele engoliu seu assanhamento e exasperou:

— Nós já andamos em todas as direções!

— Não, não fomos para aquele lado — insisti. — Que tal você me ajudar um pouco em vez de ficar reclamando?

— Quer saber? Vá sozinha!

Ele se levantou, limpou as mãos sujas de grama nas calças e saiu andando.

— O que está fazendo? Está indo embora? Vai me deixar aqui?

— Alícia, se você tivesse me dito que faríamos um passeio no bosque, eu teria trazido meu PSP. Isso aqui é um tédio!

— Bosque? Isso não é um bosque... — murmurei.

Ele continuou caminhando a passos acelerados e eu, correndo atrás.

— Ei, Theo! Espera!

Ele finalmente parou. Depois se virou para mim como se estivesse fazendo um favor. Tínhamos praticamente voltado para o estacionamento e vi que ele já estava com o controle do carro na mão, pronto para trocar as Palmeiras Imperiais pela geladeira ambulante.

— Tome! — Dei-lhe (literalmente) a banana. — Leve com você.

Deixei-o com cara de tacho, dei-lhe as costas e retornei até a fonte, seguindo adiante pela direção que ainda não havia ido.

Enquanto andava, eu ouvia o barulho das folhas secas sob meus pés, além do canto dos bem-te-vis nas copas das árvores. Os fracos raios de sol que penetravam pelos galhos não eram suficientes para me aquecer. Conforme eu me embrenhava pelo parque, o clima ficava cada vez mais úmido. À beira do pequeno lago, cruzei os braços junto ao corpo e amaldiçoei Theo por ter levado meu casaco com ele.

Deparei-me com um tronco interditando o caminho. Estava tudo alagado dali para frente. *Fim de linha*, pensei. Foi nesse instante, ao voltar atrás, que meus olhos finalmente encontraram o coreto, através do seu reflexo no espelho d´água. Eu havia passado por ele instantes antes e não o tinha visto, camuflado na natureza. Embora tivesse uma aparência de quase abandono, era lindo, talhado no concreto como se fosse construído de toras de madeira. Não tinha a exuberância dos coretos musicais das praças de cidades do interior, no entanto, a música que ali se ouvia não soava lá de dentro, mas ao seu redor. Os sons da natureza o envolviam com uma aura bucólica.

De repente, havia borboletas de vários tamanhos e cores me cercando, pousando nos meus ombros, em meus cabelos.

Como se uma névoa permeada por luz mascarasse meus sentidos, eu me vi completamente envolvida pelo encanto daquele lugar. Podia fechar os olhos e confiar. E então, surgiu Sebastian. Sua mão estendida me convidou a entrar. Degrau a degrau, as pedras me conduziram para perto dele. Via tantas borboletas pairando à sua volta quanto à minha, e os raios dourados de sol cintilavam em seu olhar. Sua mão, macia e quente, sustentava a minha com a leveza de uma pluma e eu podia flutuar para seu abraço, de tão perto que estava. Tão perto...

A melodia que guiou nossos passos tinha a cadência suave de uma valsa, mas eu dançava com a cabeça pousada em seu peito e os braços apoiados em seus ombros. Eu sentia sua respiração e respirava no mesmo ritmo. Seu toque era hesitante, porém cheio de desejo, quando ele deslizou o dorso da mão em meu rosto e me abraçou mais forte. Tão perto...

Quando abri os olhos, encontrei o coreto vazio. Foi quando eu percebi: nos meus sonhos, nada era mais perto do que a maior distância que ele sempre esteve de mim. Ou seja... tão perto. E, ainda assim, tão longe.

Capítulo 22

Apesar da minha fantasia dentro do coreto, eu tinha plena consciência do paradoxo entre o sonho e a realidade.

Embora estivesse ficando cada vez mais insegura dos meus sentimentos, minhas decisões se tornavam cada vez mais confiáveis. Eu não podia ter os pés no chão se estivesse com a cabeça nas nuvens. Então, mais do que nunca, eu precisava acorrentar-me ao chão para tomar as rédeas da minha vida.

Assim que coloquei os pés no Parádosis, levei um choque de realidade que me auxiliou a visualizar a metáfora drástica da corrente. Encontrei minha mãe com o telefone descaído no ombro, o olhar esgazeado e perdido. Ela tinha acabado de receber um pedido de uma das famílias mais tradicionais do círculo grego do Rio de Janeiro, reservando todo o restaurante para as bodas de um casal em três dias.

— Mamá, você tem que recusar! — exclamei, pegando o telefone do seu ombro e colocando-o de volta na base. — Diga que não será possível e pronto. Não temos que aceitar um pedido desses em cima da hora!

— Você não entende. Eu não posso recusar um pedido da família Levendakis. Você terá que ficar no restaurante tempo integral pelos próximos três dias, Alícia.

Senti um tremor sob meus pés. Se fosse um terremoto me levando para o centro da Terra, viria bem a calhar, mas era apenas a minha perna desestabilizada.

— O quê?! Nem pensar! Não posso. Estou enrolada com o fim do semestre na faculdade. Tenho uma sonata...

— Não me faça te lembrar das suas obrigações, Alícia! — interrompeu-me, com seu inexorável tom imperativo.

— Eu não posso me virar em duas!

— Não me interessa como você vai fazer isso, mas terá que fazer.

Tirei novamente o fone da base.

— O que está fazendo, Alícia?

— Vou ligar para a Sra. Levendakis e comunicar que nós não temos infraestrutura ou capacidade logística para aceitar a reserva.

— Infraestrutura? Capacidade logística?! Desde quando nós nos preocupamos com isso? Nossa família sempre deu conta do recado.

— Mamá, dar conta do recado é uma coisa. Fazer milagre é outra.

Ela cruzou os braços.

— E por acaso você tem alguma ideia melhor do que desistir, Alícia?

Com meus ouvidos treinados, percebi uma leve mudança de tom quando a palavra "desistir" saiu de sua boca. Mas será que eu conseguiria contra-argumentar? Então me lembrei imediatamente de que era uma ótima oportunidade para insistir no reforço de mão-de-obra.

— Se contratarmos mais empregados, talvez tenhamos alguma chance — falei.

— Enquanto discutimos isso, perdemos tempo.

Não acreditei no que estava ouvindo. Recoloquei o fone no gancho. Aproximei-me dela e, sustentando seus olhos com firmeza, disse:

— Seja mais realista e menos pão-dura, mamá.

Ela espremeu o semblante.

— Do que você me chamou?

— É isso mesmo. Você e papai não podem continuar a economizar às minhas custas.

— Alícia, o que está acontecendo com você? Ultimamente não quer mais saber de suas obrigações. Qual será o próximo passo?

— Desculpe, mamá, mas esta não é a minha única obrigação. Eu tenho a faculdade — interrompi. — A senhora pode não entender isso, mas já deveria ter aceitado.

Minha mãe me encarou como se eu fosse um rosto desconhecido, sem familiaridade nenhuma. Pura teatralidade.

— Quem tem que aceitar alguma coisa aqui é você, Alícia Mastropoulos. Com 21 anos, ainda demora a aceitar o sobrenome que carrega. Se depois de tudo que eu e seu pai fizemos, você não conseguiu até agora... seremos mais enérgicos daqui para frente! Se prepare.

Revirei os olhos.

— Esse assunto, de novo? Sabia que conversar com você está se tornando cada vez mais cansativo?

— Você perdeu completamente o respeito por mim.

— Pelo menos o papai me entende.

— E a quem você acha que ele ouve?

Ao escutar aquilo, pensei que nem Equidna, o monstro grego da mulher com cauda de serpente, poderia ser tão perversa.

Palavras que feriam e mágoas que não cicatrizavam. Estes eram os tijolos que continuávamos a cimentar no muro que erguíamos entre eu e D. Artêmia, cada vez mais alto e mais difícil de transpor. Nenhuma de nós duas conseguia se colocar no lugar da outra e ambas perdiam com isso. Pior, perdíamos algo que não se recupera: tempo.

Eu sentia saudade da minha mãe, de quando ela lia contos mitológicos para me fazer adormecer, fazia tranças entremeadas com fitas de cetim azuis nos meus cabelos, me buscava na escola e parava no pipoqueiro sem se esquecer do quanto eu adorava leite condensado para lambuzar os meus dedinhos. Naquele tempo, ela não se importava de desviar do caminho para me fazer um agrado ou de lavar todos os dias a roupa onde eu limpava minha mão melada. Então, para onde tinha ido a D. Artêmia? E a menina de tranças azuis, por onde andava?

Eu ainda acreditava que, um dia, iríamos nos reencontrar.

Capítulo 23

Depois da última briga com mamãe, tranquei-me no quarto pelo resto do dia e só saí para jantar. Como meu pai não comentou sobre o nosso desentendimento, tinha certeza de que ela não havia contado nada para ele. Eu não me importava de ver o circo pegando fogo, mas até fiquei aliviada por isso. Não queria que papai tomasse partido por nenhuma de nós duas e tinha receio de que, mesmo entendendo todas as minhas reações, ele ficasse do lado dela.

Eu estava tão cansada das últimas noites em claro, que dormi feito uma pedra. Após uma noite sem sonhos nem pesadelos, acordei me sentindo renovada. Quando os violinos do concerto "A Primavera" de *As Quatro Estações* de Vivaldi me despertaram para um novo dia, em vez de abafar o celular sob o travesseiro, deixei a música tocar até o fim. Em vez de puxar a coberta sobre a cabeça, expulsei-a de cima de mim e me espreguicei.

Depois de arrumar a cama, liguei o chuveiro e entrei de uma vez só sobre a ducha forte e quente. Deixei-me ficar ali durante mais tempo do que eu geralmente podia, relaxando os músculos. Em seguida, dei uma espiada no tempo ensolarado pela janela e escolhi meu vestido verde-água de alcinhas com detalhes em renda no busto e na barra da saia. Foi uma escolha leve e primaveril, como eu estava me sentindo. Não era para menos. Meu dia preferido da semana era o dia de feira, quando escapulia da rotina do restaurante e visitava minha avó.

Havia uma voz na minha consciência, sussurrando para que eu não me ausentasse do restaurante tendo uma festa de casamento importante daqui a dois dias. Eu não lhe dei ouvidos, e não me permiti sentir remorso quando deixei minha mãe cortando pepino na cozinha e saí de fininho pela porta dos fundos. O fato é que eu não me sentia apenas bem disposta; sentia-me livre. Livre para assumir minhas obrigações sem sacrificar meus desejos. Não era como se eu estivesse dando o meu grito de independência, mas eu não podia me calar e me submeter mais uma vez. Eu estava comprometida com muitas pessoas em minha vida e cada vez menos comigo mesma.

A feira estava vibrante e colorida como sempre e, mais do que nos outros dias, me senti em sintonia com aquele lugar. Passeei entre as barracas e cestos de compras com intimidade. Acreditando conhecer todos os caminhos da feira, me deparei com uma barraca nova, onde raras caixinhas de lichias e de amoras fresquinhas conviviam harmoniosa e deliciosamente umas ao lado das outras, num espetáculo para os olhos e paladar. Só de imaginar a musse deliciosa que prepararia para minha avó numa tentativa de me redimir da última atitude que tive com ela, fiquei com água na boca.

Perguntei o preço ao vendedor, um rapaz que aparentava ter uns dezesseis anos. Quando ouvi a resposta, perdi completamente o apetite, mas não meu tino de comerciante.

— Se você fizer pela metade do preço, eu levo cinco caixinhas de cada! — propus.

— Desculpe, moça. Eu não sou o dono da barraca, estou apenas olhando pro meu tio.

— Ele está aqui na feira?

— Não.

— Vocês são novos por aqui, não é?

— Sim. É nosso primeiro dia.

Suspirei fundo.

— Pois é, se eu soubesse que encontraria lichias aqui hoje, não teria gastado meu dinheiro comprando esse maldito abacaxi! — Levantei o dito cujo pelo talo, desanimada. — Obrigada, mesmo assim.

Antes de virar as costas, reparei na sua expressão. Eu o havia deixado num dilema, mas pelo visto, não o suficiente para ele ceder. Isso nunca aconteceu antes com uma barraca nova daquela feira!

Dei dois passos me distanciando e percebi que o rapaz não ia me chamar. A pechincha à grega não havia funcionado, assim, eu partiria para o jeitinho brasileiro mesmo. Voltei e disse:

— Eu vou ser sincera com você. Eu queria fazer uma musse de lichias com amoras, uma surpresa para a minha avó. Hoje é o aniversário dela...

Não me culpei por mentir. Valia tudo para ter aquelas lichias, até mesmo inventar uma nova data de nascimento para ela, só para levar tais raridades comigo.

— Hoje é aniversário da D. Cecília? — interrompeu uma voz que me alcançou pelas costas.

Eu me virei abruptamente. Quando vi Sebastian, deixei minhas pastas com as partituras caírem no chão. Eu não entendia porque minhas mãos ficavam moles na frente dele. Era perturbador, principalmente porque não eram apenas as mãos. Minhas pernas podiam perfeitamente desmontar. Todo o meu corpo respondia daquela forma.

Agachamo-nos ao mesmo tempo e nossas mãos se tocaram ao pegarem os papéis. Num impulso, recolhi a minha, depressa. Demonstrando mais desenvoltura do que eu, ele arrumou as folhas, colocou-as sobre o braço e estendeu a mão para me ajudar a levantar. Recusei e me apoiei na frágil barraca, quase provocando um desastre com meu peso.

— Por favor, moço... É o doce preferido da minha avó. — Reparei que o vendedor não estava convencido ainda. Debrucei-me na mesa e lhe regalei meu melhor (e mais dissimulado) sorriso. — Eu trago um pouco de doce para o seu tio mais tarde. Assim, você também faz uma surpresa para ele!

Eu estava apelando, já gastara todas as minhas fichas.

Mesmo sem olhar para Sebastian, podia apostar que ele mostrava aquela fisionomia de quem não estava entendendo nada.

O vendedor ponderou coçando a barbicha e tirou um celular do bolso. Enquanto conversava com seu tio, eu tentava ignorar que Sebastian me encarava sem pudor, especulando sobre cada traço do meu rosto. Devia estar me julgando, mas eu não lhe daria satisfações.

— Qual é o seu problema, hein? — perguntei a ele, sem virar o rosto.

— Nenhum. Você é que parece estar com um problema — retrucou.

— Não sei do que você está falando.

— Eu tenho o dinheiro que sua avó me deu para comprar laranjas. — Ele mostrou algumas cédulas que trazia no bolso da camisa que lhe dei. — Tome, compre o que precisa com ele.

Dispensei, balançando a mão.

Ele cochichou no meu ouvido:

— É mesmo verdade? O aniversário?

Virei meu rosto e quase encostamos nossos narizes.

— Não — sussurrei. — Sei que há outro nome para isso, mas eu chamo de "pechinchar".

— Pechinchar? O que é isso?

— Shhh! Fique quieto!

Quando o vendedor desligou o telefone, colocou as dez caixas de frutas numa grande sacola. Dei-lhe o dinheiro e, como sempre, tive a língua maior que a boca (e o estômago maior que a língua). Disse:

— Se você me vender mais uma caixinha de amoras pela metade do preço, faço uma musse pra você também.

Ele pareceu gostar da ideia. Até demais. Piscou para mim de um jeito pouco inocente. Arregalei os olhos e percebi suas intenções. Fiquei vermelha de vergonha e quis me esconder debaixo da primeira barraca (que não fosse a dele, é claro). Quando ele me estendeu a caixa com um sorriso atrevido e insinuante no rosto, Sebastian se antecipou e a segurou no meu lugar. Ele atirou o dinheiro sobre a mesa e disse:

— Pode deixar. Essa musse, faço eu.

Sinceramente, adorei a atitude de Sebastian, porque Theo nunca havia chegado nem próximo de um gesto controlado como aquele. Meu namorado sempre se mostrava grosseiro, preferindo decidir as coisas no braço, mesmo quando não chegava às vias de fato. No entanto, não movimentei um mísero músculo do rosto. Eu poderia agradecer Sebastian, mas também ignorá-lo, e preferi a segunda opção. Então, peguei a caixa de suas mãos e parti.

Sebastian, como um cachorro sem dono (e sem as laranjas da minha avó), tentava acompanhar meu passo, embora eu acelerasse entre as barracas para me distanciar dele o máximo possível. Na verdade, eu não queria somente me distanciar. Eu queria fugir.

Capítulo 24

Parecia mentira, mas toda vez que eu esbarrava com Sebastian, algum imprevisto desastroso acontecia. Se nossos encontros não fossem totalmente casuais (pelo menos da minha parte), eu diria que ele armava para me ver numa saia justa. O sorrisinho contido, formando covinhas nos cantos dos lábios, não me convencia de que, por dentro, ele não se divertia com os micos que eu pagava.

Olhei sobre os ombros. Notei-o a um metro atrás de mim.

— Sabe, Sebastian, há anos eu venho à feira para minha avó. Se você quer puxar o saco dela, arrume outra coisa para fazer.

— Você acha que vim à feira para puxar o saco da sua avó?

Parei abruptamente.

— Então, que outro motivo você tem? Posso saber? — Joguei a sacola pesada em seus braços vazios e peguei minha pasta com as partituras.

— Sua avó me pediu para comprar laranjas porque...

— Porque acabaram e ela não fica sem sua dose diária de vitamina C! — completei, sem olhar para trás. Depois de um tempo, perguntei: — Você já sabe muitas coisas sobre minha avó, não é? — *E sobre mim, provavelmente.*

Minha indagação, porém, se diluiu no ar. Quando olhei outra vez para trás, Sebastian havia desaparecido. Girei a cabeça em todas as direções e nenhuma pista dele. Cheguei a pensar que tivesse atravessado a rua ou se escondido infantilmente atrás de alguma barraca. Ele sempre arrumava um jeito de fugir às minhas perguntas. Isso, quando não dava respostas vagas.

Decidi continuar sem ele. Avistei-o mais a frente, entre a banca de jornal e a vendedora de flores. Meu coração disparou. Passei do seu lado e não lhe dei atenção, seguindo meu caminho. Esperei o semáforo fechar e parei do outro lado da rua, onde esperei por ele de braços cruzados. De repente, ele vinha em minha direção com um imenso buquê de flores nas mãos. Não podia acreditar que ele tivesse feito isso.

Ele parou diante de mim. Senti um impulso quase irresistível de me aproximar para sentir o aroma adocicado das gardênias brancas. Fiquei confusa por um segundo ou dois. Como ele podia saber que eu amava gardênias brancas? Depois, compreendi de onde vinha sua esperteza: graças à língua solta da minha avó, devia ter anotado minha ficha completa.

Lá se vai a musse de lichias com amoras que eu ia fazer para me redimir com ela...

— De fato, estas flores são as minhas preferidas. Mas se fosse você, não perderia meu tempo. Já te disse que sou noiva — avisei, rodando a aliança na minha mão direita com o polegar, bem à vista.

Ele achou graça.

— Então você gosta de gardênias também?

— Como assim, "também"?

— Bem, me desculpe, mas eu comprei essas aqui para sua avó.

— Ah, sei.

É claro que não acreditei. Uma desculpa óbvia demais.

Permanecemos em silêncio durante um tempo. Nesse ínterim, milhares de pensamentos cruzaram minha mente. As palavras se aglutinavam na minha garganta e eu engasgava, sem conseguir dizer nada. Eu não podia ser tão frouxa. Eu tinha acabado de dar um fora nele e Sebastian ainda se achava o último biscoito do pacote!

Precisava desmanchar o ar risonho e insolente que ele sustentava no rosto.

— Quando é que você vai embora, Sebastian? Já tem uma data? — perguntei.

— O quê? Eu não vou embora.

— Não vai? — disse, e o vi balançar a cabeça. — Pretende morar na casa da minha avó para sempre?

— Não, é claro que não.

Atrevi-me a examinar seu rosto. Ele continuava retendo o sorriso no canto dos lábios.

— Então, quando você sair da casa da minha avó, eu não vou te ver mais.

— Você pode não me ver mais, mas não significa que fui embora.

Eu estava colocando a chave no portão da vila quando petrifiquei.

— Por que você age assim? Tem prazer em dar nós na minha cabeça, é isso?!

— Bem, você me perguntou se vou sair da casa da sua avó. A resposta é sim. — Ele equilibrou a sacola juntamente com as flores no braço esquerdo e colocou a outra mão sobre a minha, na fechadura. — Você concluiu que não nos veríamos mais, mas eu disse que não vou embora. — Ele girou a chave devagar. Ao ouvir o clique, tirei depressa a minha mão debaixo da dele. — Poderemos nos ver sempre que você quiser.

— Mas eu não quero te ver nunca mais. — Entrei à frente dele.

Ainda do lado de fora, entre as grades do portão, ele disse:

— Você não me verá apenas se desejar. Mas eu vou sempre ver você.

— Você está dizendo que vai me perseguir? Pois eu acho que já anda fazendo isso.

— Você deturpa tudo o que eu digo.

— Não. É *você* que deturpa tudo que eu digo!

Chegamos à porta da casa da minha avó. Eu pensei em entrar e fechá-la na cara dele. Mas não, eu não seria capaz disso. De algum modo, Sebastian já pertencia àquele lugar. Mais uma vez, ele fazia com que eu me sentisse uma estranha por ali, e isso me deixava louca! Que poder incrível era esse que ele tinha? Por que me dizia coisas tão previsíveis e, ainda assim, surpreendentes?

Comecei a achar que todas as respostas estavam no seu sorriso. Um enigma, como um clichê completamente fora do lugar-comum. E que eu ainda precisava decifrar.

Capítulo 25

Minha avó nos recebeu na porta de casa, como se tivesse adivinhado que estávamos chegando. Apresentava uma ruga profunda na testa e eu sabia que era por minha causa. Mas eu não estava ali para tirar sua paz, muito pelo contrário; queria ficar de bem com ela. E sabíamos que o único motivo pelo qual andávamos estremecidas chamava-se Sebastian.

Ele entregou as flores nos braços da minha avó, que sorriu como há muito tempo eu não via. Não posso descrever a inveja que senti. Não por causa de minha avó, mas por desejar que fosse merecedora de pelo menos umazinha daquelas maravilhosas gardênias.

Nós duas nos sentamos à mesa da cozinha. Vi o forno ligado e percebi, pelo cheiro, que ela tinha feito torta de maçã com canela, a minha preferida. Esperava apenas que dessa vez eu fosse ganhadora do presente, e não outra pessoa, como Sebastian.

Depois de deixar as compras na bancada e de me lançar um olhar de esguelha, Sebastian fechou a porta por trás de si, nos deixando a sós.

— Fiquei preocupada quando Sebastian disse que ia à feira. Eu imaginei que vocês fossem se encontrar.

— Vó, as chances de eu me encontrar com Sebastian em qualquer lugar são enormes, pois ele sempre parece estar me perseguindo. E sabe cada vez mais sobre mim!

Ela baixou a cabeça. Lembrei-me de que não queria me impor de forma implacável como da última vez.

— Eu não estou aqui para me desentender com a senhora. Quero fazer as pazes.

— Nós não estamos brigadas, querida.

— Mas nós não estamos bem. Esse rapaz... ele nos distancia, vó. A senhora ainda não percebeu? Precisa mandá-lo embora.

Vovó deixou escapar um breve suspiro.

— Ele irá embora quando quiser ir.

— A senhora não mudou de opinião desde a nossa última conversa?

Ela me deixou em suspense. Levantou-se, foi até o forno, abriu a porta e espetou um palito na massa alta e fofa. O cheiro da canela havia perfumado todo o ambiente e rapidamente o calor embaçou os vidros da porta dos fundos da cozinha. De onde estava, deu o conselho:

— Estou ouvindo meu coração e acho que você deveria fazer o mesmo.

Levantei-me e fui até perto dela. Toquei sua mão, que segurava a peneira. Eu me esqueci do que ia lhe dizer quando ela repetiu, de um modo mais incisivo, olhando fundo em meus olhos:

— Aprenda a ouvir o seu coração, Alícia.

Eu não disse mais nada. Minha avó tinha sua maneira única de lidar com as palavras, passar suas mensagens. Eu não tinha ido até ali para guerrear, e sim, levantar a bandeira de paz. Eu a amava demais para passar tanto tempo chateada com ela. E para falar a verdade, aquilo era o mais próximo que ela conseguia chegar de uma discussão.

Decidi ajudá-la com a torta. Enquanto eu jogava o açúcar, ela peneirava. Na medida em que os flocos brancos nevavam sobre a camada dourada, eu percebia a leveza do gesto conduzido por ela. Vovó fizera aquele bolo para mim inúmeras vezes e só ela conhecia os ingredientes, as quantidades e o sentimento que colocava nele. O mínimo que eu podia fazer era aprender com ela.

Eu estava tão absorta naquele momento que não havia percebido que as notas de um piano envolviam o ambiente. A música não me era estranha, mas a princípio, eu não a reconheci. Olhei para minha avó, distraída, enfeitando o bolo com os paus de canela. Fui até a porta dos fundos e espiei pelo vidro. A vizinhança estava silenciosa. A música vinha de dentro da casa.

A minha sonata inacabada!

Liguei os pontos e vi que só uma pessoa podia estar fazendo aquilo: Sebastian. Mas era alguma espécie de provocação? Qual era o seu jogo? Por que com a minha música? E mais do que tudo: onde ele havia aprendido a tocar tão bem?!

Eu corri tão depressa procurando pelas respostas que as interrogações ficaram para trás. No momento em que adentrei a sala e vi Sebastian ao piano, sua concentração me quebrou. Ele tinha os olhos fechados e os dedos deslizavam com leveza e precisão sobre as teclas, como se houvesse estudado aquela partitura durante anos.

Ele não havia percebido minha presença. Eu não pretendia me sentar no sofá e aplaudi-lo no fim da apresentação, mas não queria interrompê-lo. Seria um crime. Eu não podia fazer isso quando ele empregava tanta musicalidade a uma peça ainda tão inconsistente. Ele havia encontrado a harmonia dos acordes e criado o arranjo que eu talvez precisasse do dobro de tempo que possuía para conseguir.

Observei seu perfil irretocável, mas não era sua beleza o que eu mais admirava naquele momento. Era a habilidade de suas mãos, dançando sobre o teclado e a destreza de seus pés trabalhando em sincronia nos pedais. Ele não tinha reservas, deixava a musicalidade fluir e esvaziar-se de seu corpo para as pontas dos dedos de uma maneira como vi poucos pianistas profissionais conseguir fazer.

Eu dei dois passos na sua direção e parei em choque quando vi minha partitura entre as almofadas do sofá. Eu nem sabia as primeiras notas de cor e ele simplesmente não precisava dos papeis para tocar a minha música. Sebastian era misterioso, mas nunca o tinha percebido tão indecifrável. Ali, naquele instante, eu soube que nunca teria as respostas que procurava.

Peguei a partitura da sonata e coloquei à frente dele, na estante. O meu gesto o despertou e interrompeu a música. No instante em que martelos e cordas repousaram com a nota interrompida, seus expressivos olhos azuis imediatamente encontraram os meus. O silêncio entre eles foi preenchido por uma melodia tão nova quanto antiga, de apenas um ritmo, curto, compassado, retumbante, e que saía de dentro do meu peito.

— É uma música linda, Alícia.

Eu deveria agradecer pelo elogio, mas minha vontade era fazer todas as perguntas que estavam engasgadas.

— Por que a tocou? Como fez isso sem olhar para a partitura? Até onde vai seu atrevimento? — metralhei. *E eu ainda estava me esquecendo de algumas...*

— Não tenho todas as respostas, mas tenho uma sugestão.

— E qual é?

— Eu gostaria de ajudar você a terminá-la.

— Você gostaria de me aju... — Massageei as têmporas com os dedos. — Você é um... petulante!

— Alícia, você não deveria ser tão orgulhosa. Ou... — interrompeu.

— Ou? Ou o quê?

Ele continuou a me encarar, as pupilas bastante dilatadas como se me avaliasse com uma lente de aumento.

— Vamos, diga logo! — ordenei.

— Eu ia dizer... tão mimada.

Ok, agora eu tinha ficado possessa!

— Vá embora daqui! Anda! Vai! — exasperei, como se enxotasse um cão sem dono. — Eu não quero te ver mais aqui!

Vovó entrou na sala e caminhou até o piano, sem olhar para mim ou para Sebastian. Ela trazia as gardênias num vasinho branco de porcelana. Depois de pousar o vasinho sobre o piano, arrumou as flores e continuou a ignorar a guerra que acabara de ser declarada em sua sala de estar.

Assim que ela deixou o recinto, voltei a olhar para Sebastian.

Imóvel, no mesmo lugar, sua audácia não tinha realmente limites! Porém, a minha também não. Olhei para o vaso sobre o piano e, sem pensar duas vezes, eu o peguei. Quando dei por mim, Sebastian segurava meu braço com firmeza. Foi sua reação de defesa que me situou do que eu estava prestes a fazer. De fato, cheguei muito perto de jogar aquelas flores com água e tudo em cima dele.

Seu olhar continuava a me explorar, profundo e perigoso como um abismo, infinito e pacífico como um oceano. Fosse o abismo ou o oceano, eu já havia mergulhado e podia ver meu reflexo neles.

Devagar, Sebastian soltou meu antebraço e eu pousei o vaso de volta no piano. O silêncio entre nossos olhares se rompeu quando ele se levantou e foi embora. Não havia mais nenhuma melodia que preenchesse o vazio no meu peito.

Sem aguentar mais ser torturada, eu precisava terminar a sonata o mais depressa possível.

Capítulo 26

Ao se despedir de mim, minha avó não disse nada, mas sua expressão guardava tanta reprovação que achei melhor assim. Procurei por Sebastian pelas ruas, espiei nas lanchonetes e bares, parei nas bancas de jornal e passei pela feira, cujas últimas barracas os vendedores terminavam de desmontar. Embora eu tivesse exagerado na reação, não sabia ao certo se lhe pediria desculpas (afinal, ele havia sido invasivo demais ao tocar a minha sonata inacabada). Só não queria que ele tivesse a ideia errada a meu respeito. Ele deveria estar pensando em mim como uma garota esquizofrênica, completamente psicótica e histérica. Eu até lhe permitiria pensar assim, mas só naquela vez. Sem sombra de dúvidas, eu havia agido de modo condenável com ele e com minha avó. A bem da verdade, eu estava na casa dela. Por mais que fosse sua parente, se Sebastian era seu convidado, eu devia ter engolido meu orgulho e saído primeiro, ainda enquanto ele tocava piano e não havia notado a minha presença.

Quando eu aprenderia a conter meus ímpetos?

Eu definitivamente não estava segurando a onda nos últimos tempos e minha lista de pedidos de desculpa crescia em progressão geométrica. Minha mãe, minha avó, Carol, Theo... e até Sebastian? Quem seria a próxima vítima?

A vendedora de flores ainda passeava nas proximidades da feira. Ela vendera quase tudo, restando no cesto apenas algumas rosas azuis murchas e gerânios cor de laranja desbotados. Perguntei-lhe se tinha visto Sebastian. Bastou falar sobre os olhos azuis que ela imediatamente se lembrou, dizendo que, apesar dos seus cinco graus de miopia, não deixaria de reconhecer um rapaz bonito como aquele. Ela disse, ainda, que se ele tivesse voltado ali, certamente não teria passado despercebido. Eu não tinha dúvidas disso.

Depois de esgotadas as possibilidades de encontrar Sebastian, peguei o metrô para o centro. Esperei um tempo à porta da sede do jornal *O Leopoldo* até que Theo apareceu com dois amigos. Quando me viu, recolheu o meio sorriso que tinha nos lábios. Despediu-se dos amigos e ficou no mesmo lugar, de costas para mim, fingindo que ignorava minha presença. Theo sempre foi um péssimo ator, especialmente no papel de margarida despedaçada. Ele fazia um tipo durão, meio casca grossa, mas bastava um leve charme feminino para fazê-lo derreter. Meu, é claro.

— Theo, eu estava esperando você — disse, tocando em seu ombro.

Ele não se virou, mas me olhou por cima do ombro, brevemente.

— Ah, oi, Alícia. Não vi que estava aí.

Abracei-o de repente e o envolvi pela cintura, entrelaçando minhas mãos na altura da sua barriga. Fingi que ainda não tinha notado o resultado da musculação que ele vinha fazendo.

— Nossa, não percebi que estava assim tão forte. — Acariciei-lhe o tórax torneado. — Você não tinha esse tanquinho dois meses atrás. — Sussurrei ao seu ouvido: — *Eu gosto.*

— É... resultado de muito trabalho. — Percebi-o ofegar.

Eu tinha vencido a primeira barreira. Então, puxei-o mais para perto do meu corpo e virei-o de frente para mim. Respirei fundo. Sondei seus olhos escuros detalhadamente e disparei:

— Eu não queria magoar você. Fui egoísta. Você me perdoa?

Ele olhou para o céu, ponderando a resposta.

— Depende. Se você for comigo para o apê, agora...

Afrouxei os braços em torno dele.

— Para sua casa?! Theo, você sabe que eu...

— Não vou tentar nada que não devamos fazer antes do casamento — adiantou-se. — Você sabe que respeito as tradições das nossas famílias.

Sim, as tradições. Não a mim.

Afastei-me um pouco para interpretar melhor sua fisionomia.

— Theo, eu tenho uma pergunta... — Imaginei que ele não entenderia o alcance dela, mas precisava fazê-la para provar a mim mesma que não era demais desejar isso dele. — Por que você nunca me ofereceu gardênias?

Eu nunca tinha visto tantas rugas de uma só vez entre suas sobrancelhas.

— Eu sempre te ofereço flores, Alícia. — Ele parecia desconcertado. — Minha mãe, desde cedo, me ensinou a cortejar uma mulher. Eu
praticamente nasci um cavalheiro. Eu não sabia que você dava tanta
importân...

— Theo... Theo... eu só fiz uma pergunta. Deixa pra lá. — Ouvi o sino
da Igreja anunciando seis da tarde. Num ato reflexo, olhei para o meu
relógio. — Tenho que ir.

Corri para atravessar a rua, aproveitando o semáforo que estava verde para os pedestres. Quando cheguei à faixa, alguns carros já avançavam
e parei. Foi o tempo que Theo levou para me alcançar. Ele disse meu
nome. Eu pude sentir sua respiração intensa na minha nuca. Se estava tão
perto, por que não me abraçava? Eu queria ser abraçada. Queria sentir
um arrepio na espinha, sentir as pernas bambearem, o coração disparar.

Fiquei de frente para ele. E sem mais pensar no que eu desejava ou não, o beijei.

Capítulo 27

Toda vez que o arco tocava as cordas do violino, o som que se ouvia era o leve ressoar de um "dó" ao piano. E toda a vez que isso acontecia, mais uma pauta terminava amassada na lixeira. Eu me tornava cada vez melhor arremessadora e pior musicista. Talvez eu devesse tentar o basquete e esquecer a música de vez.

Fechei o caderno de partituras, deixei o violino sobre a cama e fui até a janela. Presenciei uma noite bastante escura, onde a lua cheia se envergonhava de mim, escondendo-se por trás das nuvens. Fechei as cortinas e pensei em ligar para Carol, mas ainda não me achava preparada para conversar com ela depois de minha atitude infantil na Escola de Música. Fui para o computador. Eu não tinha nada para fazer ali e a internet só serviria para me dispersar ainda mais. Desisti do que sequer cheguei a fazer e voltei a abrir o caderno de partituras. Segurei o lápis e fechei os olhos.

Desenhei a clave de Sol na segunda linha do pentagrama e esperei que colcheias e semicolcheias se associassem magicamente às notas. Faltava ritmo, emoção e, sobretudo, inspiração. Eu não conseguia me situar no meu tempo, quanto mais organizar o tempo no compasso da minha música.

De olhos fechados, deixei o lápis cair no chão.

Pairava no ar uma névoa sutil, cujo sabor da brisa era salgado. Ele vestia uma camisa de botões quadriculada que eu não conhecia, em tons de cinza, coral e azul e as calças de linho estavam dobradas na altura das panturrilhas. Seus olhos brilhavam mais do que eu me lembrava e ocupavam todo meu horizonte. Eu podia ver o sol nascendo através deles. Nossas mãos roçavam de leve, nossos pés mergulhavam na faixa de água rasa à beira-mar, enquanto caminhávamos pela praia de Copacabana. Tudo em nós e ao nosso redor era perfeitamente real, não fosse pelo objeto inusitado com o qual nos deparamos na areia. Um piano branco *Stainway & Sons* de cauda.

Sebastian arrastou o banquinho e ofereceu-o para que eu me sentasse. Ele sentou-se à beirinha, encostando o ombro no meu e posicionou minhas mãos sobre o teclado. Seu toque era quente e minha mão tremia. Eu não queria admitir que sou uma nulidade ao piano, mas ele já sabia disso. Colocou as mãos sobre as minhas e começou a tocar junto aos meus dedos. Eles deslizavam depressa como um reflexo a perseguir o espelho, a ponto de não ser possível determinar o que era uma coisa ou outra. Eu obedecia aos seus comandos, mas por alguma razão inexplicável, eu conhecia os movimentos que ele fazia, mesmo sem ter a partitura daquela música diante de mim.

Era a minha sonata.

Eu sabia que se continuasse presa àquele momento, passaria a ser *nossa* sonata. Ele iria terminar a música e seria como se eu a tivesse composto.

De onde vinha aquela música? De onde vinha Sebastian?

Minhas mãos eram o espelho e as dele, o reflexo. Ele não estava lá comigo. Eu não podia deixar que o imaginário se sobrepusesse ao real. Então, abri os olhos.

Eu vi o lápis no chão, mas não me mexi para pegar.

Naquele dia, saí mais cedo das aulas. Era véspera do grande evento pelo qual meus pais teriam feito a Terra girar ao contrário, se pudessem. Havia prometido ao Sr. Egídio (ou melhor, ele me fizera prometer) que eu tiraria o dia da véspera de folga dos meus afazeres acadêmicos para ajudar mamãe.

Ao entrar no restaurante, estranhei as novas cortinas. Mamãe economizara ao escolher o cetim podange, mas pelo menos ouviu meus apelos e se livrou das anteriores, já encardidas e puídas de tão gordurosas. Eu sorri quando reparei as bordas enfeitadas por minuciosos detalhes bordados em azul. D. Artêmia era mão de vaca, mas valorizava qualquer detalhe que pudesse tornar o ambiente *mais grego*.

Apesar de simples, nosso restaurante atraía turistas pelo espaço

aconchegante e pela comida e decoração típicas, é claro. Afinal, estávamos no Parádosis e ali as tradições sempre foram muito respeitadas. A
fachada pintada de azul era adornada por duas colunas embutidas nas
extremidades e por um letreiro com o nome do restaurante no alto. Meus
pais se inspiraram em um restaurante chamado *Taverne Grecque*, localizado no Quartier Latin, de Paris. O menu, sempre escrito à giz na lousa
pendurada na porta, trazia muitos curiosos para dentro. Ao lado dele,
um adesivo com a bandeira grega e as palavras "We Speak Greek" con-
vidavam os turistas gregos. Por dentro, as paredes de tijolos pintados de
branco exibiam quadros que retratavam cenas do cotidiano e das paisa-
gens da Grécia em molduras azuis. Havia bibelôs, olhos gregos de vários
tamanhos, louças decoradas, ânforas de cobre e barro desenhadas com
motivos de guerra e mitologia, entre outros souvenires espalhados por
prateleiras e estantes. E, ao fundo do salão, à direita da porta da cozinha, um pequeno tablado ladeado por dois estandartes das bandeiras
do Brasil e da Grécia, onde grupos folclóricos se apresentavam em dias
de festa. Uma casa greco-brasileira, com certeza.

Eu seria capaz de me livrar de toda a bugiganga cafona das estantes
(quando mamãe enjoava delas, tirava-as da sala de casa e depositava-as
no restaurante), mas me sentia orgulhosa ali. Aquele lugar representava
minhas raízes e, ainda que avessa ao modo levemente ortodoxo dos meus
pais me educarem, nem os traços do meu rosto, nem o sangue quente e o
temperamento explosivo, podiam negar isso.

As surpresas não acabavam na entrada. Conforme fui avançando
para o salão, reparei que mamãe também substituíra todos os saleiros e
paliteiros de plástico por pequenas colunas gregas de resina. Uma graci-
nha. Até quebrar o primeiro.

Eu esperava mais mudanças, mas nada tão surpreendente quanto o que surgiu no momento em que pousei a pequena ânfora de
azeite sobre a mesa.

Ele, vestindo o avental de garçom do nosso restaurante, concentra-
va-se equilibrando uma bandeja com vários pratos e não notava minha
presença. Ela, separando talheres atrás do balcão, lhe dava ordens, dizendo para que fosse ao armazém buscar mais guardanapos assim que
terminasse de arrumar a louça no salão. E eu, tencionando evitar um

desastre, engoli minha enorme vontade de dizer um palavrão.

Ele, Sebastian, estava trabalhando no meu restaurante. E *ela,* minha mãe, me devia uma boa explicação.

— Mamá!

Os dois se viraram para mim.

— Que bom que você chegou, Alícia. Preciso que mostre o depósito ao rapaz.

— Quem é ele? — perguntei.

Sebastian arregalou os olhos.

— É o novo empregado do restaurante, filha. Como é mesmo seu nome, rapaz?

— Sebastian, senhora.

Eu cruzei os braços e o encarei.

— Por que ele está aqui?

Agora foi a vez de minha mãe arregalar os olhos.

— Ora, Alícia! Foi você mesma quem disse que precisávamos investir em recursos humanos. Eu o contratei para auxiliar você no salão.

Eu estava tão estupefata que não consegui dizer nada.

— Você, por acaso, se lembra de que temos uma festa de casamento aqui amanhã, não se lembra?

— Sim, mamá. — Eu me aproximei dela. — Mas, por que tão rápido? E este rapaz? Ele tem alguma referência? — Fulminei-o com meu olhar mais agudo.

Minha mãe murmurou:

— Era urgente conseguir alguém para ajudar no serviço e Sebastian caiu do céu. Estamos tão assoberbados de trabalho que nem me preocupei com referências. Ele apareceu aqui esta manhã pedindo emprego e aceitou fazer um teste. — Ela colocou mais dois pratos numa bandeja e depois completou: — E está se saindo muito bem.

— Estou vendo... — murmurei, mordendo os lábios. Acabei por morder a língua também.

Minha mãe gritou em direção ao salão.

— Deixe isso aí, Sebastian! Eu preciso que você vá ao armazém buscar os guardanapos. — Ela olhou para mim. — Vamos, ajude-nos! Mostre a ele o caminho, Alícia!

Só se for o caminho da rua, pensei.

Já tinha passado por muitas coincidências em minha vida, mas se acreditasse naquilo, estaria assinando um atestado de idiotice. Sebastian invadia agora meu terreno. Depois de todas as suas aparições misteriosas, eu não o enxergaria como um aliado. Parecia mais um espião que mamãe tinha infiltrado aqui no restaurante, sem saber.

Eu precisava mostrar a ela quem era o inimigo. E, para isso, usaria toda minha artilharia.

Capítulo 28

Sebastian caminhou por trás de mim como uma sombra. O único momento em que passou à minha frente foi para abrir a porta da cozinha. Logo que entramos, Alessandro, o *chef,* me cumprimentou e pediu que eu experimentasse a sopa de lentilhas. Eu não estava com cabeça para nada, muito menos com apetite. Tirei apenas uma prova com a concha e depois de saborear, mesmo achando que mais uma pitadinha de sal poderia deixá-la ainda melhor, dei-lhe o ok, aprovando sem reservas.

Quando devolvia a concha para o escorredor da pia, Sebastian a tirou da minha mão.

— Ainda tem um pouco da prova aí... Me permite? — Ele encostou os lábios na concha e fechou os olhos ao beber o resto da sopa. Quando os abriu, estavam especialmente brilhantes e fixados em mim. — Deliciosa.

Ele se referia à sopa, seguramente. Um elogio culinário, dentro do contexto. No entanto, minha cabeça deu um nó com pensamentos dúbios... e só por causa de um olhar. Antes que eu *perdesse a vergonha* e ruborizasse à sua frente, inclinei o queixo na direção do ombro e deixei o cabelo cobrir minha face. Nessa fração de segundos, vi que o *chef* separava outros quitutes para Sebastian provar.

— Alessandro — chamei-o, segura —, talvez você devesse colocar mais sal. Ainda está um pouco insípida. Uma pitada vai fazer toda a diferença.

A frustração do *chef* não foi maior do que a decepção de Sebastian quando agarrei sua mão e o arrastei até a porta nos fundos da cozinha. Por trás dela, havia uma escada com oito degraus que levavam até o porão. Ali, ficava o armazém do restaurante.

Enquanto descia, soltei a mão dele. Imediatamente, ele a segurou de novo e parou a meio do caminho da descida. Eu continuei a puxá-lo para baixo, mas Sebastian era mais forte e conseguiu não só me impedir de continuar, como me imobilizar.

Bom, a verdade é que o que me imobilizou não foram exatamente as suas mãos.

— O que você pretende? — Tentei me soltar, embora não conseguisse libertar meus olhos dos dele. — Você não está aqui pelo emprego. Por que está aqui? Na casa da minha avó, na minha faculdade e agora, no meu trabalho! Por que está em todos os lugares onde eu estou?

Fiz mais força. Ele finalmente soltou minha mão.

— Eu estou onde preciso estar, Alícia.

— Por Deus, pare de falar em códigos! — Desci depressa os últimos quatro degraus e acendi a luz para ver bem o seu rosto. — Eu já me cansei dessa conversa de surdos. Quero saber, de uma vez por todas: o que você quer de mim?

Percebi que usei o tom certo, pois sua expressão transfigurou. Esta, eu ainda não conhecia. Ele estava assustado.

— Eu não tenho mais ninguém, Alícia. — Seus olhos formaram espelhos d´água. Ele não externava as lágrimas, mas elas estavam lá. — Eu só tenho você.

Não tive tempo de esboçar nenhuma reação, nem inquiri-lo sobre aquela... declaração. Alguém bateu à porta e logo a seguir, ouvi quem era.

— Alícia, sua mãe me disse que encontraria você aqui. Você está aí embaixo?

Theo!

Peguei os guardanapos que estavam à minha frente na estante e, quando passei por Sebastian, atirei-os no colo dele.

— Daqui a pouco eu volto — murmurei. — Já estou subindo! — gritei para Theo.

Quase podia ouvir meu coração disparado enquanto pisava os degraus. Nunca estive tão encurralada na vida! De um lado, Sebastian, que me fazia sentir alguém que eu não sabia que era. Do outro, Theo, com quem eu me sentia qualquer pessoa, menos eu mesma. Mas as palavras de Sebastian ainda resvalavam nas paredes do meu cérebro contorcido. Eu não podia ser a única pessoa que ele tinha na vida. De onde tirou isso? Quando ele se recordaria do seu passado? Onde estava sua família? Seus amigos? Sua... namorada?! Como, por quê...?

Eu estava cansada das perguntas e ainda mais cansada das respostas evasivas que ele me dava. Mas agora que havia confessado que realmente estava me seguindo... talvez eu preferisse suas respostas evasivas.

Ou não?

Deixei Sebastian e os guardanapos para trás, e subi as escadas. Theo me espiava do alto, esgueirando-se nos primeiros degraus. Coloquei-me propositadamente à sua frente para bloquear sua visão.

— Você deixou a luz acesa... — Ele reparou. Infelizmente, medir 1,65m tinha suas desvantagens.

— Ih, é verdade. Eu vou apagar. Espere por mim lá no salão!

— Pode deixar que vou lá embaixo e apago.

Ele me prensou contra a parede quando passou por mim. Começou a descer. Estiquei o braço ainda a tempo se segurá-lo.

— Não, Theo... não precisa. Quer saber? Vou ter que voltar aqui várias vezes, hoje. — Mas ele continuou a espiar o armazém, então eu disse: — O Alessandro preparou uns quitutes para amanhã e está precisando de cobaias. Por que você não se oferece enquanto eu troco de roupa para sairmos?

Eu tinha pronunciado as palavras mágicas: comer e badalar, duas das coisas que Theo mais gostava na vida. Além da musculação e de mim, eu supunha.

Já na cozinha, fechei a porta do armazém. Passei o trinco, lembrando que Sebastian não conseguiria abri-la por dentro.

— A sopa de lentilhas ficou uma delícia! — incitei.

— Ah, mas ninguém sabe cozinhar *fakes* como sua mãe...

— E quem você acha que ensinou ao Alessandro? — Pisquei para ele.

Quase podia ver Theo salivar enquanto se debruçava sobre o panelão para sentir, no vapor, as especiarias e os condimentos que conferiam segredo àquela sopa. Como um refugiado, ele começou a servir-se no prato, até transbordar.

Estávamos deixando a cozinha quando ouvi um barulho de latas caindo. Torci para que fosse a única a ter dado conta, mas ao virar-me para trás, vi que Theo pôs a sopa de lado e estava com a mão no puxador da porta do armazém.

Tarde demais.

Apelei aos deuses protetores do Parádosis e das Alícias. A última coisa que eu esperava que acontecesse era um encontro entre Theo e Sebastian na cozinha da minha mãe. Quando Theo abrisse a porta, pensaria que eu estava escondendo Sebastian na dispensa. Aí, eu estaria encrencada para valer.

O tempo ficou suspenso na minha agonia. Antes de puxar o trinco, ele me lançou um olhar superior por cima dos ombros. Não precisavam palavras. Ele desejava encontrar algo ali. E não haveria nada a lhe dizer, a não ser que Sebastian era muito bom com o esfregão. Tão bom que mamãe o havia contratado. Tão bom, que eu o teria trancado, sem querer, na dispensa.

— Devo ter empilhado mal as latas de ervilha... — soltei as palavras no desespero, mas teria sido melhor ter ficado calada.

O barulho do trinco de metal deslizando na fechadura ressoou agudo em meus ouvidos. Theo ficou um tempo parado diante da porta aberta do armazém. E eu, não tão diferente dele, só que congelada como um iceberg.

— Alícia! — chamou ele. Engoli em seco. — Venha cá.

Estalei todos os dedos das mãos por trás das costas até chegar a ele.

— Por que você não me disse?

Não consegui encará-lo.

— Theo...

— A lâmpada lá em baixo tem sensor de presença — concluiu ele, satisfeito.

Empurrei-o para o lado e entrei no armazém escuro. Não era o sensor de presença (que não existia) ou as latas de ervilha (efetivamente no chão) que me intrigavam. Era o inimaginável. Por onde Sebastian havia saído?

No final das contas, eu havia subestimado a ingenuidade de meu namorado com a desculpa ordinária das ervilhas. E Sebastian, com desaparecimentos tão eficientes quanto suas aparições.

Incomodada com o episódio, decidi que não ficaria mais no restaurante naquele dia, mesmo que minha ausência atrapalhasse os planos de meus pais. Eu precisava tirar Theo dali logo, por isso, sugeri irmos ao teatro. Fazia tempo que não combinávamos um programa que não incluísse os amigos dele, o restaurante ou minha família.

Eu me arrumei depressa para que não perdêssemos a sessão. Vesti uma calça jeans e uma blusinha preta de seda com alças de cetim verde-limão e uma fita do mesmo tecido e cor, demarcando o busto até dar um laço nas costas. Não me preocupei com a chapinha, apenas penteei os cachos e tentei desfazê-los um pouco para que meus cabelos parecessem mais compridos. Escolhi o batom num tom pêssego discreto, escovei minhas sobrancelhas rebeldes e passei rímel nos olhos a fim de separar e alongar um pouco os cílios.

Além de Sebastian, algo mais havia ficado no armazém: minha cabeça. Eu calçava um All Star de cada cor e só me dei conta disso no salão do restaurante, quando Theo olhou boquiaberto para meus pés. Enquanto ele achava graça e cantarolava a música "Locomotiva" do Jota Quest, eu não achava nenhuma. Ele estava sendo apenas teatral, mas meu momento de entrar em cena ainda não havia chegado.

Dirigi-me às escadas do apartamento para trocar os tênis quando uma bandeja desgovernada cruzou nossos caminhos. Sebastian estava de costas e tentou se esconder por trás da escada vazada. Agiu como um gato metido a esperto que deixa o rabo para fora. Não só eu o havia visto, como também Theo, que surgiu ao meu lado como outro gato. E, este, nada escaldado.

Naquele momento eu estava mais preocupada em descobrir como Sebastian conseguira sair do armazém do que na explicação que precisaria dar a Theo. A janela seria grande o suficiente para Sebastian passar? E mesmo que tivesse conseguido essa proeza, ele precisaria ter dado a volta na garagem do prédio, encontrado a saída naquele labirinto, subido a rampa, entrado pela porta da frente...

Ao me ver, Sebastian sorriu como quando o vi pela primeira vez. Foi igual e diferente. No hospital, ele tinha os olhos fechados e um sorriso discreto e angelical nos lábios, de alguém que sonhava contemplar alguma coisa. Agora, apenas os olhos sorriam para mim.

— Ora, ora! Você de novo! — exclamou Theo, cruzando os braços na altura do peito. — O que está fazendo com essa bandeja na mão? — Ele se virou, aprumado, para mim.

— Ele é o novo empregado do restaurante. Quer dizer, mamá o contratou para nos ajudar até a festa de casamento. É só até amanhã! — sorri, mostrando todos os dentes e nenhuma espontaneidade.

— Assumo então que ele fez uma boa limpeza naquele dia... impressionou a família Mastropoulos, hein, rapaz? Comprou até roupa nova!

— Theo, nós estamos atrasados para o teatro! — Fiquei na ponta dos pés, virei seu rosto de encontro ao meu e dei-lhe um longo beijo na boca. — Vamos?

Pensei que o beijo não havia surtido efeito, pois ele permaneceu no mesmo lugar, avaliando o outro de cima, com desconfiança. Já o outro não estava nem aí para ele, ignorava-o solenemente e me estudava do mesmo modo intenso e interrogativo que sempre me olhava. O duelo de olhares e provocações subentendidas era apartado pela bandeja, apoiada apenas na mão direita de Sebastian e carregada de taças de cristal da coleção particular de mamãe. Àquela altura do campeonato, eu já não sabia a quem temer mais e estava vendo o momento em que Theo puxaria uma cadeira e ficaria ali, ruminando e bufando, a noite inteira.

— Vamos, Theo! Perderemos a sessão se não formos agora!

Ele voltou a respirar. Descruzou os braços, pegou a minha mão e ainda vigiando Sebastian — que, por sua vez, não desgrudava os olhos de mim —, disse:

— Esse avental te serve muito bem. Mas não para servir aqui.

Depois, puxou-me e levou-me para longe dali.

Capítulo 29

Na manhã seguinte, acordei atrasada. Perdi o primeiro tempo de aulas na Escola de Música e a oportunidade de ganhar dois pontos no trabalho de Recital de Formatura. Quando o segundo tempo terminou, os alunos debandaram e Carol, que estava sentada do outro canto da sala, surgiu ao meu lado tão rápido quanto num passe de mágica.

Eu ainda terminava de copiar a matéria no caderno quando ela jogou sua mochila sobre ele. Olhei para cima, surpreendida com o gesto repentino de minha amiga.

— O que houve, Carol?

— Precisamos conversar. — Ela puxou uma cadeira e se sentou, o cotovelo na mesa e os olhos sondando os meus.

— Deixe eu terminar de copiar, primeiro.

— Esquece isso, Alícia. Depois eu te empresto meu caderno.

Carol, às vezes, parecia com minha mãe, de tão mandona. Éramos amigas havia anos e eu dava certa liberdade a ela para agir assim, embora eu nem sempre aprovasse. Mas como eu andava pisando na bola, agi como se não fosse tão importante.

— Ok. — Cruzei os braços e a encarei. — O que foi que eu fiz?

— Você não está me contando as coisas — desabafou, empinando o queixo.

— Que coisas?

— Alícia, eu não gosto quando você não confia em mim. — Ela suspirou e continuou: — Nós sempre contamos tudo, uma para outra.

— Eu não estou escondendo nada de você, amiga.

— Então, por que está assim, tão estranha? — Ela se acomodou na cadeira e perguntou enfaticamente: — A sua reação naquele dia...

— Não estou estranha e não teve nada de diferente naquele...

— Eu sabia que você ia negar! — interrompeu.

— Porque não posso admitir algo que não é verdade só para te satisfazer, Carol! Você sempre acha que sabe tudo! — exasperei.

— Justamente! E eu sempre sei. Desta vez, eu não sei de nada porque você está escondendo de mim. O que foi? Theo te fez alguma coisa? Porque se ele fez...

— Não! Ele não fez nada — afirmei, com veemência.

— Alícia, você sabe o que penso dele. O Theo sempre foi um playboyzinho metido a europeu, mas lá do jeito tosco dele, ele ama você. Todo mundo percebe isso.

— Eu também o amo.

— Bom, isso já não parece.

Impressionada com suas palavras, arrastei minha cadeira para trás, arranhando o chão de cerâmica. O ruído agudo arrepiou os pelos do meu braço.

— Não acredito que você esteja tomando as dores do Theo!

— Eu não estou tomando as dores de ninguém. Se você diz que está tudo bem entre vocês, por que eu faria isso? — Carol encolheu os ombros.

Ela havia conseguido montar a armadilha. Mas eu não ia cair.

— Está *mesmo* tudo bem. Nunca esteve melhor! — Mostrei-lhe o meu dedo anelar, exibindo o exuberante brilhante de noivado. — Lembra? Eu vou me casar!

Carol levantou uma sobrancelha, como se tivesse acabado de tirar uma conclusão triunfal das minhas palavras.

— Esse é o problema, não a resposta. Você diz isso com um entusiasmo forçado, Alícia. Esse casamento é muito repentino. Por causa dessa loucura de tradições, seus pais incutiram essa ideia na sua cabeça. Eu sei que entre você e Theo nunca rolou aquela química toda. Você apenas se acostumou a namorar com ele. Seu histórico de repressão justifica que...

Sem dúvida, ela pensava que estava abafando com seu novo estilo pseudopsicanalista, mas entrava por um caminho muito perigoso, no qual não teria a mínima condição intelectual de argumentar.

— Muito bem! — Aplaudi-a com um sorriso cínico no rosto.

Ela ficou desconcertada e calou-se por um tempo.

— Alícia, sou sua melhor amiga. Eu conheço você mais do que imagina.

Isso era inegável. De tanto que Carol frequentava minha casa e o restaurante, conhecia todas as festas e rituais gregos de que eu participava. Foi a única pessoa no mundo que deixei ler meu diário do colegial. Sabia de cor minhas cores e bandas favoritas, meus programas imperdíveis e até mesmo as comidas que eu não chegava nem perto. Mas não estava na minha pele.

— Então, seja minha melhor amiga e não minha psicóloga. Pare de encontrar explicações mirabolantes para me chamar de estranha e afirmar que não amo o meu noivo!

Levantei-me bruscamente e, ao puxar o caderno, derrubei sua mochila no chão. Hesitei por um instante, mas não abaixei para pegá-la. Fui embora sem olhar para trás, deixando Carol sozinha com suas conjecturas. Quantas mais desculpas eu precisaria dar antes de reconhecer que ela tinha razão?

Se eu não estava segura para convencer minha melhor amiga dos meus reais sentimentos... imagine a mim mesma.

O desentendimento com Carol assolou meus pensamentos até o momento de chegar em casa.

Antes de entrar no restaurante, parei à porta. Respirei fundo e levantei os olhos, observando o letreiro "Parádosis", enquanto refletia sobre minha vida. As tradições às quais Carol se referiu faziam pacto com aquela palavra: Parádosis. Seria muito mais difícil não aceitá-las e ter de encontrar um sentido para minha vida à margem dos meus costumes. Sem os conselhos do meu avô (e como eles me faziam falta!), eu me sentiria muito sozinha nessa busca. Carol nunca entenderia isso, afinal, ela nasceu no seio de uma família *normal* (exceto pelo seu meio-irmão que voltara de um intercâmbio na Austrália usando quinze piercings no rosto e uma imensa tatuagem no peito que dizia "Wild & Free").

No lugar da lousa com o menu do dia, uma placa indicava que o estabelecimento estava reservado. A festa de casamento da família Levendakis começaria em menos de três horas e eu precisava de um bom banho antes de vestir o uniforme. No dia-a-dia, costumava usar minha própria roupa, mas em dias de festa, mamãe fazia questão que eu usasse algo mais... grego. Por isso, ela havia especialmente costurado aquela *fantasia* seguindo o molde de uma revista de trajes típicos.

Certa de que a encontraria agitada e Alessandro feito de refém, subi as escadas para o apartamento, sem anunciar minha chegada. Confiante de que passara despercebida pelo escritório de papai, entrei em meu quarto e encostei a porta. Não demorou um minuto e papai me espiava do lado de fora, convidando-se para entrar. Estava de pé, encostado no batente da porta e segurando um cabide com o vestido grego até eu formalmente oferecer a cadeira para ele se sentar. Ele aceitou.

— Este traje fica lindo em você. Realça seus traços e reflete...

— Reflete o que eu sou — completei, com desânimo na voz.

Ele acomodou o vestido com cuidado na cama; uma bata branca de mangas longas com barras enfeitadas por fios dourados, o corpete vermelho e a saia comprida de veludo azul.

— Filha, você se envergonha das suas origens?

Arregalei os olhos.

— Por que essa pergunta agora?

— Seja sincera comigo.

— Eu tenho orgulho de ser uma Mastropoulos, papá. Sempre tive.

— Você gostaria de ter tido a oportunidade de escolher. Eu sei disso.

— Eu escolheria a vida que tenho.

— E escolheria usar esse vestido hoje?

Olhei para o dito cujo estendido sobre a colcha e cocei o queixo pensando numa resposta. Ele riu. Depois se levantou e sentou ao meu lado na cama.

— Sua avó me educou fora dos costumes, mas seu avô me deu liberdade para escolher. Em consequência dessa escolha, não me arrependo da família que eu e sua mãe construímos. Você é o nosso maior tesouro.

Sorri em silêncio. Ele prosseguiu:

— Nós queríamos ter mais filhos, você sabe. Queríamos a casa cheia e alegre. Mas, sua mãe perdeu dois bebês depois que você nasceu. Talvez, se tivéssemos conseguido dar irmãos a você...

Eu me sentiria sozinha do mesmo jeito, papá.

Não consegui lhe dizer isso e nem foi preciso. Meu pai às vezes me ouvia sem eu precisar dizer nada.

— O seu avô te faz muita falta, não é filha?

Suspirei.

— Eu estava pensando nele hoje. No que ele me diria...

Ele pegou minha mão entre as suas.

— Conte para mim.

— Papá, mesmo que eu não demonstre, eu estou feliz — disse-lhe, olhando em seus olhos para que não restassem dúvidas. *As dúvidas que eu tinha.*

Eu não podia lhe dizer o quanto me sentia sufocada naquele momento. Não podia lhe contar da angústia que consumia meu peito. Arquejava só de pensar que, quanto mais me aproximava da tradição, mais eu me distanciava de mim mesma. Eu não podia contar simplesmente, porque não saberia como explicar que o problema não estava nos costumes, mas em mim. Então, qual era a minha saída?

— Que bom que está feliz, Alícia. — Ele me abraçou emocionado e repetiu: — Que bom, minha filha!

Enxuguei uma pequena lágrima que pendia no canto do meu olho e me afastei dele.

— É melhor o senhor fazer uma visitinha à D. Artêmia na cozinha e verificar se o cozinheiro ainda está vivo. Eu preciso me arrumar.

— Claro. — Ele beijou minha testa e se levantou. — E não se esqueça da coroa.

Capítulo 30

Depois que papai me deixou sozinha, tomei banho, me troquei e encarei meu reflexo no espelho durante um tempo. O vestido era bonito e ajustava-se bem ao meu corpo, no entanto, eu não me reconhecia nele. E ainda faltava colocar o enfeite na cabeça, uma coroa de flores coloridas e artificiais que faria inveja à deusa da primavera, Clóris. Aí sim, ninguém poderia dizer que eu não estava feliz.

Ao descer as escadas para o salão do restaurante, eu podia ouvir o tilintar das taças e o roçar da louça. Antes de chegar ao último degrau, reduzi os passos para aproveitar a vista panorâmica do recinto. Meus olhos varreram todas as mesas, as estantes e até mesmo o vão da escada. Não encontrei Sebastian. *Provavelmente mamá o assustou tanto com seus gritos que ele pediu demissão*, pensei. Fui tomada por um misto de alívio e decepção, a sensação mais contraditória que já havia experimentado.

Antes que papai aparecesse com seus empolgantes CDs de música popular grega, corri até o palco onde o grupo folclórico se apresentaria durante a festa e entreguei ao DJ a minha *playlist*. Ele prometeu que a tocaria até o grupo chegar. E quando Marisa Monte introduziu *Ilusión*, eu até me esqueci dos trajes que vestia. Ao som da música, rodopiei graciosamente entre as mesas, enquanto arrumava os cestos de vime adornados com laços e recheados com pétalas de flores.

— Então é assim que se dança...

Ao ouvir a voz de Sebastian, me virei e ficamos muito próximos, separados apenas pelo cesto da mesa 6 que eu tinha nos braços e que pretendia trocar pelo da mesa 7. Como não conseguia erguer o olhar, reparei que sua respiração balançava as pétalas de rosas e gerânios. Concentrei-me naquilo.

— Você está linda — sussurrou.

Concentrei-me mais ainda e comecei a ver a hora em que as pétalas seriam ventiladas para fora do cesto. Sua respiração era cada vez mais forte e eu começava a respirar na mesma intensidade. Ousei levantar um pouco o rosto e fitei seus lábios na perigosa altura dos meus olhos. Não consegui desviar ou pensar em mais nada. Ficamos assim, no mesmo compasso, até que ele disse:

— Deixe que eu seguro isso. — Ele colocou as mãos sob as minhas e sustentou a cesta. — Sua mãe está chamando por você na cozinha.

Num impulso, empurrei a cesta e afastei Sebastian de mim. Disparei na direção da cozinha e, antes de entrar, olhei para trás. Examinei seus trajes (calças pretas e camisas brancas, boina de pescador e uma faixa vermelha na cintura), o antigo uniforme que papai usava quando era mais novo e costumava servir às mesas.

Do mesmo lugar, Sebastian me observava com um sorriso reluzente. Nunca o havia visto sorrir daquele jeito. Meu estímulo foi sorrir também, mas antes que eu pudesse fazê-lo, mamãe abriu a porta e me puxou para dentro da cozinha.

Os convidados começaram a chegar; os pais da noiva, avós, padrinhos, tios, primos até o 11º grau e os amigos. Entre estes estava Carol, que não era parente dos noivos e não tinha nada a ver com aquela festa, no entanto, nunca faltara aos meus convites. Eu sempre a convidava para todos os eventos do restaurante e ela, fã de carteirinha da culinária grega, não se fazia de rogada. Ela me acenou de uma mesa e eu retribuí com um sorriso frouxo. Estávamos ambas sem graça por conta da nossa última conversa, mas não seria o momento nem o lugar para lhe pedir desculpas. Principalmente, porque havia alguém dividindo a sua atenção comigo: Sebastian.

Assim que Carol o viu, correu e puxou-o pelo lenço da cintura. Eu estava antevendo que ele deixaria a bandeja com os *daktylas* de lado para sentar-se com ela. Ofereceu-lhe um dos pãezinhos e ela sussurrou algo no seu ouvido que o fez esboçar um sorriso. Eu senti o sangue subindo à cabeça e me despenquei de onde estava, num lado escondido do palco, até eles. Cutuquei Sebastian nas costas. Quando ele se virou, peguei a bandeja e perguntei:

— Quer que eu sirva as outras mesas para você ficar mais à vontade?

Carol arregalou os olhos para mim enquanto encolhia os lábios inferiores. Sebastian deixou mais um pãozinho na mesa dela e, sem dizer nada, continuou servindo a mesa ao lado. Considerando que o clima entre nós já não estava bom, eu preferi não comentar nada com Carol e deixei-a lá, esforçando-me para não olhar muitas vezes na sua direção.

Quando a banda musical chegou e começou a tocar, o salão estava tão lotado que eu não conseguia atravessá-lo sem ser sequestrada das minhas funções para brindar com os convidados. Reza a lenda que foram os gregos que instituíram o hábito de brindar, como oferta simbólica aos deuses. Bem, a família Levendakis usava e abusava desse costume, mas eu não estava no clima. Torcia para que não chegasse mais ninguém; no entanto, ainda faltavam duas pessoas: os noivos.

A entrada triunfal do casal foi seguida dos discursos de seus pais e padrinhos. Depois, ao som do *Tsifteteli*, um ritmo moderno de rock grego com arranjo árabe, a animação e o calor tomaram conta do ambiente. Os noivos iniciaram uma roda frenética da dança e deram, cada um, seu espetáculo. A noiva, que usava um vestido de ombro único, subiu numa mesa e, como numa espécie de dança do ventre, retirou duas camadas de suas saias, provocando reações enérgicas no público. O noivo, por sua vez, dançava o *Zebékiko*, a dança do bêbado, ajoelhando-se e batendo palmas aos pés dela.

Eu terminava de servir uma taça de *uzo* a um senhor quando alguém me puxou. Precisei deixar a garrafa de lado para dar as mãos às mulheres que dançavam em roda no centro do salão. Apavorada com o que viria a seguir, procurei alguma forma de escapar. A música exigia uma coreografia um tanto ousada, mas eu não pensava que aquelas mulheres (havia também senhoras viúvas ali!) levariam tão a sério a performance da noiva. Elas começaram a subir nas mesas e os homens, por sua vez, competiam com o desempenho extravagante do noivo.

— *Pame, pame!* — gritavam elas, enquanto me empurravam.

Eu não tive forças para me desvencilhar e, quando dei por mim, já estava sobre a mesa, ovacionada por dezenas de homens bêbados que atiravam as pétalas dos cestos sobre mim. O costume da guerra de flores, que substituía a quebra dos pratos, simbolizava amizade ou paquera, dependendo da maneira como os homens a atiravam sobre as mulheres e se elas retribuíam.

Sob a chuva de cores e aromas, procurei na multidão a única pessoa que neste momento eu gostaria que me atirasse flores: Sebastian. Eu continuava a balançar minha pesada saia de veludo azul ao ritmo acelerado do *Buziki* buscando por ele em todas as direções. Só evitava olhar para o canto esquerdo, próximo a porta da entrada, onde ficava Carol. Quando finalmente tomei coragem, percebi o lugar dela vazio, e logo imaginei Carol cercando Sebastian outra vez. Imediatamente, eu quis descer da minha mesa, mas uma das madrinhas da noiva que dançava ao meu lado me impediu. Ela me ofereceu sua taça de *uzo* e saudou alegremente:

— *Stin Iyia sou!*

Eu lhe sorri, brindei-lhe à sua saúde de volta e entornei a bebida num só gole. Foi neste momento que eu o vi, debaixo de mim, segurando um cesto de pétalas nas mãos. Ele tinha o cabelo desarrumado por causa da boina, a franja descaindo-lhe sobre a testa de um modo rebelde, mas charmoso. Eu queria que ele olhasse para cima, mas ele parecia evitar. Era impossível não me ver quando eu estava tão em evidência e tão perto dele. Não sei se era efeito do *uzo,* mas eu começava a sentir muito calor e cada vez mais vontade de dançar.

Minha desinibição finalmente atraiu a curiosidade de Sebastian e ele levantou a cabeça. Naquele instante, o barulho e a dança cessaram. Como sempre acontecia quando nossos olhares se cruzavam, ficamos sozinhos e o tempo congelou. Alguém me empurrou para descer, mas eu estava presa àquele momento eterno, que só acontecia para mim e para Sebastian.

Pétalas de flores cor-de-rosa, brancas e amarelas choveram em mim. Ergui os braços para apanhar algumas enquanto girava o corpo em torno do meu próprio eixo. Em determinado momento, eu não sabia se era ele ou eu que rodava. Éramos arrastados pelo vigor da multidão, mas estávamos envolvidos numa dança cuja música tocava só para nós. Eu senti o perfume, o calor e a percussão vibrando em meu peito, e, então, abri minhas mãos em concha, deixando as pétalas caírem sobre ele.

Talvez Sebastian não entendesse meu gesto ao devolver-lhe as flores. Talvez fosse melhor que apenas pensasse que a guerra entre nós havia acabado. Não era para ser somente uma declaração de paz.

Era para ser, sobretudo, uma declaração de amor.

Capítulo 31

Fim de festa grega não é diferente de qualquer fim de festa. Após mais de quatro horas, o ritmo havia diminuído e, ao som da voz de Nat King Cole, poucos casais dançavam de rosto colado no espaço em frente ao palco. Além dos noivos, a maioria dos convidados já havia ido embora e os que ainda se sentavam às mesas estavam tão bêbados que mal conseguiam se colocar de pé, quanto mais acertar um passo de dança.

Enquanto Sebastian ainda servia os poucos convidados, eu limpava as mesas que iam ficando vagas. Nós cruzávamos olhares de vez em quando e quase sempre eu desviava. Algumas vezes ele invadia meu espaço e me ajudava a limpar, aproveitando para encostar o ombro no meu. Houve uma vez que nossos dedos se tocaram levemente ao pegarmos o mesmo cálice de vinho. Eu não quis tirar a mão e, pelo tempo que demorou se decidindo, ele também não.

Eu não sabia quanto tempo mais conseguiria dançar naquele compasso!

Meus pais conversavam animadamente com os pais dos noivos e Alessandro aproveitava para descansar, sentado com seu chapéu de *chef* pousado nos primeiros degraus da escada. Acomodei-me ao seu lado e tirei minha coroa de flores. Ele me ajudou a desvencilhar os cabelos que ficaram presos na estrutura aramada.

— Missão cumprida! — suspirou.

— Só se for a sua. Eu ainda tenho que limpar e deixar o restaurante um brinco para amanhã.

— Mas amanhã é domingo! Não me diga que seus pais vão abrir amanhã?

Expirei fundo.

— Para os Mastropoulos, não existe dia de descanso...

— Não, senhora. — Ele puxou a flanela da minha mão. — Você não trabalha mais por hoje. Não, mesmo.

— Ah, diga isso ao Sr. Egídio e à D. Artêmia! — desafiei-o.

— É claro que digo!

Ele chamou e acenou para meus pais, que sequer o notaram. A conversa com os Levendakis rendia altas risadas.

— Não é uma boa ideia — comentei.

— Então eu vou te dar uma boa ideia... — Ele girou a cabeça para Sebastian, de costas para nós, organizando algumas garrafas na estante espelhada. De vez em quando, eu apanhava seus olhos azuis no reflexo. — Eu notei.

— Notou o quê?

— O climinha que rolou na guerra de flores. — Ele balançava os joelhos e aquele seu tique nervoso estava me deixando ainda mais tensa.

— Você não deveria ter ficado o tempo todo na cozinha, Alessandro?

— Bem, todo mundo dá as suas escapadinhas... — respondeu, apontando com o queixo para Sebastian. — O que você está esperando?

Eu não acreditava que estava dando tanta bandeira assim! Se Alessandro, nosso cozinheiro, fora capaz de perceber, o que podia dizer de meus pais? Quanto tempo mais os dois demorariam para chegar àquela mesma conclusão? Poderia ser a qualquer momento — exceto agora, é claro. Os Levendakis e várias garrafas de bebida na mesa sequestravam toda a atenção de mamãe e papai. Talvez por causa disso (e com as palavras de Alessandro me servindo de apoio), tenha surgido uma ideia maluca na minha cabeça. Uma ideia que eu tinha receio de executar, mas nenhuma dúvida de que seria o momento ideal.

Eu não olhei para trás para não desistir do que ia fazer.

Dei um beijo estalado na bochecha de Alessandro, em agradecimento. Deixei a guirlanda sobre o degrau em que estava sentada e fui até o paletó do meu pai pendurado numa cadeira. Peguei no seu bolso a chave da picape de serviço e cruzei o salão até onde estava Sebastian. Sob seu olhar surpreso, me livrei da vassoura que ele segurava e agarrei sua mão.

— Você quer conhecer o topo do mundo? — Sacudi as chaves à sua frente. — É um pouco longe, por isso, vamos de carro.

Sebastian piscou o olho e disse:

— O topo do mundo, com você, me parece muito perto.

Procurei não pensar no que estava fazendo e segui apenas meu instinto. Quando havia dito para Sebastian que queria ir ao topo do mundo com ele, foi exatamente o que eu fiz; levei-o para um lugar onde eu era mais alta que minha sombra, mais forte que minhas dúvidas e mais confiante de mim. Ali, no mirante da Vista Chinesa, onde o céu e a cidade se encontram.

Desliguei o motor do carro e destranquei as portas.

— Chegamos!

Ele me regalou um olhar firme, ainda sentado. Notei que o ponto de interrogação surgido desde o momento em que deixamos o restaurante desaparecera de seu rosto, sendo substituído por um semblante de alegria.

Ele desceu primeiro do carro. Observei por um tempo sua silhueta esvanecendo conforme ele se distanciava. Então, abri a porta. Caminhei até o mirante e entrei no coreto em estilo chinês, onde ele se debruçava sobre a vista.

— Aqui é onde posso melhor ver e sentir a cidade.

Senti a brisa soprar meu rosto. Admirei a paisagem de olhos fechados, traçando em minha mente o contorno dos morros do Pão de Açúcar e do Corcovado. Percebi o movimento de Sebastian ao meu lado. Eu podia sentir sua respiração. Ele estava tão ao meu alcance que eu não podia permanecer sem enxergá-lo.

— Alícia, você me trouxe para perto das coisas mais belas que eu já vi na vida. E estão todas no mesmo cenário.

Ele tirou a boina e seus cabelos caíram sobre a testa. Senti um perfume de mel com amêndoas na brisa. Quando suas mãos tocaram meus braços, achei que fosse derreter. Sentia-me tão frágil e tão forte. Ele esquadrinhava cada sombra que a luz da lua evidenciava em meu rosto. Primeiro com o olhar. Depois, ergueu a mão e começou a desenhar suavemente na minha pele.

— Você sabe qual é a primeira delas, não sabe? — sua voz era tão morna quanto a atmosfera noturna de verão.

Eu sabia. Mas não se respondia, se ficava em silêncio ou se...

— Alícia...

Eu encostei de leve meus dedos em sua face. Eu não queria que nada quebrasse o encanto do momento. Por isso, compactuei com o silêncio. Qualquer palavra, qualquer pergunta, qualquer gesto, poderia nos distanciar de novo. Eu soube, naquele instante, que não queria nunca mais ficar longe dele. E, para assegurar isso, eu ficaria ali, sempre inerte, como uma pintura diante dos seus olhos.

Meu corpo, pelo contrário, pedia para eu responder. O arrepio em minha pele passeava não apenas onde ele me tocava, mas por todo o meu ser. Não era possível estar cercada de tanta beleza e não me entregar ao que estava sentindo. Não era possível querer beijá-lo tanto assim.

Aproximei meu rosto devagar e ele interrompeu as carícias que fazia, recolhendo as mãos. Tudo que eu mais desejava na vida era que ele me abraçasse e me beijasse. Inclinei-me para mais perto e senti que o calor que havia entre nós funcionava como um ímã. Eu nunca havia sentido isso. Pousei a mão direita em sua nuca, trouxe-o ainda mais para perto e ternamente encostei meus lábios nos dele. Apenas uma vez.

Ele retribuiu com um leve toque. Uma. Duas. Três vezes.

Na quarta vez, não conseguíamos mais nos afastar e nos rendemos ao beijo. Corri minhas mãos pelos seus cabelos e ele desceu as suas para minha cintura. Enquanto ele respirava intensamente para recuperar o fôlego, eu percorria seu pescoço deixando um rastro de beijos até o fino lóbulo da sua orelha. Ele retribuía todos os movimentos e eu podia sentir que ele controlava seus impulsos ao arfar no meu ouvido.

Aquele parecia ser seu primeiro beijo. Às vezes desengonçado, fugidio, hesitante. Às vezes provocante, intenso, insaciável.

A cada beijo que aperfeiçoava, em meus lábios ficava o sabor doce, fresco e leve, exatamente como eu imaginei que seria quando o conheci. Este não foi o meu primeiro beijo em Sebastian. Eu já o beijara algumas vezes nos meus sonhos.

E eu continuaria a beijá-lo, até onde minha felicidade infinita permitisse.

Capítulo 32

Cheguei em casa com as luzes apagadas e tropecei num sapato no meio do caminho. Meus pais deviam estar tão altos e exaustos da festa que ignoraram o guarda-sapatos da entrada. Ouvindo o ronco pesado dos dois, subi despreocupada para meu quarto e fechei a porta. Ansiosa para ficar a sós com meu violino, tirei-o do estojo e o coloquei sobre a cama. Enquanto olhava para ele e admirava sua beleza nas curvas sinuosas, podia ouvi-lo num tom cálido, ressoando em algum lugar. Não neste quarto, nesta casa ou nesta cidade. Em algum lugar metafísico, talvez.

Ainda que num volume muito baixinho, uma música primorosa tocava dentro de mim. Gradualmente, o volume aumentou. E aumentou até o ponto em que os sons exteriores já se confundiam com ela. Percebi que as notas já haviam sido escolhidas por alguém e que, embora a melodia não dependesse de mim para existir, eu precisava saber tocá-la. Mas como tocar uma música que nunca se ouviu antes? Como compor uma sonata quando eu havia estado surda a vida inteira?

Segurei o arco, ajeitei o violino no ombro e fechei os olhos. Eu só precisava tocar. Tocar como Sebastian havia tocado comigo. Deixar a música fluir como fluiu nele, e dele para mim.

De repente, o arco se tornou a extensão do meu braço e o violino, parte do meu corpo. Senti como se todos os meus sentidos despertassem ao mesmo tempo. Eu tinha o cheiro de Sebastian em minhas roupas, o sabor do seu beijo em meus lábios, sua imagem gravada na minha retina. Eu o tinha inteiro dentro de mim, como se fôssemos uma só criação no universo. O fôlego ainda me faltava e todo o corpo parecia anestesiado, como se uma corrente de energia circulasse em minhas veias. O momento do beijo rebobinava na minha cabeça repetidas vezes. Inúmeras vezes. Ainda assim, não era suficiente. Eu queria ter permanecido naquele momento.

Se ao menos eu conseguisse torná-lo eterno...

Foi quando o inexplicável finalmente pareceu fazer sentido na minha vida. E com ele, fez-se a mágica: eu consegui tocar aquela música, perfeitamente, com todas as notas que faltavam!

Quando o arco descansou sobre as cordas e eu pousei o violino sobre a cama, lembrei-me de vovô, de Paganini e de todos os grandes violinistas que eu admirava. Talvez eu nunca chegasse aos pés deles, mas deveria ter meu momento de glória. Um momento que começava a ser desenhado pelo destino e que eu não deixaria que ninguém apagasse. Mais do que nunca, daquele dia em diante, eu queria acreditar nisso. Pois, como dizia meu sábio avô Amadeus...

"Quando você toca, você faz música. Quando você acredita, você faz mágica".

Mantive a pasta de partituras junto ao peito durante toda a viagem e nem com as curvas e freadas do motorista de ônibus incauto, me separei dela. A sonata não me saía da cabeça. A verdade era que eu tinha mais do que a música que compus ocupando meus pensamentos; ela servia de trilha sonora para meus momentos com Sebastian.

Quanto mais eu me esforçava para não pensar nele, mais vivas ficavam as lembranças e mais eu tinha dúvida se aquilo deveria ter sido apenas um sonho bom. Talvez porque eu soubesse que a noite anterior fora mais louca do que qualquer sonho. Uma realidade que eu colocava acima de qualquer outra deste mundo, mas que não sabia como assumir.

Quando cheguei à sala de aula, Oscar já recolhia os trabalhos, sentando-se ao lado de cada um para saber como tinha sido o processo de composição. Acomodei-me no fundo da sala, onde ele certamente demoraria bastante tempo para chegar. Enquanto ele interrogava minha amiga Carol, eu tentava elaborar uma boa explicação para a sonata. Eu não tinha o que dizer, a não ser que havia sido simplesmente fruto de um momento súbito de inspiração. Oscar provavelmente não se contentaria com isso e buscaria respostas para as cadências, os contratempos, a harmonia, o ritmo... Se eu fosse falar a verdade, todas as respostas que eu tinha para lhe dar convergiam para uma só palavra: Sebastian. Ele, e apenas ele, justificava todos os elementos da minha sonata.

Enfim, eu era a próxima vítima. Oscar sentou-se ao meu lado, virou a página do seu bloco de notas, esperando que eu começasse a falar. Eu apenas lhe estendi a pasta com as partituras da sonata. Lentamente, ele a abriu e folheou com expressão séria e compenetrada. Sem olhar para mim, disse com seu usual tom autoritário:

— Não tenho o dia todo, senhorita Mastropoulos.

— Professor, eu só tenho a dizer que dei o melhor de mim nesta composição.

— Ah, sim? Que bom. — Ele avaliava as partituras com uma sobrancelha mais aguda que a outra. — Que tipo de dificuldades encontrou? Disserte em termos da estrutura, expressão e formação timbrística.

Talvez houvesse muito a dizer sobre isso, mas fora a parte técnica (que não me causou embaraços), não havia nada que fosse da conta dele.

— Dificuldades? — Mordi os lábios, pretensamente em reflexão. — Nenhuma.

Ele pareceu surpreso, mas não insistiu.

— Aham... — Enquanto escrevia no bloco, tornou a olhar para mim com a cabeça inclinada e os óculos de leitura escorregando pelo arco do nariz. — Que pesquisas você fez para compor a narrativa lógica?

— Nenhuma.

— Nenhuma? — Ele franziu a testa. — Não teve nenhuma fonte de inspiração para estruturar os elementos harmônicos e melódicos das formas musicais que utilizou?

— Nada específico.

Ele estreitou os olhos. É claro que não estava acreditando nas minhas respostas inconsistentes. Poderia parecer que eu testava sua paciência, mas o fato é que para além das notas, aquelas pautas contavam a minha história com Sebastian, e eu não conseguiria falar disso em termos técnicos.

— Alícia, preciso de algumas informações para compor a sua nota final neste trabalho. Preciso saber sobre os temas.

Continuei muda. Só queria que ele se contentasse com a música e me deixasse sair dali com a minha intimidade preservada.

— Pela linha melódica da sonata, você parece ter usado um tema único, embora não seja. Você fez uma introdução lenta e eu percebi a passagem para o primeiro movimento com *tremolos*, criando alguma tensão que se torna crescente até quase o desfecho do terceiro movimento...

Blablablá. Parecia que ele falava grego. Ok, isso não é desculpa para mim, mas por mais que eu entendesse o que ele dizia, meu pensamento passeava bem longe dali. Eu estava mais atenta à Carol, que sinalizava para que eu me encontrasse com ela no hall. Quando ela deixou a sala de aula, voltei a olhar para Oscar e percebi-o ainda comentar com propriedade sobre a minha sonata:

— ...Porém, no rondó, o último movimento, já existe uma grande variação e até mesmo um contraste melódico, uma euforia e, de repente... mais nada. Você não reafirma o tema do início na coda antes de terminar. O tema principal não retorna. Por quê?

Como explicar a ele que minha inspiração para compor a sonata foi um sentimento tão contraditório quanto o amor, o sentimento de amar o impossível? E o quanto esse amor pode ser inconstante, assim como as variações de uma sonata em progressão harmônica? Certamente, não poderia lhe explicar isso. Sendo assim, decidi dar a explicação que ele entenderia melhor:

— O senhor sabe que nem sempre a separação entre os temas é perceptível numa sonata. O tema inicial pode permanecer sem grandes variações tonais, de modo sutil. Mas, na passagem para o último movimento, eu quis marcar o contraste e, por isso optei por deixar um compasso em branco. Uma *fermata*. Beethoven fazia isso para mudar a atmosfera entre os movimentos.

Ele concordou, sorriu quando falei no compositor e fez um movimento brusco ao ajeitar-se na cadeira. Eu prossegui:

— Minha sonata segue o modelo clássico, mas não se encerra como no modelo clássico. Eu não quis trazer o início para o desfecho final, mas que ele ficasse em aberto. Isso não prejudica a estrutura.

Ele mostrou-me a pauta e apontou para um trecho dela:

— Mas essas três notas que se repetem no último movimento dão instabilidade e incerteza ao encerramento.

Ele tinha razão e, embora contrariando a sua expectativa, eu ficava satisfeita por ele ter percebido isso. Eu havia alcançado meu objetivo na música.

— Essas notas repetidas significam uma pergunta.

Ele anotou pela última vez em seu bloco e depois me encarou como um psicólogo intrigado. Por mais que eu me sentisse transparente diante dele, a cadeira não era, nem de longe, confortável como um divã.

— Muito bem. Não vou mais questioná-la a respeito da técnica, pois pelo que vejo aqui, está *quase* perfeita. — *Sim, ele nunca admitiria nada perfeito vindo de um aluno.* — Se não fosse pelas repetições no rondó, que não fazem sentido para mim dentro da estrutura que você criou. Você fez um bom esquema formal e, no geral, soube utilizar-se da coerência narrativa para compor o seu discurso musical. No entanto, a sonata deveria encerrar numa tônica, especialmente se o elemento narrativo em evidência recai sobre piano e violino. Pense nisso.

Eu não estou nem aí para a tônica da sonata.

— Professor Oscar...

Não tive tempo de lhe dizer. Ele se levantou e anunciou a todos que a média final só seria divulgada no dia da apresentação de câmara, em um concerto que encerraria o semestre. Nem eu sabia ao certo qual era a pergunta que as notas repetidas pretendiam expressar. O que eu sabia era que minha música precisava terminar com uma interrogação, ainda que eu soubesse a resposta.

Passei boa parte da noite pensando se deveria contar para Carol sobre meu encontro com Sebastian. Eu já omitira outras coisas dela, mas, perto disso, não passavam de futilidades. Contar para Carol seria assumir que realmente existia algo entre nós dois. E eu não me achava preparada. Nem sabia se algum dia estaria.

Antes, porém, precisávamos resolver uma coisinha.

Enquanto ia ao encontro dela no hall, pensava no quanto eu era privilegiada por tê-la como amiga. Considerava-a como uma irmã que não pude ter, embora fosse difícil convencê-la disso. Carol sempre queria me contar todos os seus segredos. Costumava dizer que a cumplicidade era o que nos tornava melhores amigas. Eu não concordava. Eu não sentia necessidade de desabafar sobre o que eu mesma, na maioria das vezes, não conseguia entender. Sempre acreditei que se me preservasse, estaria preservando nossa amizade.

Quando me aproximei de Carol, reparei na ruga profunda entre suas sobrancelhas finas e bem delineadas. Tinha os braços cruzados no caderno que apertava junto ao colo. Ela ainda estava chateada comigo, e eu não pretendia perder mais tempo:

— Carol, preciso te pedir desculpas pelo modo como venho agindo com você. Eu fui muito brusca da última vez. Sinto muito.

Ela não alterou o semblante, mas percebi um leve enrijecer nos braços. Depois de alguns segundos, a ruga desapareceu de sua testa e ela me estendeu o caderno.

— Pode levar e terminar de anotar a matéria em casa. — Ela mordeu o lábio inferior, um gesto que demonstrava sua falta de jeito. — Ah, eu rabisquei algumas coisas que você não vai gostar de ler na última folha... Eu... eu estava furiosa.

Arregalei os olhos pensando se devia ler ou não. Preferi ignorar a informação. Aquele momento era para fazermos as pazes.

— Então, ficamos quites.

— Não sei. Você ainda não leu o que eu escrevi aí...

— E nem vou ler! — Abri o caderno e rasguei a última folha, dobrando-a depressa. Não havia só garranchos, mas também alguns desenhos assustadoramente tortos. Sorte a minha não ter percebido nada. — Este fica sendo o seu segredo para mim, ok?

— Eu não gosto de ter segredos para você, Alícia. Eu estava só blefando para saber se sua curiosidade seria tão grande quanto a minha. Mas você resistiu. Parabéns.

Ela falou com tanta seriedade que fiquei em dúvida se havia agido bem.

— Eu não entendi. Você queria que eu lesse ou não?!

Carol deu um sorriso curto.

— Você não perdeu nada. Era só um desenho bobo do meu irmão caçula.

— Carol, você é muito importante pra mim! — Coloquei a mão em seu ombro. — Eu não quero te decepcionar nunca mais.

Seus olhos encheram-se de um fulgor repentino.

— Então você vai me contar o que está acontecendo?

Expirei profundamente e ergui os braços, cobrindo meu rosto

com o caderno.

— Sério, Alícia. — Ela baixou o caderno para olhar em meus olhos. — Você não me engana. Eu vi tudo.

— Viu o quê?

— Você e o Sebastian na festa.

Encarei-a em silêncio por alguns instantes, refletindo sobre até que ponto eu conseguiria levar meu cinismo adiante.

— Sim, ele está trabalhando para meus pais.

— Aquilo não fazia parte do trabalho.

— A guerra de flores? É um costume...

— Eu conheço o costume, Alícia. Você *devolveu* as flores.

Fiquei completamente desconcertada. Eu tinha dado tanto mole que não era preciso me conhecer para saber o que acontecia comigo. Se até Alessandro, que mal sabia da tradição, havia reparado, o que dizer de Carol? Eu seria uma tola se subestimasse minha amiga. E se eu ficasse ali mais cinco minutos, provavelmente lhe contaria tudo. Tudinho.

Preservar a mim mesma, preservar a nossa amizade.

— Olhe, Carol, eu estou atrasada... — anunciei, mesmo sabendo que era a saída mais óbvia.

Ela revirou os olhos e voltou a cruzar os braços.

— Ah, não, Alícia! Você não vai fazer isso comigo, pode esquecer!

Dei meu melhor sorriso para ela.

— Desculpe, amiga, mas prometo que depois continuamos essa conversa sobre costumes. Eu realmente preciso ir para casa ajudar minha mãe com o restaurante. Sabe como D. Artêmia é controladora, não é?

A última frase era verdadeira, o que deixava a situação menos pesada para minha consciência. Sim, tudo soava como uma bela desculpa. Carol ficou me encarando, como se não acreditasse. É claro que não acreditaria. Mas antes que tivesse alguma reação, com um breve beijinho na sua bochecha, dei-lhe as costas e deixei o prédio da Escola de Música às pressas.

Capítulo 33

Assim que cheguei ao restaurante, fui direto para a cozinha. Embora fosse dia de folga de Sebastian, eu nutria uma réstia de esperança de que pudesse me surpreender.

Para minha decepção, encontrei apenas Alessandro descascando um imenso saco de batatas. Depois de ignorar as perguntas indiscretas sobre a noite da festa (eu devia saber que ele não se esqueceria do empurrãozinho que me deu), me preveniu de que à noite receberíamos um novo grupo de turistas. Para variar, a agência havia marcado o evento em cima da hora, naquela mesma manhã. Nosso sangue grego deveria ser servido como combustível para este tipo de coisa.

Encontrei D. Artêmia no sofá, tentando escolher os pratos do menu do dia. Ela tinha o livro de receitas da falecida vovó Ifigênia aberto sobre o colo e terminava de fazer a ponta do lápis com os dentes. Não que eu já não estivesse suficientemente ansiosa, mas aquilo estava me dando nos nervos.

Era a oportunidade ideal para inventar algo e escapulir dali.

— Mamá, acho que esse lápis já sofreu o suficiente. — Tirei-o da sua mão e substitui por uma caneta esferográfica. — Preciso terminar um trabalho da faculdade na casa de Carol. A senhora quer ajuda ou posso ir?

Eu sabia que mamãe não prestava atenção em mais nada enquanto estudava as opções do menu. Se eu fosse mais criativa e inventasse que o Parthenon havia desabado, ela continuaria vidrada nas receitas.

Ela tirou a tampa da caneta e anotou no papel, dizendo alto:

— Além das Alcachofras à La Polita para as entradas... frango com grão de bico ao molho de tomate ou feijoada grega de feijão branco?

Prontamente respondi:

— Feijoada. E *tiganites* para a sobremesa!

Catei minha bolsa na cadeira e comecei a descer as escadas,

quando ela gritou:

— Eu tinha pensado em *Galaktoboureko* para o jantar, o que acha?

— Ótimo!

Peguei o ônibus pensando na calda açucarada e na massa folhada molhadinha do *Galaktoboureko*. Ouvi meu estômago roncar a viagem toda até o Catete. Assim que entrei na casa de vovó, o silêncio imediatamente despertou minha consciência adormecida e cheguei a dar meia-volta. Eu não devia estar ali, principalmente depois do que aconteceu na Vista Chinesa. Meu pretexto de visitá-la com tanta frequência começava a soar como uma desculpa esfarrapada para ver Sebastian.

Quando me dei conta, o cheirinho de calda caramelada fez lembrar o doce grego que aguçava meu apetite e eu decidi avançar pelo corredor. Não sabia se era o estômago ou o subconsciente que me enganava, entretanto, para todos os efeitos (e em minha defesa), eu estava ali única e exclusivamente por causa do doce.

Ouvi burburinhos vindos da cozinha e espreitei por entre uma fresta da porta entreaberta. Eu ficaria assistindo aquela cena cotidiana até a fome me denunciar: vovó mexia a panela com a calda no fogão enquanto Sebastian, de costas, quebrava ovos de maneira meio desajeitada na batedeira. Ele ria da conversa quando se virou para o armário dos utensílios e ficou de frente para mim. Eu teria esquecido o que fazia ali, apenas admirando a sua risada, não fosse o avental ter capturado a minha atenção. Justo ao corpo, ressaltando as suas curvas, não podia ser mais *sexy*... nem mais cômico! No peito, uma caveira e sob ela os dizeres "PERIGO: Estou Fazendo Churrasco". Como ele não me viu ou me ouviu rindo e não estava (em tese) fazendo nenhum churrasco, continuei ali, escondida.

Enquanto eu observava o movimento das mãos de Sebastian jogando o açúcar na vasilha da batedeira, minha avó entrou no meu campo de visão, caminhando na direção da porta. Não havia tempo para me esconder, então, permaneci ali, encostada à parede do corredor como se tivesse acabado de chegar. Ao passar por mim, sem demonstrar nenhuma surpresa, vovó me deu um beijo e seguiu adiante. Eu ainda pude ouvir seu risinho maroto à medida que ela se distanciava.

O som da batedeira trabalhando tomou conta do ambiente, calou todos os demais ruídos e me incentivou a avançar para dentro da cozinha.

Entrei e, de fininho, me coloquei por trás de Sebastian. Ele tinha uma prova da massa no dedo e estava prestes a experimentá-la.

Pensei em desfazer o laço do seu avental, mas isso não iria surpreendê-lo. Tapar seus olhos também não seria nada original. Quanto mais eu pensava no que fazer, mais chegava numa só conclusão: meu panorama começava na ponta dos seus cabelos castanho-aloirados encurvados por trás da orelha, descia pela linha do pescoço, pelos ombros largos e percorria toda a silhueta da sua cintura, exatamente onde meus braços deviam se encaixar.

Bem, eu já tinha chegado ali. E eu não era covarde.

Abracei Sebastian num rompante, quase saltando para cima dele como se fosse montar em suas costas. Com o impacto, metade do açúcar da tigela caiu em cascata no chão. Ele tentou se virar para mim e deixei que o fizesse bem devagar enquanto estreitava meus braços em torno dele. Quando ficamos frente a frente, tirei a tigela da sua mão e coloquei-a sobre a bancada. Finalmente, olhei em seus olhos. Eles me diziam tanta coisa, mas, naquele momento, eu queria apenas sentir. Então, levei seu dedo à minha boca para experimentar o doce e fechei os olhos, saboreando.

Ao terminar, vi que ele sorria, exibindo sua tímida covinha no lado esquerdo da boca. Aproveitando-me do instante de distração, peguei a tigela da bancada e entornei o resto de açúcar sobre a sua cabeça. Desprendendo-se do meu abraço, ele voou sobre o cacau em pó que estava numa prateleira próxima e despejou-o todo sobre mim.

Enquanto estávamos secos, ainda podíamos entrar num acordo. Contudo, não parecia ser o que queríamos.

Numa pausa estratégica para alimentar a tensão, olhei de esguelha para o leite e ele, para a caixa de ovos. Nenhum de nós baixava a guarda, mas naquele espaço pequeno da cozinha, só podíamos ser previsíveis. Pelo movimento dos seus olhos, antevi para onde ele se preparava para correr. Era ele ou eu. Sem pestanejar, me antecipei às suas intenções e disparei na frente.

Numa disputa acirrada pelo porta-chaves, Sebastian acabou por escorregar na gemada que se espalhava pelo chão. Eu consegui ser mais ágil, chegando sozinha ao paraíso da artilharia pesada: a dispensa.

Era ali, onde latas de doce de leite, cremes, leite condensado, mel, uma larga variedade de calda pronta e compotas de geleia esperavam, harmoniosamente empilhadas, pelo meu deleite exclusivo. Era munição suficiente para dois, mas eu era egoísta. Apenas por caridade, emprestei para Sebastian uma lata ou duas, mas ele foi lento com o abridor e não deu certo. Enquanto eu atirava de dentro da dispensa, ele se acuava do lado de fora. Apesar disso, estava se saindo um bom driblador e eu acabava mais atingida pelos respingos do que ele.

Perdi a noção de quantas vezes disparei até perder também o fôlego e minha barriga começar a doer de tanto rir.

O cessar-fogo foi sustentado por nossas respirações ofegantes. Recuperávamos as forças, entrincheirados por eletrodomésticos.

De um lado, Sebastian, abrigado sob a bancada da lava-louça; do outro, eu, escorada na lateral da geladeira. De vez em quando nossos olhares se cruzavam e se escondiam de novo. Eu não sabia o que fazer, pois não iria me entregar primeiro. O leite condensado que havia respingado sobre mim começava a ressecar no meu rosto. Então, vi algo em sua mão. Ele sacudiu o pano branco da pia comunicando a sua rendição. Em seguida, saiu da sua base e começou a movimentar-se.

Eu estava tão concentrada em seus movimentos calculados que não percebi o contra-ataque. De repente, ele havia se aproximado tanto que já tínhamos começado a misturar os ingredientes.

Num movimento rápido, Sebastian havia imobilizado minhas mãos sobre a cabeça e prensava seu corpo contra o meu. Eu sentia a parede fria da geladeira nas costas e o calor do hálito dele em meu pescoço. Com a outra mão, ele tirou um pouco de calda de chocolate que escorria pelo meu cabelo e levou à boca, aprovando com um sorriso traiçoeiro. Seus olhos eram pacíficos, porém gulosos. E eu me derretia como manteiga em suas mãos.

Para onde teria ido a sua timidez? E a minha coragem?

Eu me rendi, imaginando que sabor teria seus lábios, cada vez mais próximos dos meus. Fechei os olhos para o beijo e esperei para descobrir. Até que ele tocou de leve, no canto da minha boca.

— Humm, aqui precisa de um pouco mais de mel — sussurrou.

O beijo foi intenso e picante. Tinha sabor de leite de coco, canela e gengibre. Eu não sabia que receita havíamos inventado, mas com certeza, era afrodisíaca.

Paramos de nos beijar somente quando o som da batedeira cessou. Vovó segurava uma forma de pudim nas duas mãos e nos encarava com os olhos arregalados sob os óculos de lentes grossas. Imediatamente, empurrei Sebastian para o lado e me descolei da geladeira. A roupa grudava no corpo, o cabelo estava todo empapado e meus pés escorregavam em todo o tipo de líquido melado. Foi quando olhei em volta e vi que a cozinha estava um caos. Tudo cheirava a caramelo e, nós dois, camuflados sob camadas de doce ressecado, efetivamente parecíamos sobreviventes de guerra.

Vovó, totalmente desconcertada, largou a forma sobre o fogão e bateu em retirada. Comungando do mesmo sentimento de culpa, eu e Sebastian tentamos impedi-la. Enquanto fiquei isolada frente a uma poça de algo que lembrava calda de morango com iogurte de cassis, Sebastian engatinhou e conseguiu interceptá-la à porta.

Ele se posicionou sobre os joelhos à frente dela. Quando ambas notamos sua aparência, tivemos que prender o riso. Ele parecia um brigadeirão, com meio quilo de granulado formando um capacete sobre o seu cabelo.

— Vai uma cereja aí, Sebastian? — perguntei.

Eu comecei a rir primeiro e contagiei vovó, que não aguentou e soltou uma gargalhada. Não me lembrava de tê-la visto fazer isso depois da morte de vovô Amadeus. Por mais trabalho que desse limpar aquilo tudo, eu repetiria a lambança, só para ouvi-la rir daquele jeito novamente.

Terminamos de fazer o pudim e vovó derramou a cobertura sobre ele. Os quarenta minutos em que a sobremesa ficou no forno foram suficientes para que eu e Sebastian deixássemos todo o chão e as bancadas da cozinha brilhando. Enquanto ele arrumava o que sobrara da dispensa, eu fazia a lista do desfalque e vovó terminava de temperar o frango para o almoço.

— Fique para almoçar, querida — ela insistiu, e depois insinuou: — Eu sei que vocês já se adiantaram e comeram a sobremesa primeiro, mas...

Eu tinha certeza de que estava irremediavelmente ruborizada. Mesmo assim, interrompi-a depressa:

— Vou ficar. Eu não quero deixar de experimentar o pudim do novo mestre-cuca da casa.

— É uma receita nova! — disse Sebastian, sentando-se à mesa ao meu lado. — Acho que posso ter colocado açúcar e leite de coco em vez do leite condensado.

— E talvez tenha acrescentado canela e gengibre a seu gosto — completei, dando com o caderninho de anotações na sua cabeça.

Vovó sorriu sem dizer nada. Agora era ela que começava a ficar corada. Quem a tinha mandado começar o assunto?

Enquanto Sebastian tomava banho na suíte de hóspedes, procurei um vestido de vovó que me servisse. Ela era mais magra do que eu, por isso, não foi fácil. Escolhi o azul-marinho estampado de florezinhas vermelhas, o mais jovial deles, ainda que um pouco justo nos quadris.

Eu enxugava o cabelo no corredor quando cruzei com Sebastian saindo do seu quarto. Terminei de fazer a touca com a toalha e pude reparar que ele ficava mais bonito com os cabelos molhados, penteados para trás. Antes que sentisse a tentação de chegar mais perto, desviei minha atenção para suas roupas. Sebastian vestia uma das camisas que compramos juntos, na cor branca, e um acessório o qual aderiu ao seu estilo particular, um dos suspensórios de vovó. Reparei que ele também avaliava o que eu vestia (ou seria a justeza do que eu estava vestindo?). Ouvimos vovó chamar, impiedosamente nos despertando daquele momento. Ao me mexer, a touca se desfez e Sebastian foi bastante ágil em segurá-la. Ele aproveitou para falar ao meu ouvido:

— Quando você se aproxima... sinto como se nos conhecêssemos pela vida inteira.

Emocionada com suas palavras, quase desisti de seguir até a sala.

Vovó havia servido um verdadeiro banquete. Estava excepcionalmente animada e falante. Eu suspeitava que tivesse a ver com o clima de paz (e romance) entre mim e Sebastian. Durante o almoço, conversamos tão descontraídos que nenhum de nós deu pelas horas passando.

Quando o relógio da cozinha soou três da tarde, eu levava o último pedaço do pudim à boca. A receita inovadora de Sebastian era um manjar dos deuses. Estava tão bom que comemos em silêncio. Foi só aí que percebi meu celular vibrando na bolsa. Havia dez chamadas não atendidas de mamãe. Pela insistência, ela só podia ter algum motivo importante, como perguntar se deveria usar a louça A ou a louça B. Guardei o aparelho novamente.

— O que acha de fazermos um passeio? — perguntou Sebastian.

O celular voltou a vibrar. Eu não atendi e olhei para Sebastian. Bastou aquele relance para eu me lembrar; eu não estava de folga como ele, e o motivo de mamãe tinha muito mais incógnitas do que apenas A e B.

Levantei-me depressa, pedindo licença aos dois e pendurei a bolsa no ombro.

— Preciso ir. Esqueci que tenho que ajudar mamá no jantar para um grupo de turistas!

Sebastian segurou meu pulso.

— Não vá.

Por um instante, me deixei consumir por seus olhos azuis e quase me sentei de novo.

— Desculpe, Sebastian, mas não posso deixar minha mãe sozinha hoje.

— Ela não ficará sozinha. Nós vamos juntos para o restaurante. — Ele segurou a minha mão e se levantou. — Mas antes, faremos um passeio.

Sebastian me arrastou para fora da cozinha. Eu olhei para trás, acenando para vovó, que tinha o sorriso mais pleno do mundo no rosto.

Capítulo 34

Num dia de céu azul e sem nuvens, chovia no Aterro do Flamengo. Uma chuva dourada de minúsculos grãos de pólen que, contrariando a gravidade, pairavam no ar. A erva fina do gramado cheirava a terra recém-regada e a brisa era doce e morna.

Quando dei por mim, corríamos sem rumo certo, desviando das árvores e de quem cruzava nosso caminho. Sebastian me puxava pela mão e só olhava para trás quando eu começava a perder o passo. Ele ria dos meus tropeços e eu acabava por rir também. Quando ele parou e me suspendeu no ar pela cintura, foi como se o tempo parasse junto.

Então ele disse baixinho, quase como um sussurro:

— Eu amo você.

Afastei-me um pouco, surpresa com o que havia escutado. Fiquei mais surpresa ainda quando as mesmas palavras travaram em minha boca. Eu queria falar, mas não conseguia. Sebastian aproximou-se devagar e inclinou o rosto para me beijar. Talvez fosse mais fácil depois do beijo.

De repente, fomos interrompidos pela música estridente do meu celular. Olhei com desprezo para a bolsa ao meu lado e abanei a cabeça. Podia ser mamãe. Se eu não a atendesse, ela tentaria outra vez, até conseguir. Sentamos na grama e atendi tão rápido que sequer olhei para o visor.

Quando ouvi a voz grave de Theo, congelei.

Ele repetiu "alô" algumas vezes. Não consegui responder. Desliguei a chamada e guardei o aparelho na bolsa. Eu tinha muito para lhe dizer, mas não pelo telefone.

— Era meu noivo — comentei.

— Você não quis atender por minha causa.

— Não. Eu e ele precisamos conversar pessoalmente.

Sebastian não disse nada. Começou a arrancar algumas graminhas da terra.

— Eu vou terminar o noivado com Theo.

Seus olhos, profundos e azuis, tornaram a encontrar os meus e eu aproveitei para mergulhar neles.

— Me sinto atraída por outra pessoa, Sebastian. — Nunca imaginei que seria tão difícil dizer as palavras que precisava quando o sentimento era certo. Agora eu entendia por que as repetia tantas vezes para Theo e havia sido sempre tão fácil. — *Eu amo você.*

Ele não expressou nada. Eu estava a espera que sorrisse, mas ele somente me abraçou. Aos poucos, seu abraço se tornou tão forte que eu senti a pressão do seu coração no meu peito. Ele traçou um caminho de beijos pelo meu pescoço até meus lábios e neles estacionou. Senti um arrepio que me fez resfolegar. Sem distanciar os lábios, ele enfim, sorriu.

Sentamos sob a copa de uma das árvores. Ele deitou a cabeça no meu colo e eu aproveitei para brincar com seu cabelo, que estava mais comprido. Ficamos em silêncio, ouvindo apenas os pássaros que nos faziam companhia enquanto recolhiam alguns gravetos na grama.

— Alícia... — disse ele com a voz aveludada.

— Sim?

— Seu nome... — Ele virou o rosto para cima e me observou por um tempo. — O que significa?

— Bom, minha mãe sempre me falou que significa real, verdadeira. Sem graça, né?

Ele se levantou, segurou minhas mãos e apertou-as contra o peito.

— Você é o que existe de real na minha vida.

Fiquei sem fala e desviei o olhar. Ele já havia me dito que eu era tudo que ele tinha. Era difícil competir com as coisas lindas que me expunha.

— Qual será seu verdadeiro nome? Eu gostaria de saber... — comentei.

Antes que ele pudesse responder, um cachorro chegou ao nosso lado e começou a inspecionar Sebastian. Por sua vez, ele foi conquistado pelo labrador e começou a fazer-lhe festinhas na cabeça. O dono, um rapaz da nossa idade, chegou correndo, agachou-se ao meu lado e colocou a coleira no animal.

— Desculpem pelo incômodo. Ele não costuma fazer essas coisas, fugir desse jeito. — Ele puxou o cachorro, mas o animal não se mexeu. Estava gostando do carinho. — Vamos, Hulk! Vamos!

Sebastian sussurrou algo para Hulk e ele abanou o rabo, afastando-se com o dono. Perguntei o que ele havia dito para o cachorro e ele simplesmente sorriu. Não adiantava insistir com Sebastian, por isso, me conformei com seu sorriso.

Ele voltou a se deitar e eu continuei enrolando seu cabelo em meus dedos, até que ele imobilizou meu gesto com uma pergunta:

— Por que você me beijou ontem?

Virei o rosto para que ele não visse minhas bochechas coradas, mas não adiantou. Ele levantou o braço e tocou de leve meu rosto com o dorso da mão. Senti um formigamento com o calor da sua pele. Talvez fosse mais fácil responder com outra pergunta:

— Por que você me disse que sou tudo o que você tem?

Seus olhos perscrutaram cada traço do meu rosto. Eu poderia ouvir sua resposta sem que ele dissesse nada, mas ele mais uma vez me surpreendeu:

— Porque eu não existiria sem você. Agora eu sei disso.

Respirei fundo e olhei para a copa da árvore. Algumas flores desabrochavam e outras, já secas, ainda permaneciam nos galhos. Elas deveriam cair para dar espaço às novas. Antes de conhecer Sebastian, eu me sentia como as flores secas que impedem a natureza de reiniciar o ciclo. Depois que o conheci, o que era seco em mim foi substituído por uma vida nova, fresca e viçosa como flores de primavera. Era assim que eu me sentia quando estava com ele. Eu precisava da primavera na minha vida.

Considerando o momento de lhe dizer o quanto eu precisava dele, desandei em contar-lhe como eu via minha vida até o momento em que ele surgiu:

— Sebastian, eu sou filha única. Meus pais queriam uma família grande, mas não foi possível. Então, eu acabei concentrando toda a atenção dos dois. Eles sempre fizeram as minhas vontades, mas também exigiram muito de mim, mais do que eu podia dar. Embora eu não me reconheça tão grega como eles, recebi uma educação diferente e convivo com costumes que são estranhos a muitas pessoas do meu convívio social. Eu sempre me senti diferente na minha casa e diferente fora dela. Na escola, eu sempre fui a esquisita que levava *Kourabides* para as festinhas de aniversário dos colegas e *Daktyla* recheado para o recreio. Todos torciam o nariz para os trajes gregos que eu vestia nas festas juninas.

Na adolescência, enquanto todos os meus amigos começavam a paquerar e a namorar, meu pai me apresentava à sociedade grega do círculo e aos meus possíveis pretendentes. Quando entrei na faculdade, contra a vontade deles, senti que ali eu poderia me encontrar, pois a música fala através de uma linguagem universal. Com ela, eu podia compreender e ser compreendida — decifrei. — Um dia, fui escolhida para ser a *spalla*, a mais importante numa orquestra. Mas não me sentia assim. Eu nunca me senti boa o suficiente para ser *spalla*. Ou para ser grega. Ou para ser a filha que minha mãe sempre quis. De repente, você aparece na minha vida e dá ao meu nome um sentido que eu não conhecia. Quando você falou meu nome pela primeira vez, eu me enxerguei no seu olhar. Foi como ver o meu reflexo sob a sua perspectiva. Você nunca me viu como alguém deslocada, insegura ou alguém que eu fingia ser. Você sempre me viu como eu sou. A verdadeira, Alícia. Simplesmente, Alícia. E eu... — suspirei —, me apaixonei por você.

Havia uma lágrima teimando em cair. Sebastian levantou-se e estendeu a mão. Ele recolheu a lágrima no dedo, sem desfazê-la e levou-a até o canto do seu olho, onde a repousou. Minha lágrima deslizou na sua face, como se ele mesmo a tivesse derramado. O quanto ele podia ver de mim? O quanto ele me enxergava? O quanto ele me amava?

— Eu chorarei todas as suas lágrimas. E quero sorrir todos os seus sorrisos. — Ele fez uma breve pausa e sua voz se encorpou mais: — Eu não sei quem sou, quem eu fui ou o que farei... Eu não consigo responder sua pergunta anterior, nem mesmo posso te dizer meu verdadeiro nome. Eu só sei que não sou nada sem você. Nada.

Com o polegar, enxuguei o rastro que a lágrima deixara em seu rosto.

— Eu sei quem você é. Você é o meu Sebastian. E isso é suficiente.

Capítulo 35

Sebastian quis me acompanhar até o Cosme Velho. Eu disse que não era preciso, que daria um jeito de ajudar mamãe sozinha com os turistas, mas ele insistiu. Por mais que eu quisesse sua companhia pelo máximo de tempo possível, eu não teria como explicar a presença dele no restaurante em seu dia de folga. Pior, eu não teria como explicar ele chegando para trabalhar junto comigo quando eu havia dito à minha mãe que passaria a tarde com Carol. Despedimo-nos com um beijo, eu desci e esperei pelo seu aceno da janela até o ônibus arrancar.

Quando entrei no Parádosis, D. Artêmia soltava fogo pelas ventas. Pensei em dar meia-volta, no entanto, a hora do jantar se aproximava e eu não tinha mais como adiar o encontro com a fera. Ela deu pela minha chegada à cozinha como se tivesse um sensor instalado nas costas para o único propósito de detectar a minha presença.

— Até que enfim, mocinha! Onde você estava? — Ela colocou as mãos na cintura e seu gesto foi tão brusco que a colher de pau que tinha na mão respingou molho no vestido de vovó. A sorte é que ela não conhecia as roupas de vovó.

— Mamá, eu não disse que...

— Não minta. Eu liguei para a sua amiga e adivinha? Você não estava lá!

Olhei para Alessandro, que tinha os olhos redondos de piedade e o escorredor de massas pingando no chão. Se já era difícil justificar um dia na semana que eu passasse na casa de vovó, imagine agora. Eu mesma tinha a impressão de que ultimamente frequentava mais a casa dela do que minha própria casa. Se contasse isso, mamãe ficaria furiosa e colocaria a culpa em vovó caso acontecesse algo errado no jantar. Eu conhecia D. Artêmia de muitos carnavais, e nunca dera certo consertar uma mentira com outra. Eu tinha que dizer a verdade.

— Eu estava...

Ouvimos a porta da cozinha bater repentinamente. Theo acabara de entrar e, pela sua postura, mais irritado que mamãe. Ele cruzou os braços sobre o peito e ficou me encarando. O silêncio dos dois pesava em minhas costas e curvei os ombros. Vi quando Alessandro balançou a cabeça e me enviou um sinal da cruz (que eu interpretei como "pêsames"). Depois, virou-se de costas para continuar a escoar o fusilli.

— Com licença, mamá. Eu já volto.

Puxei Theo para fora dali o mais depressa que pude e encaminhei-o até uma das mesas do salão. Minha sorte foi estar de frente para rua, pois vi o exato instante em que Sebastian passou pela vidraça da entrada do restaurante.

Ocorreu-me que poderia ser uma alucinação. Como ele podia estar ali se havia ficado no ônibus?

Aliás, por que ele estava ali?

De fato, as respostas a estas perguntas não pareciam ter muita importância perto do desastre que estava prestes a acontecer.

Sebastian, aparentemente distraído e sem perceber a presença de Theo, colocou a mão no vidro para empurrar a porta, mas pausou para ler o cardápio no quadro de lousa. Eu podia sentir o suor se formando na minha testa e a falta do ar que expulsava dos meus pulmões e não conseguia repor.

Theo deve ter reparado na angústia em minha fisionomia, pois se virou para ver para onde eu estava olhando. Imediatamente, agarrei-o num abraço, impedindo-o de continuar com o movimento. Comecei a fazer gestos para que Sebastian fosse embora, mas ele não olhava para mim. Assim que ele começasse a empurrar a porta, a sineta ia tocar e Theo o veria.

Fechei os olhos e apertei Theo junto de mim até ele se queixar com um gemido.

Só dei pela companhia de mamãe quando ela surgiu ao nosso lado com uma pilha de pratos no colo e colocou-os na nossa mesa.

— Vocês não vão ficar de namoro agora, não é? Deixem isso para depois, temos que arrumar o salão. — Ela ajeitou a louça na mesa. — Vá se vestir para me ajudar, Alícia. E Theo, por que não espera por ela lá em cima?

Theo conseguiu se livrar dos meus braços e virou-se imediatamente para a porta. Sebastian não estava mais lá. Ele só podia ter ouvido a voz de mamãe, me visto com Theo e desistido de entrar.

Mal consegui disfarçar o alívio quando soltei o ar que prendia, todo de uma vez.

— Theo, hoje não é um bom dia para você me esperar. O trabalho vai durar a noite toda. — Dei um beijo na sua bochecha e sussurrei perto do seu ouvido: — Eu telefono para você mais tarde, pode ser?

— Não me parece que você anda disposta a falar no telefone — rebateu ele, depressa.

— Hein? Como assim? — disfarcei.

— Seu celular — respondeu ele, levantando uma sobrancelha como se um anzol a fisgasse. — Por que não me atendeu mais cedo? Liguei várias vezes. Não é a primeira vez que faz isso nos últimos dias.

— Desculpe, Theo, mas eu ando bem ocupada com os trabalhos da faculdade. Não é fácil ser *spalla* e você sabe como Oscar pega no meu pé. Sem falar na D. Artêmia. — Apontei para mamã, que estava de sentinela à minha espera. — Eu não posso conversar agora. Por favor.

— Ok. — Ele se levantou e me olhou de cima, desistindo da cobrança.

— Eu juro que te ligo!

Quando Theo bateu a porta do restaurante, me perguntei se ele encontraria Sebastian nos arredores dali, mas como não vi nenhum objeto voando pela vitrine da entrada, eu me acalmei.

Depois de hoje, eu estava decidida a pôr um fim na minha história com Theo.

Antes que ficasse muito perigoso.

Capítulo 36

Subi as escadas para o apartamento a fim de vestir o uniforme. Na sala, ouvi uma dobradiça gemer e senti uma corrente de vento passar por mim. A caminho do quarto, cruzei pelo escritório, mas não encontrei papai. A menos que ele tivesse deixado alguma janela aberta antes de sair, estaria no meu quarto.

Ao abrir a porta, minha expressão de interrogação deu lugar a um sorriso tão amplo que mal cabia em meu rosto. Sebastian estava confortavelmente sentado em minha cama, com um álbum de fotografias sobre o colo. Meu coração pulsava acelerado por tê-lo tão perto de mim, do meu mundo, entre os objetos pessoais e as fotografias que contavam a história da minha vida.

Sentei ao seu lado. Ele continuou concentrado numa foto dos meus avós ainda jovens, num lugar que parecia o caminho de palmeiras do Jardim Botânico.

— Reconhece esse suspensório? — perguntei, encostando meu ombro no dele.

Sebastian fez que sim com a cabeça e virou a página. Na foto em preto e branco, vovô se apresentava no Theatro Municipal. Aquela era a que eu mais gostava, era a imagem que eu carregava dele e na qual eu me inspirava quando segurava meu violino. Amadeus Mastropoulos tinha uma postura imponente quando tocava, uma nobreza que eu nunca vi em outro violinista. O instrumento era como um membro de seu corpo e ele, uma continuidade do corpo do violino.

Enquanto Sebastian passava as páginas do álbum que eu já vira de trás para frente incontáveis vezes, distraí-me observando seu perfil. Quando me dei conta, seus lábios formavam uma covinha. Ele sorria. Olhei para o álbum e me vi na piscina de plástico tomando banho com minha mãe. Eu devia ter dois aninhos. As imagens se sobrepuseram umas às outras conforme ele foi virando as páginas: Alícia brincando de fazer castelinhos na areia, Alícia descendo do escorrega no parquinho, Alícia lambuzada de sorvete, dançando no clube grego, soprando as velinhas de um bolo de aniversário...

Fechei o álbum abruptamente, provocando um susto em Sebastian.

— Não é justo. Eu fico em desvantagem, já que não posso ver suas fotos de bebê! — falei por mera implicância.

O sorriso desmanchou-se em seu rosto. Ele havia ficado melancólico.

— Fico curioso sobre você, Alícia.

— Não mais do que eu sobre você.

O passado de Sebastian já não me importava tanto, tampouco o meu. Eu queria que ele soubesse disso e que também não se importasse.

— Às vezes é bom recordar, é verdade. Mas nós demoramos tanto para nos conhecer que eu não quero perder mais tempo voltando atrás. Vamos criar muitas memórias inesquecíveis juntos, que tal?

Nós compartilhamos o mesmo silêncio. Eu não podia ouvir, mas percebia. Conforme nos aproximávamos, nossa respiração se igualava e cada vez mais eu sentia seu coração batendo dentro do meu peito, como ele devia sentir o meu no seu. Então eu fechei os olhos. Segurei suas mãos um tempo junto a mim, até dizer:

— Sebastian, você pode me beijar?

Ele me obedeceu.

Naquele momento, eu percebi que independentemente do nosso passado e do nosso futuro, havíamos encontrado uma interseção no tempo. Nós estaríamos sintonizados naquele silêncio, para sempre.

Beijar Sebastian me fazia esquecer do tempo e do lugar. E de fechar a porta do quarto, também! Embora nós dois estivéssemos sozinhos em casa, não valia a pena correr o risco.

Fechei-a e encostei-me a ela, admirando Sebastian em minha cama por um instante. Havia tanta ternura e inocência em seus gestos que eu me senti ainda mais atraída por ele e mais atrevida do que nunca imaginei que pudesse ser. Ao mesmo tempo em que queria lhe dar o meu colo e brincar com seu cabelo como se ele fosse um menino, eu queria conhecê-lo como homem e satisfazer meu desejo como a mulher que eu descobrira ser.

Tive medo dos novos instintos que ele provocava em mim.

Fugi deles correndo para o banheiro.

— Preciso trocar de roupa! — gritei lá de dentro.

Eu terminava de abotoar a camisa do uniforme quando ouvi as batidas na porta do quarto.

— Estou terminando de me arrumar!

Sebastian sussurrou do outro lado:

— É seu pai, Alícia. Está chamando por você. É melhor eu ir.

Escorreguei no tapete e quase caí no chão. Atrapalhada, abri a porta do banheiro e fiquei frente a frente com Sebastian. Ele não parecia nem um pouco tenso, ao contrário de mim.

— Como você vai sair daqui? — Olhei em volta e me deparei com o esconderijo perfeito. — Entre no armário!

Sebastian não se moveu. Papai bateu de novo e perguntou:

— Alícia, tem alguém aí com você?

Gesticulei para Sebastian, apontando entusiasticamente para o armário. No entanto, ele continuava parado ao meu lado. Exasperei:

— Eu já vou abrir, papá! — E resmunguei, fazendo contorcionismo com os braços para dar o laço no avental: — Esses uniformes dão muito trabalho para vestir!

De repente, senti os braços de Sebastian me enlaçarem.

— Você confia em mim?

Não entendi sua pergunta, mas fiz que sim.

Ele envolveu minha cintura com o avental e me puxou para mais perto. Eu podia sentir o calor do seu corpo mesmo que não me tocasse e sua respiração cálida no meu pescoço enquanto ele amarrava a fita nas minhas costas. Num súbito fraquejar das minhas autodefesas, desejei secreta e irresponsavelmente que ele desistisse de me ajudar a vestir e fizesse exatamente o contrário. Ao terminar, ele levantou o meu cabelo e depositou um beijo por trás da minha orelha. Encolhi-me com o arrepio.

Quando virei para retribuir o carinho, ele não estava mais colado em mim.

Meu estômago quase foi parar na garganta. Sebastian já se posicionava do lado de fora da janela, subindo no parapeito. Quando corri, ele já tinha saltado. Lois Lane perdia fácil para mim.

Nesse exato momento, papai abriu a porta. Desconfiado, seus olhos varreram o quarto.

— O que foi? — disse eu, ajeitando o cabelo.

— Sua mãe... ela está desesperada à sua procura! Disse que você poderia estar com Theo aqui em cima.

— Theo? Não... Theo foi embora...

— Então, com quem você estava falando?

Prendi um grampo no cabelo e fiz uma cara de quem estava adorando a preocupação dele com a sua menininha.

— Com ninguém, papá! Eu estava apenas cantando. Hoje me sinto um pouco mais alegre.

Como se a frase funcionasse como um antídoto para sua desconfiança, meu pai abriu um sorriso e me deu um beijo na testa, satisfeito com o que tinha acabado de escutar. Ele não sabia os verdadeiros motivos da minha felicidade, mas eu devia presenteá-lo mais vezes com frases assim, apenas para vê-lo reagir daquela maneira.

Uma leve rajada de vento fez a cortina balançar e eu pude ver, ainda que de relance, o momento em que Sebastian atravessou a rua correndo. Eu me perguntei como era possível alguém se jogar de uma altura de cinco metros e sair ileso.

Pelo visto, eu ainda não tinha aprendido a confiar nele.

— Quer saber? Acho que sua mãe pode esperar mais um pouco — disse papai.

— Como assim?

Ele pegou o estojo que repousava sobre cadeira ao lado da penteadeira, retirou o violino e entregou-o para mim. Não percebi o que queria. Ele nunca havia pedido para que eu tocasse somente para ele e, além disso, eu estava atrasadíssima para servir o jantar.

Ele sentou-se na minha cama, acomodando-se como se estivesse num auditório à espera do início do espetáculo. Por tantas vezes imaginei esse momento em que ele viesse me pedir para tocar uma música; mas, não assim, às pressas e sob pressão.

— Papá, estamos atrasados para o jantar.

— Toque. — Ele tinha agora o semblante sério, porém, tranquilo. — Por favor, Alícia.

— Alguma música em especial?

— Uma composição sua.

Mecanicamente, endireitei a coluna, ajeitei o violino sobre o ombro e o arco sobre as cordas. Ao soar da primeira nota, papai me interrompeu.

— Feche os olhos. Esqueça que estou aqui.

Era um pouco difícil esquecer que ele estava ali quando sempre desejei que estivesse e nunca havia estado. Ele não entenderia, mas fechar os olhos era sentir ainda mais a sua presença.

Respirei fundo e comecei a tocar a sonata. Aquela não só foi a primeira vez que eu toquei para o meu pai, como foi a primeira vez em que toquei a sonata do princípio ao fim.

Papai não era um homem de conter emoção, mas sempre foi reservado sobre seus sentimentos. Eu pouco ou quase nada sabia sobre seu relacionamento com meus avós, Cecília e Amadeus, todavia, sabia exatamente quando havia fechado um negócio lucrativo para o restaurante ou quando havia se desentendido com mamãe. Não era difícil interpretá-lo, embora fosse difícil desvendá-lo. Eu sempre achei que havia saído a ele nesse sentido.

Ele baixou a cabeça no fim da apresentação. Provavelmente pensou que eu não percebera a pequena lágrima no canto do seu olho. Eu percebi, só não entendia o choro. Pela primeira vez, eu não sabia se significava alegria ou tristeza.

Devolvi o violino para o estojo e sentei-me ao seu lado.

— Qual é o nome da música? — perguntou ele.

Meus olhos vasculharam cada canto do quarto, como se a resposta estivesse escondida em algum lugar daquele espaço. Eu não tinha ainda pensado no título da sonata.

— Não tem nome.

— É uma música belíssima. Não é justo que não dê um nome a ela.

— O senhor gostou mesmo, papá?

Ele sorriu.

— É possível encontrar você em cada acorde dessa música. Você colocou sua alma nela.

Senti-me comovida. Ele havia percebido, não por ter o ouvido acostumado à música, mas porque me conhecia muito bem.

— O senhor acha que o vovô ficaria orgulhoso?

— *Muito* orgulhoso — respondeu, sem conseguir disfarçar a voz embargada.

Eu o abracei e ele me apertou forte. Depois, limpou a garganta e desandou a falar:

— Quero contar uma história que nunca contei a ninguém, nem à sua mãe. No meu aniversário de oito anos, seu avô me deu um violino de presente. Era uma caixa grande e eu me lembro de rasgar o embrulho com muita expectativa. Lembro-me da decepção que senti quando vi que não era o caminhão cegonha que eu pedira para ele tantas vezes. Mas eu não consigo me lembrar da reação do meu pai e nunca soube verdadeiramente o que ele sentiu quando desprezei o presente. Nunca conversamos sobre isso.

Eu podia sentir seu coração acelerado.

— Papá...

Ele ignorou minha pausa.

— Que orgulho ele sentiria se visse você tocando sua própria música, perpetuando o sonho que teve para mim! E que orgulho eu sinto, Alícia, por você ser diferente de mim e acreditar nos seus sonhos!

Afastei-o do nosso abraço e segurei suas mãos.

— Não fale assim, papá. Veja só o restaurante, o seu projeto de vida com mamã. Olhe para mim! Somos uma família porque você acreditou em nós.

— Eu nunca quis que você seguisse a profissão do seu avô. Não quis que entrasse para a Escola de Música, muito menos que escolhesse o mesmo instrumento que me distanciou tanto do meu pai. E, assim, acabei me distanciando de você. Se houver algo que eu possa fazer para consertar isso...

Ele parecia tão torturado que eu tive a impressão que a idade pesava nas suas costas. Ele carregava aquele peso havia tempo demais.

— Está tudo bem. Não se culpe. Eu sempre entendi seus motivos.

— Espero que não seja tarde.

Olhei para o estojo do violino, refletindo longamente.

— O senhor ainda está em tempo de me ajudar a escolher um nome para a minha sonata...

Ele sorriu e balançou a cabeça.

— Eu não tenho criatividade para essas coisas, filha.

— Ah, me ajude, por favor! — Levantei da cama e fiquei de frente para o espelho da penteadeira e de costas para ele. — O senhor disse que a sonata é a minha essência. Em que o senhor pensa quando olha para mim?

Seus olhos se fixaram no reflexo do meu rosto e esquadrinharam cada traço dele.

— Não procure no exterior, papá — aconselhei.

Ele refletiu por um instante, enrugando a testa como se eu tivesse lhe proposto uma charada indecifrável.

— Eu penso na aurora.

— Por quê?

— Porque a aurora se renova todas as manhãs. Como você, filha. — Ele suspirou e depois de um breve instante, disse: — Você renova os meus sonhos.

Descobrir que meus sonhos despertavam os sonhos adormecidos de papai, os que vovô sonhou para ele e que agora ele estava à espera que eu realizasse, não tinha preço. Mas, se minha sonata se chamasse Sonata da Aurora, eu teria uma grande responsabilidade pela frente. Será que eu estava pronta para isso?

A resposta não era importante agora. Antes dos sonhos, havia o trabalho. E o uniforme no qual eu me via diante do espelho não me deixava esquecer disso.

Capítulo 37

Quando o último cliente deixou o restaurante, fechei a caixa registradora e deitei a cabeça na mesa do balcão. Senti um carinho nos meus cabelos e fechei os olhos. Eu conhecia seu toque, mas não com essa perícia. Sebastian circulava os dedos pelo meu couro cabeludo e apertava mais forte nos pontos onde a tensão era maior, agindo como um verdadeiro massoterapeuta.

— Não é melhor descansar no seu quarto? — perguntou, baixinho.

— Deixe comigo. Eu arrumo o que falta.

Embora estivesse quase adormecendo com a massagem, eu queria ficar acordada para não perder nenhum minuto do tempo que tinha com Sebastian.

— Não. — Desci do banco onde estava sentada e o intimei: — Vamos terminar logo. Precisamos sair daqui.

Substituímos algumas toalhas, dobramos guardanapos, guardamos a louça nos armários e, com isso, deixamos o restaurante pronto para a próxima rodada. Sr. Egídio e D. Artêmia não teriam do que se queixar.

— Vou me vestir — anunciei.

Subi para o quarto. Enquanto eu me arrumava, lembrei-me da vez em que estive com Sebastian no shopping. Exceto pelas vendedoras que quase se atiraram para cima dele, tivemos bons momentos, especialmente quando ele se lambuzou de sorvete falando sobre sua curiosidade sobre o cinema. Aquilo me deu uma ideia.

Eu tinha visto que Sebastian estava vestido sério demais, por isso, escolhi um vestido tomara que caia azul cobalto, saia em pregas na vertical e cinto preço com um laço um pouco acima da cintura. Embora sofisticado demais para um programa vespertino, preferi combinar com ele. Quando desci, encontrei-o já sem o avental, me aguardando. Não tardei a dizer:

— Está rolando o Festival Anual de Cinema Clássico no centro comercial, aqui pertinho. Quer ir lá dar uma conferida?

Os olhos de Sebastian brilharam como os de um garoto que ganha um brinquedo inesperado. Não precisou nem de resposta. Claro que não passamos despercebidos pelo restaurante. Logo que nos viu, Alessandro fez questão de registrar o momento e tirar uma foto nossa em frente à porta de entrada.

— Se abracem, senão não cabe no enquadramento! — pediu ele, ajustando o zoom da objetiva.

Ou Alessandro era realmente um péssimo fotógrafo ou queria apenas testar minha paciência. Com a ordem dele, Sebastian encaixou seu braço em minha cintura. Eu, timidamente, fiz o mesmo. Senti o aperto do abraço dele e, antes que eu desfizesse meu sorriso, o flash já o havia captado.

Era possível alguém nunca ter ouvido falar em *Casablanca, E O Vento Levou* ou *Noviça Rebelde*? Diante dos filmes em cartaz, me perguntei se o próprio Sebastian não seria um personagem fictício. Às vezes, era difícil acreditar que eu acreditava nele. Apesar disso, e independentemente das surpresas que ainda viriam daquele encontro às escuras, tirei vantagem de poder escolher livremente o nosso filme.

Com a sala de cinema lotada, eu guardava o lugar de Sebastian, que tinha ficado na fila para comprar pipocas. Deixei-o se virando sozinho. Quando as luzes se apagaram, me arrependi de tê-lo deixado lá fora.

Assim que me levantei para ir buscá-lo, avistei-o entrando e acenei. Na verdade, eu avistei primeiro o balde de pipocas e depois Sebastian.

— Não tinha menor? — perguntei, acomodando o balde gigante no colo.

O filme *La Dolce Vita*, de Frederico Fellini, prendeu sua atenção de tal modo que eu poderia atirar todas as pipocas sobre sua cabeça que ele não desgrudaria os olhos do telão. Como eu não estava disposta a desperdiçar tudo de uma vez, atirava algumas de vez em quando, só para provocar. Valia à pena levar também, só para ver seu sorriso.

Quando a tela escureceu e os créditos finais começaram a descer, ele virou-se para mim com o semblante maravilhado e me agradeceu. Se Sebastian tinha ficado daquele jeito com um filme em preto e branco, eu imaginava como seria assistir com ele as obras-primas do cinema moderno.

Enquanto eu citava um monte de nomes de filmes clássicos e seus diretores, Sebastian me observava como se eu falasse grego. Bom, se fosse o caso, de fato, a sua situação estaria ainda mais desesperadoramente crítica.

— É sério que você nunca ouviu falar desses filmes? — perguntei, espantada.

— Não. — Ele espremeu os olhos. — Mas descobrirei cada um deles com você.

Depois da sessão, Sebastian quis dar uma volta pelo shopping. Estávamos passeando de mãos dadas pelos corredores quando o deixei perto da vitrine de uma loja de bijuterias para ir ao banheiro. Quando voltei, vi que ele saía de dentro dela. Será que um bando de vendedoras havia dado em cima dele outra vez?

Continuamos nosso passeio em silêncio. Eu estava curiosíssima para saber o que ele tinha ido fazer na loja — para não dizer enciumada —, mas não quis ser indiscreta e fiquei calada. Ao menos, durante cinco minutos.

— O que foi fazer naquela loja? — E antes que ele tirasse conclusões, emendei: — Eu não estou curiosa... estou só perguntando.

Ele velou um sorriso e disse:

— Sendo assim, não vai se importar se eu não disser. Neste momento estou pensando em outra coisa. Quero levá-la a um lugar que você ainda não conhece.

— Acho difícil existir algum lugar na cidade do Rio de Janeiro que eu não conheça, Sebastian.

O que eu ainda não tinha percebido era que, qualquer lugar que eu fosse com ele, seria sempre como se fosse a primeira vez.

Capítulo 38

O taxi estacionou na Marina da Glória. Sebastian pediu que eu esperasse, pagou ao motorista e desceu do carro para abrir a porta para mim. Fiquei preocupada com o dinheiro que ele andava gastando, mas ele agia com a naturalidade de quem havia planejado cada detalhe do passeio. O brilho em seu olhar era tão esfuziante, que eu não questionei nada e deixei-me conduzir por ele como se nada do que estivesse acontecendo fosse real. E parecia mesmo um sonho.

No horizonte mais distante, o sol já havia se posto. Não tão longe de mim, as embarcações ancoradas nos cais flutuantes, algumas iluminadas por pequenas lâmpadas e outras por lanternas coloridas, pareciam salpicadas de estrelas. Eu podia sentir o balanço de luzes e cores conforme caminhávamos pelo píer. Percebia os restaurantes sob o pavilhão animados com música e pessoas dançando. Tudo ao meu redor tremeluzia nos reflexos das águas da Baía de Guanabara e a brisa marítima me envolvia de uma atmosfera veranil e fresca.

No cais nobre, um rapaz que vestia um uniforme de marinheiro nos deu as boas vindas. Sebastian mencionou uma reserva em seu nome e o rapaz nos conduziu até o deck coberto para o embarque. Antes de pisar as escadas, eu parei para averiguações.

— Por que estamos aqui? — perguntei de um modo inquisidor.

— Você já fez este passeio antes?

Balancei a cabeça.

— Eu nunca vi minha cidade de um navio — confessei. — Perto disso, as barcas da Praça XV parecem canoas. — Ergui os olhos e admirei a arquitetura arrojada e elegante da embarcação. — Mas... eu não preciso disso, Sebastian. É muito caro. Vamos embora.

Sebastian colocou a mão nas minhas costas e pressionou devagar para que eu subisse para o convés. Ele me regalou seu olhar tímido de ternura e disse com sua voz aveludada "Por favor, Alícia", ao pé do meu ouvido. Depois daquele olhar, ele nem precisava ter dito nada.

Quando chegamos ao navio, um tripulante estendeu a mão para me ajudar a subir no convés e nos saudou. Segurei o braço que ele me oferecia. Naquele instante, senti como se estivesse flutuando. E não era por causa da estrutura de cerca de 60 metros de altura que me mantinha afastada do solo.

Logo que adentramos o salão do restaurante, o maître nos recebeu e conduziu à uma mesa reservada ao lado da janela. Enquanto ele explicava a Sebastian os pratos que seriam servidos no Buffet, eu olhava em volta, sem conseguir fixar a atenção em nada.

Sentia-me naturalmente nervosa por estar em um ambiente refinado, sozinha com Sebastian e cada vez mais distante da terra firme. Bastava reparar em minhas mãos: se eu conseguisse mantê-las quietas sobre o colo, seria capaz de rasgar o guardanapo de pano. Tentei me concentrar nas pessoas que chegavam, mas foi pior. Dei-me conta de que nós éramos o único casal *jovem* ali. O convés parecia um clube chique da terceira idade, no qual até meus pais ficariam deslocados. Não me admiraria se após o jantar tivesse início uma sessão de bingo.

De repente, senti-me pouco elegante para aquele programa. Lembrei-me do que teria sido apenas uma despretensiosa tarde de cinema. Se eu soubesse que Sebastian me traria para um jantar romântico num navio de luxo, teria feito as unhas e o cabelo, caprichado na maquiagem e muito provavelmente teria escolhido um vestido que não parecesse um embrulho de presente amarrotado.

Assim que o maître nos deixou, encontrei a rota de fuga perfeita. Pedi licença a Sebastian e corri para o banheiro. Minha aparência não estava tão mal como pensei que estivesse, mas eu precisava ao menos de uma cor nos lábios. Em momentos como esse, eu deveria carregar sempre uma *nécessaire* de emergência na bolsa e, em momentos como esse, estar num banheiro cercada de vovós, tinha lá as suas vantagens. D. Paulina gentilmente me cedeu sua maquiagem, D. Iolanda emprestou o pente e D. Manuela fez questão que eu experimentasse o seu perfume francês. A Cinderela não teve fadas mais eficientes do que as minhas; afinal, minha aventura só estava começando à meia-noite.

Quando voltei para a mesa, Sebastian observava a vista da Baía de Guanabara pela janela panorâmica. Ele não notou quando me sentei e a expressão surpresa que fiz quando vi a caixinha dourada sobre o meu prato.

— O que é isso? — perguntei.

— É para você.

Segurei a fita para desfazer o lacinho, mas desisti e estendi a caixinha para ele.

— Sebastian, você não deve gastar tanto dinheiro. Não comigo...

— É apenas um pequeno presente. Por favor, abra.

Ele parecia tão ansioso e nervoso como eu estava. Puxei o laço que amarrava o presente e abri a tampa devagar. Tirei o pequeno par de brincos pin-up e admirei-os na palma da mão. Eram duas claves de sol folheadas a ouro. Duvidei que elas reluzissem mais do que meus olhos, porém, somente Sebastian poderia confirmar isso.

— São lindos. Lindos!

— Posso colocá-los em você?

Ele me ajudou de modo tão suave que eu mal senti a pressão na orelha. Ainda assim, o toque dos seus dedos quentes no meu pescoço arrepiou os pelos da minha nuca.

— Que tal? — perguntei, levantando os cabelos.

Ele tinha o semblante de um devoto contemplando uma santa no altar.

— Eu ainda quero te dar estes mesmos brincos em ouro.

— Eu não preciso de ouro, Sebastian. Eu tenho a maior riqueza aqui comigo: *você*.

Não esperava que ele baixasse a cabeça, mas foi exatamente sua reação.

— O que foi? Eu disse algo errado? — perguntei.

Claro que disse. Eu não conseguia ser romântica sem ser piegas. Na verdade, eu não me lembrava de ter sido romântica uma única vez. Eu havia passado pela adolescência sem saber me comportar, o que dizer, o que pensar diante de um rapaz. Talvez já fosse tarde para aprender. Agora, o melhor seria deixar-me à deriva, confiante de que as ondas do mar me levariam até um porto seguro. Sebastian se parecia com esse porto e, por isso, eu não tinha medo do destino.

— Alícia, tudo o que eu quero na minha vida é fazer você feliz. Não sei direito quem eu sou ou o que vim fazer aqui. E não sei se conseguirei dar tudo o que você precisa. Acho que alguma força maior nos uniu, e eu não sou louco de desobedecê-la.

Apesar de aquelas palavras me fazerem sentir arrepio — afinal, Sebastian tinha um passado inteiro que desconhecíamos —, decidi atirar minha preocupação no mar que rodeava o barco e não estragar aquele momento maravilhoso. Então, estiquei o braço sobre a mesa e segurei sua mão.

— Eu nunca fui tão feliz como agora! — disse entusiasmada.

O silêncio tomou o lugar de Sebastian durante algum tempo.

— Eu só quero ser o homem que você precisa.

Foi a primeira vez que ele revelou insegurança diante de mim, mas também foi a primeira vez que eu senti que eu não tinha nenhuma.

— Você tem alguma dúvida de que eu preciso de você?

— Eu apareci na sua vida quando você já tinha tudo planejado. — Ele ficou sério de repente. — É por isso que não posso decepcioná-la.

Suspirei profundamente e virei o rosto para o mar calmo e escuro que se confundia com o céu.

— Você foi a melhor surpresa que me aconteceu, Sebastian. Eu me surpreendo com o que sinto por você, todos os dias. — Entrelacei minhas mãos nas dele. — Que bom que você me encontrou e que existe algo maior que nos uniu.

— Eu a encontraria, de qualquer jeito.

— E eu me apaixonaria por você, de qualquer jeito.

De repente, a banda introduziu o primeiro tema da noite e, na voz de uma mulher que não só na aparência se parecia com a cantora Trisha Yearwood, soaram as primeiras notas de "How Do I Live Without You". Eu já ouvira a música tantas vezes que conhecia a letra de cor. Seria uma boba se perdesse a oportunidade de dançá-la com Sebastian. Ele, parecendo ler meus pensamentos, se escondeu por trás do cardápio, mas eu me estiquei sobre a mesa e tirei-o de suas mãos.

— Vamos dançar! — disse, me levantando num impulso.

— Eu... não sei. Não sei dançar.

— Você me traz para um jantar dançante e não sabe dançar?!

Ele encolheu os lábios, desconcertado. E, resignado, aceitou minha mão e deixou-me conduzi-lo até o centro do salão. Éramos os únicos na pista, pois todos os outros casais pareciam mais interessados no risoto de camarão que era servido no Buffet.

Precisei mostrar a Sebastian como ele devia me segurar. Posicionei sua mão esquerda na minha cintura e uni as palmas das nossas mãos direitas. Ele se aproximou mais e começou a acompanhar o movimento dos meus pés olhando para o chão. Não demorou muito a ganhar confiança e acertar o compasso comigo. Ao levantar a cabeça, nossos olhares se esbarraram, seu sorriso iluminou meu rosto e eu retribui, antes do beijo. E, sem abrir mais os olhos, apoiei em seu ombro enquanto a ondulação da música acompanhava a melodia do mar.

Capítulo 39

As estrelas foram a última coisa que eu vi antes de despertar naquela manhã. Todo o resto havia sido um sonho.

Eu tinha o cheiro de Sebastian na minha pele e fazia do seu peito o meu travesseiro. Afastei um pouco o seu braço para observá-lo melhor. Ele dormia serenamente como na primeira vez em que o vi no hospital. Eu não me movi, não desviei e quase não pisquei, pois queria notar o instante em que seus olhos se abririam.

Cada traço do seu rosto contava um detalhe da noite que tivemos. A curvinha dos seus lábios, por exemplo, se formara no momento em que eu disse *sim*; a pequena ruga entre as sobrancelhas surgira quando ele percebeu o que o *sim* significava.

As pálpebras se contraíram e ele abriu os olhos. As estrelas trouxeram a noite de novo e me lembrei de tudo. Não tinha sido um sonho.

Eu vi o meu reflexo inteiro; tão bela como ele me fazia sentir, tão Alícia quanto eu era quando estava com ele. Mergulhei no azul do seu olhar sem me preocupar com a profundidade do oceano. Enquanto eu explorava a dimensão do meu desejo por ele, suas emoções vieram à superfície tão à flor da pele que sua hesitação foi minha certeza e sua certeza foi minha também. Eu desmanchei ao seu toque cálido e terno, e ele me refez menos menina e mais mulher.

Eu podia ancorar agora, pois havia chegado ao meu porto-seguro.

— No que está pensando? — ele perguntou, acariciando o meu cabelo.

— Estou lembrando da nossa noite...

Ele deitou minha cabeça em seu peito novamente e beijou minha testa.

— O sol ainda está nascendo. Acordou há muito tempo?

— O suficiente para me apaixonar de novo por você.

Coloquei as mãos entre meu ouvido e seu coração. Eu podia senti-lo, ainda assim.

— Eu te amo tanto, Alícia! Tanto, que eu podia morrer agora.

Levantei repentinamente e exasperei:

— Sebastian! Isso é coisa que se diga?

Ele sorriu e me prendeu em seus braços. Puxei o lençol sobre nós e fiz do escuro o nosso silêncio.

O sol, já mais forte, penetrava por uma pequena fresta da cortina e atingia meu rosto. Virei para o lado e percebi que Sebastian não estava mais lá. Perdi-me por alguns momentos, passeando as mãos pelas cobertas. Eu podia sentir o seu calor, a sua textura, o seu cheiro no tecido de algodão. Sorri de contentamento.

Estiquei o corpo para chegar ao relógio de bolso de vovô que ele deixava sobre a mesinha de cabeceira e verifiquei que já se passava das onze da manhã. A má notícia era que eu havia perdido as aulas na faculdade e a boa era que vovó já havia saído para a feira, portanto, não notaria que eu passei a noite no quarto de Sebastian.

Andando pelo quarto, pisei em meu próprio vestido jogado no chão. Sobre uma cadeira, encontrei meu sutiã emaranhado com a camisa de Sebastian. Depois de abrir as cortinas, estender os lençóis e dobrar algumas roupas espalhadas, vesti sua camisa, calcei os chinelos e desci as escadas correndo.

Guiada pelo cheirinho de café e de panquecas com mel, entrei mansamente na cozinha. Ao som de uma música que tocava baixinho, Sebastian dançava em frente ao fogão. Apreciei seus contornos e o movimento dos músculos de suas costas acompanhando o ritmo da balada. Mas como assim, dançava? Ou ele me enganara ou eu podia me considerar uma excelente professora. Achei graça quando me dei conta da cor da sua cueca boxer. Preto nunca fora minha cor preferida até aquele momento.

Abracei-o, desta vez com o cuidado de não assustá-lo. Ele apertou meus braços ao redor do seu tórax e se virou para mim. Deslizei as mãos pelas suas costas e ele fez o mesmo nas minhas, até agarrar minha cintura e me sentar no balcão. Seu corpo estava quente. Seu beijo provocativo percorria cada milímetro dos meus ombros e pescoço.

— As panquecas... — consegui verbalizar.

— Elas podem esperar...

— Não, não podem. Estão queimando... — murmurei.

Ele suspirou fundo.

— Queimando estou eu...

— Sebastian... desliga o fogo.

— Impossível.

— É só girar o botão que está à sua direita.

Ele riu, pegou a espátula e foi até o fogão virar as panquecas na frigideira.

— Para quem estava todo tímido ontem, hoje você está bem atrevidinho! — Saltei da bancada e tirei a espátula da sua mão. — Você não precisa disso. Olha só como eu faço!

Movimentei a frigideira no ar e virei a massa de primeira. Eu sempre me sentia orgulhosa quando dava certo. Ele não deu muita importância para o meu feito e me olhou com outro tipo de admiração.

— Não sei o que acontece comigo quando estou com você — disse ao meu ouvido, me prendendo contra a bancada.

— *Eu sei.* Podemos continuar a estudar seu caso lá dentro, que tal?

Sebastian expirou e eu comecei a sentir seu corpo se inclinando e pesando sobre o meu. A princípio pensei que estivesse apenas sendo mais atrevido, mas então percebi que ele não se sustentava sobre as pernas. Tentei abraçá-lo, porém, foi tarde demais. Antes de desabar no chão, tentou se apoiar na mesa e arrastou a fruteira com ele.

Agachei-me ao seu lado e tentei acordá-lo com beijos. Encostei meu ouvido em seu peito para conferir seu coração. Medi o batimento pelo pulso, que estava muito fraco, quase imperceptível. Sua testa e mãos estavam geladas. Eu não entendia muito de primeiros-socorros, mas sabia a posição mais segura, por isso, virei seu corpo de lado. Sem saber mais o que fazer, escorri as mãos pelos cabelos e comecei a chamar por ele, desesperada.

— Sebastian? Acorde! Por favor, meu amor... acorde!

Nenhum indício de que ele iria recobrar a consciência. Aflita, telefonei para a emergência e me inclinei de novo sobre ele. A única oração que me ocorria era o *Pater Emon*, o Pai Nosso em grego. Ao rezar, as lágrimas caíam pelo meu rosto sem que eu percebesse. Um delas caiu sobre a face de Sebastian.

De repente, minhas preces pareceram ser ouvidas e sua voz surgiu quase nula:

— Não chore...

— Sebastian! — gritei.

Ele ensaiou levantar, mas não conseguiu.

— Não se esforce. O que você está sentindo?

— Estou tonto. E um pouco enjoado...

— Você está pálido. Pode ter tido uma queda de pressão. O dia hoje está muito quente. Mas, nem que seja apenas por desencargo, nós vamos ao hospital averiguar isso.

— Não...

Ele levantou a cabeça e grunhiu alguma coisa sobre a luz incomodar seus olhos.

— Está vendo? Você não está cem por cento. Nós vamos ao hospital quer você queira, quer não.

Quinze minutos depois, a campainha soou avisando da chegada dos socorristas. Sebastian ainda estava tonto e tinha os lábios levemente arroxeados, por isso, ainda que contrariado, foi colocado na maca. Os dois enfermeiros levaram-no para ambulância e aplicaram-lhe o soro intravenoso.

Mesmo que por um curto percurso, senti meu coração apertado por vê-lo naquele estado fragilizado. Segurei sua mão o tempo todo. Como ele não queria dormir, contei-lhe algumas histórias da faculdade, incluindo a origem do apelido do professor Oscar. Não esperava que ele risse naquelas circunstâncias e com a máscara de oxigênio no rosto, mas para me tranquilizar, Sebastian permitiu-se distrair até pegar no sono.

No hospital, levaram-no para um parecer superficial do médico de plantão. Os enfermeiros da ambulância me informaram que seriam realizados os exames de praxe e outros mais aprofundados, se o médico assim requisitasse. Fiz questão de entrar com Sebastian no consultório, mas ele, se sentindo melhor, não deixou.

— Isso é bobagem, Alícia. Eu estou bem, não devia nem ter vindo. Vá para casa ajudar a sua mãe com o restaurante. Ela deve estar preocupada.

— Eu liguei para minha mãe na ambulância e disse que passaria o dia com vovó. Meu pai estava do lado dela e amansou a fera. — Abracei-o e disse, junto ao seu ouvido: — Sebastian, eu não vou deixar você sair daqui sozinho. Se não me deixar entrar com você, vou esperar na recepção.

Ele não concordou, mas eu me mantive irredutível.

A consulta foi rápida, por isso, concluí que estava tudo bem. Ainda assim, escondi-me por trás de uma enfermeira de avantajada retaguarda e aproveitei para abordar o médico assim que Sebastian entrou na sala de espera para o exame de sangue. Não desrespeitaria um pedido dele, mas também não ficaria sem saber o que estava acontecendo.

— Boa tarde, doutor! Meu nome é Alícia e eu estou acompanhando o paciente Sebastian.

— Milton Brocowicz, clínico geral. — Ele me cumprimentou com um aperto de mão. — Fiz uma rápida avaliação sensorial, tirei a pressão arterial e auscultei o Sebastian. Aparentemente está tudo bem, ele deve ter tido apenas uma hipotensão. Mas não quero afastar o quadro de uma crise hipoglicêmica, por isso, pedi alguns exames apenas para uma diagnose mais apurada. Ele deverá ser liberado amanhã mesmo.

Estreitei as sobrancelhas.

— Amanhã? Mas se é apenas um mal-estar, por que passar a noite no hospital?

— É parte do procedimento. Precisamos de um período de observação de 12 horas. Segundo me contaram os enfermeiros, ele ficou desmaiado por dois minutos.

— Sim, é verdade...

— Preciso que preencha alguns papéis na recepção. Pode adiantar isso?

Fiz que sim.

— Posso passar a noite no quarto com ele?

— Ele tem plano de saúde?

Apertei os lábios, apreensiva.

— Não.

— Bom, ele não ficará num quarto individual, mas você poderá acompanhá-lo no ambulatório, se quiser. Fale com a recepcionista e ela vai lhe dar um crachá.

— Doutor...

— Sim?

— Eu arcarei com qualquer despesa que seja necessária. Peça todos os exames que forem necessários, ok?

Dr. Milton colocou a mão no meu ombro e garantiu:

— Não se preocupe. Ele terá o melhor tratamento.

Não foi fácil preencher os papéis na internação, a começar pelo nome completo do paciente. Data de Nascimento? Carteira de identidade? CPF? Deixei a maioria das lacunas em branco e disse à recepcionista que Sebastian daria as informações depois. Talvez conseguíssemos driblar essas burocracias, mas eu não queria pensar nisso.

Minha cabeça dava voltas. Se Theo ligasse naquele instante, nem imaginaria o que dizer para ele. Às vezes me esquecia de que ainda não havia resolvido nossa situação e nem sabia quando teria forças para isso. Porém, Theo não ocupava mais nenhum lugar dentro de mim. Eu só pensava na minha última noite com Sebastian, tão maravilhosa, e que agora eu estava sentada no banco de um ambulatório. Fiquei na expectativa de que o homem mais misterioso do Rio de Janeiro se levantasse daquela cama e me convidasse para um lugar onde nada poderia ser mais importante do que o amor que sentíamos um pelo outro. Eu iria com ele para qualquer lugar do mundo. Para mim, Sebastian só precisava existir.

Acordei com uma dor nas costas brutal, ao mesmo tempo em que sentia um carinho no meu rosto. Abri os olhos. Ainda sonolenta, reconheci as feições da minha avó. Achei que estivesse sonhando.

Quando descolei a coluna da parede, senti um estalo como se as vértebras estivessem totalmente deslocadas.

— Vó...? Como soube que eu estava aqui?

— Sebastian pediu que me telefonassem. Queria que eu viesse buscar você para a faculdade.

Olhei para os leitos em volta e não vi Sebastian em lugar nenhum.

— Ele já se levantou? Para onde ele foi?

— Levaram-no para fazer um exame... acho que uma tomografia.

— Tomografia? Para quê?! — exasperei.

— Fique calma, querida. Procedimento de praxe, não é nada demais.

Vovó sentou-se ao meu lado no banco duro do ambulatório, onde eu havia passado mais da metade da noite em claro, zelando pelo sono de Sebastian enquanto contava gota a gota do soro que pingava no cateter.

— Vó, eu estou preocupada. Acho que o médico está me escondendo alguma coisa.

— Querida, não crie caraminholas na cabeça. Vamos esperar pelos resultados.

Caraminholas. Caraminholas. Eu adorava as palavras estranhas de vovó, mesmo que não fosse o momento certo para me sentir melhor com elas. Mas, por um instante, deixei de pensar em Sebastian. Ela passou a mão carinhosamente no meu rosto.

— Como vou pagar a conta do hospital? Não sei se minhas economias serão suficientes...

— Não se preocupe. Eu já deixei um cheque na recepção, está tudo resolvido.

Não se preocupe?

Fitei os olhos de minha avó, fazendo exatamente o contrário do que ela esperava, me sentindo pior com a situação. Eu não estava preocupada, estava quase em desespero! Pelo que eu sabia, ela recebia uma pensão que mal dava para sua subsistência e eu nem fazia ideia se ela tinha algum dinheiro guardado na poupança para emergências. E, se tivesse, não aceitaria que tocasse nele. Pensei em recorrer aos meus pais, mas sem saber como iniciaria a explicação, desisti.

— Vovó, eu não quero...

— Acalme-se. Deite aqui — interrompeu ela, dando tapinhas na perna.

Repousei minha cabeça no seu colo e senti o perfume do amaciante de lavanda em seu vestido. Novamente, parecia que eu era apenas uma garotinha assustada. Vovó repetia aquele gesto sempre que me via chorando, mesmo que fosse por causa de um simples tropeção ou um dedinho queimado. Ela era meu anjo da guarda.

— Tudo vai se resolver. Acredite na vovó.

E como eu fazia sempre, acreditei no meu anjo.

Capítulo 40

Quem disse que eu conseguia prestar atenção às aulas? A cada cinco minutos olhava o relógio de pulso, ansiosa para voltar para o hospital. No segundo tempo, eu já estava conformada em ser apenas um corpo inanimado dentro da sala. Enquanto o professor Oscar falava sobre as diferenças entre harmonia tonal e harmonia modal, eu só pensava na desarmonia entre as minhas vontades e os meus deveres.

Embora estivesse por fora do meu dilema, Carol percebeu meu estado de ansiedade e cutucou meu braço para me passar um bilhetinho. Bastou que eu o desdobrasse para que os olhos de lince de Oscar se esticassem até o papel na minha mão.

— Então, alunos, a Alícia vai responder a esta pergunta.

— Oi? — perguntei, escondendo o papel sob o caderno.

Ele balançou a cabeça e sorriu acintosamente. Independentemente do tipo de sorriso, Ogroscar não deveria sorrir nunca, pois ele tinha os dentes mais amarelados que já vi em alguém, até mesmo para ogros.

— Senhorita Mastropoulos, seus colegas estão esperando.

— O senhor poderia repetir a pergunta, professor?

Ele cruzou os braços. Cada ato parecia milimetricamente calculado.

— Quantos modos existem no campo harmônico modal?

Ouvi Carol cochichando alguma coisa. Oscar percebeu a tentativa de cola e se posicionou como um soldado britânico entre nós duas. A diferença era que um soldado britânico devia ter classe. A quem ele queria enganar?

— As duas, por favor, arrumem o material e deixem a sala de aula.

Olhei para minha amiga, que mordia os lábios como se quisesse extrair sangue deles. Havíamos praticamente pedido pela expulsão, é verdade, mas a responsabilidade era só minha.

— Professor, a Carol não tem culpa. Eu estava distraída.

— As duas, por favor, se retirem da classe agora! — Sua voz soou mais grave desta vez.

Quando levantei o caderno para guardá-lo na mochila, o bilhete caiu no chão. Oscar imediatamente se abaixou para pegar e, apesar da idade avançada, ele reagiu mais depressa do que eu.

Li um palavrão nos lábios de Carol.

O professor abriu o bilhete e depois esmagou a folha na mão.

— Senhorita Diaz, antes de sair, talvez você queira partilhar com a Alícia o teor da mensagem.

Carol engoliu seco.

— O senhor leu no lugar dela, portanto, pode partilhar, se quiser.

Oscar arregalou os olhos e apontou com o dedo indicador para a porta. Antes de sair, virei para trás e falei:

— Professor, eu não cheguei a responder a pergunta. São sete modos: Jônio, Dórico, Frígio, Lídio, Mixolídio, Eólio e Lócrio.

Veias saltaram em sua testa e Oscar mudou de cor. Achei que ele fosse se transformar em algo sobrenatural de cor predominantemente vermelha. Bastante vermelha.

Carol nem esperou chegarmos ao hall para começar seu interrogatório. O bombardeio impiedoso só parou quando arranquei uma folha do meu caderno, escrevi "paz" e lhe entreguei. Ela revirou os olhos e disse:

— Ok. Eu cansei mesmo de implorar para participar da sua vida.

— O que você escreveu no bilhetinho que me passou lá na sala?

— Nada importante. Eu dizia que ia sair para ir ao banheiro e que você deveria sair logo atrás.

— Pela cara do Ogroscar, eu pensei que você tivesse escrito algo referente a ele...

— Nem brinca! Eu gosto de viver perigosamente, mas nem tanto! — Ela riu de si mesma.

— Pode crer.

Pendurei a mochila no ombro e acenei para ela, me despedindo. Ela segurou meu braço.

— Ei, Alícia, não me enrola, não... Você não vai mesmo me dizer o que está acontecendo entre você e Theo?

Agora quem revirou os olhos fui eu.

— Estou atrasada para um compromisso, Carol. Depois conversamos.

— Você disse isso da última vez que nos falamos e depois sumiu do mapa. Por acaso esse seu compromisso é com o Theo? Eu acho bom que seja, porque não aguento mais ele no meu pé.

— Como assim? Ele tem te importunado?

— Ele não cansa de me questionar. Disse que você não atende mais os telefonemas, que não para mais em casa, que nem sua família sabe por onde você anda... Está tentando descobrir alguma coisa comigo, mas eu nem sei o que é, porque você não me conta!

— Nossa, parece que ele desabafou mesmo!

— Toda vez que você não atende uma chamada dele, para quem você acha que ele liga logo a seguir? Eu não sei mais o que dizer pro cara parar de me perseguir!

Carol tinha motivos de sobra para me cobrar explicações. Eu me sentia envergonhada por fazê-la passar por isso.

— Desculpa, amiga.

— Ao invés de pedir desculpas, que tal você me contar de uma vez por todas o que está acontecendo?

Olhei as horas no relógio.

— Tá bom, Carol. Mas não aqui. Vem comigo para o hospital?

— Hospital?

Baixei os olhos, timidamente. Era estranho falar de Sebastian e ainda mais estranho prever o que Carol poderia pensar. Ela conhecia todas as minhas expressões e trejeitos. Não teria mais como esconder dela.

— Sebastian foi internado.

Carol travou como se refletisse por um momento. Logo a expressão de surpresa foi deixada de lado, dando lugar à exaltação. Não sei por que, mas achei que ela já soubesse de algo. Se era verdade, minha amiga devia estar tentando a carreira de atriz, não de musicista.

— Ah... Sebastian...

— Eu acabei de dizer que ele está internado, Carol, e você parece estar vibrando por dentro! Com o quê?

Ela desmanchou a expressão eufórica.

— É grave?

— Não sei ainda. Mas estou muito preocupada.

— Alícia, você está gostando dele, não está?

Se eu não dissesse agora, não teria coragem para dizer nunca mais. Respirei fundo.

— Estou completamente apaixonada por ele, Carol.

Ela escancarou a boca.

— *Oh-My-God*! Como aconteceu isso?

— O Sebastian está morando há algum tempo na casa da minha avó.

— Na casa da sua avó? — repetiu ela.

— É uma longa história, que não posso contar agora.

— E o que você vai fazer em relação ao Theo? Você precisa tomar uma decisão.

De repente uma voz nos interrompeu e senti um braço pesado arrastar-se por cima dos meus ombros.

— Que decisão em relação a mim?

— Theo! — exasperei.

Mal tive tempo de pensar em alguma coisa. Graças a Deus, Carol foi mais rápida e tentou disfarçar.

— Sim... uma decisão... sobre... se você está dentro do próximo programa que faremos com a galera. Pensamos em chamar apenas as mulheres, mas eu estava tentando convencer a Alícia a incluir você. Afinal, você é um cara tão... animado e... democrático!

Ela lhe sorriu mecanicamente e ele estreitou os olhos, avaliando nossas expressões.

— Bom, eu adoraria ir, é claro, para passar mais tempo com a minha noiva, já que ultimamente ela tem estado mais *independente*. Mas acho bom a Alícia aproveitar agora, porque depois do casamento, esses programinhas feministas serão cada vez mais raros.

Carol entortou a boca e eu tive vontade de rir, embora não houvesse nada de engraçado na situação. Ela não se acostumava com a versão homem das cavernas de Theo. Eu, tampouco. No entanto, sabia que não valia a pena respondê-lo quando ele falava de mim, na minha presença, na terceira pessoa; muito menos, dar audiência ao seu discurso de macho grego da década de cinquenta.

Afastei-me um pouco dele, que estava praticamente pendurado em minhas costas, sem avaliar o peso.

— Bom, lindinhos, eu tenho que ir — disse Carol, olhando para as unhas. — Vou passar na manicure. Sabem, as cordas da harpa não são muito gentis...

Eu não podia esperar que ela me fizesse companhia depois de todo o constrangimento, mas ainda assim, por mais que ela tivesse uma boa desculpa, eu precisava do meu álibi.

— Você não vem comigo? — interpelei-a.

Ela segurou a resposta quando foi trucidada pelo olhar fulminante de Theo.

— Eu tenho mesmo que ir, amiga. Você sabe como sou megavaidosa com as minhas mãos. Tire o dia de hoje para resolver suas *pendências*, ok? — Ela piscou para mim. — Nos falamos amanhã.

Vi minha amiga indo embora e com ela a única chance de ter uma boa desculpa para dispensar Theo e voltar ao hospital. Sendo assim... se eu não podia fazer nada por Sebastian naquele momento, podia fazer por mim o que eu já me devia há muito tempo. E num surto de coragem, eu anunciei:

— Theo, nós precisamos conversar.

Capítulo 41

Theo propôs me levar para casa sob o pretexto de que lá teríamos mais privacidade, contudo, como um bom grego de família, ele sabia que era exatamente o contrário. Além disso, eu tinha ainda mais um motivo para não querer ir para a casa com Theo: Sebastian poderia aparecer por lá a qualquer momento. E, sobretudo depois de ouvir o que eu tinha para lhe dizer, não seria uma boa ideia os dois se esbarrarem.

A praça de alimentação do shopping estava lotada, para variar. Escolhemos uma mesa no terraço, com vista para o Pão de Açúcar. Theo não quis comer nada e eu deduzi que ele tinha consciência de que o assunto era sério, pois se tem uma coisa que ele nunca dispensava quando se sentava a uma mesa, era comida.

Ele cruzou os braços e esticou as pernas, quase deslizando o corpo totalmente na cadeira. Eu detestava quando ele tinha essa postura marrenta e desleixada, mas naquelas circunstâncias não me sentia à vontade para exigir-lhe nenhum tipo de postura.

— Theo, eu vou dizer logo de uma vez. — Seus olhos opacos e inquisitivos se fixavam em mim. — Não posso me casar com você.

Eu não sabia dizer se a expressão que ele fez tinha algum valor. Theo apenas virou a cabeça para a paisagem de Botafogo e depois tornou a olhar para mim, sereno e seguro. Ajeitou-se na cadeira e debruçou-se na mesa.

— Nós podemos adiar. Você não precisa se sentir pressionada.

— É uma decisão definitiva, Theo. Eu quero terminar tudo.

— Por quê?

— Eu... apenas quero.

Ele arrastou a cadeira para trás e fez um gesto brusco com os braços, levando-os para trás da cabeça. Entre deuses e homens, ele parecia ter ficado no primeiro plano.

— É por causa de alguém, não é?

— Não.

Ele me encarou fixamente. Se eu fosse uma daquelas máquinas de transmissão de mensagens em código da guerra, Theo seria o decifrador.

De repente, acertou na mosca:

— O faxineiro...

— Não! — gritei.

Ele jogou o corpo para frente, quase arra— Theo, eu disse que não tem a ver com ele! Você acha mesmo que eu iria me aproximar de um cara sem história, sem dinheiro e sem... *estilo*? — Tentei dar uma entonação de menosprezo à minha voz.

Por um instante, as rugas da sua testa desapareceram.

— Eu acho, Alícia.

— Ora, por favor...

Eu não podia falar de Sebastian, pois toda vez que pensava nele ou tocava em seu nome, não era capaz de controlar minhas emoções. Elas saíam exageradas e eu acabava por falar demais. Theo não iria acreditar em mim se eu continuasse a justificar minha falta de interesse em Sebastian, quando justamente o que eu poderia argumentar seriam todos os motivos pelos quais eu havia me apaixonado por ele.

— Eu tenho repensado sobre a minha vida. Quero fazer intercâmbio, morar fora do país, conhecer as maiores orquestras do mundo...

Ele não olhava para mim, empenhado em dobrar e destroçar o canudo de um copo vazio que estava sobre a mesa.

— Esse cara vai se ferrar.

— Theo, você ouviu o que eu disse? Não tem a ver com ninguém. Só comigo!

— Ele vai ter um corretivo. Não terá forças para se apoiar nem no cabo da vassoura.

— Pare com isso! — exclamei alto. — Minha família quis ajudar o cara e o contratou para trabalhar no restaurante. Ele é apenas um empregado, um pobre coitado sem eira nem beira. Eu tenho pena dele.

— Você está apaixonada por ele.

— Então, pena e paixão são sinônimos para você?

Num impulso imprevisto, ele segurou meus braços.

— Você é *minha* garota e vai ser *minha* mulher. E nenhum *loverboy* vai se meter com o que é meu!

— "O que é meu"?! — Soltei-me dele e afastei a cadeira. — Theo, me cansei da sua possessividade. Eu preciso respirar. Você não entende!

— Eu entendi. Você precisa de um tempo.

— Para sempre.

Um casal de idosos se aproximou para nos pedir para tirar uma fotografia, mas quando Theo virou-se para eles, desistiram e se distanciaram, em meio a desculpas. O curto intervalo na conversa só serviu para aumentar a tensão.

— Alícia, se você terminar tudo...

— Se eu terminar tudo, o quê?

O suspense comprimiu meu coração. Theo não respondeu. Ele se levantou repentinamente, quase derrubando a cadeira. Antes de sair pela porta envidraçada do terraço, lançou-me um último olhar. Um olhar gélido de fúria que eu jamais conseguiria esquecer.

Capítulo 42

Como eu não podia perder tempo esperando o ônibus, peguei um taxi para o restaurante. O motorista de costeletas à Elvis Presley ouvia músicas do ídolo e falava do seu sonho de visitar Graceland. Quando ele perguntou qual era o meu, disse simplesmente que estava a apenas a dois quarteirões dali.

Pensei no que meu avô diria naquele instante: "Às vezes o perto se torna longe quando corremos demais para alcançar". Eu precisava acreditar no destino; naquele destino que havia colocado Sebastian na minha vida quando eu havia deixado de sonhar, dando-me a oportunidade de recomeçar.

Entrei no restaurante sustendo a respiração. A cada passo, repetia para mim mesma que Sebastian iria aparecer a qualquer momento. Ele precisava aparecer, como sempre surgia quando eu precisava dele.

E ele não me decepcionou. Equilibrando três cestas de pães no braço, Sebastian adentrou o salão. Quando seus olhos me encontram, ele não esboçou nenhuma reação; apenas pousou as cestas na mesa e ficou me encarando.

— Eu sabia que ia te encontrar aqui! — Corri para o seu encontro e me controlei para não abraçá-lo na frente de todos. — Como você está se sentindo?

— Melhor agora que você está aqui.

— E os exames?

— Os resultados demoram alguns dias.

Deixei os ombros relaxarem, finalmente.

— Eu preciso te contar uma coisa.

— Estou entrando no meu intervalo. Há algum lugar em especial que você gostaria de ir? — murmurou.

Balancei a cabeça negativamente.

— Ok, venha comigo.

Ele tirou o avental e deixou sobre uma cadeira. Segui-o para fora do restaurante. Eu não fazia ideia de para onde iríamos, mas não me importava. Qualquer lugar com Sebastian se tornava sempre especial para mim.

Não fomos tão longe. Atravessamos a ponte do estreito beco e logo estávamos no Largo do Boticário. Depois de tocar a campainha de uma das casinhas coloniais, esperamos à soleira da porta.

— Quem mora aqui? — perguntei.

— Ela é um pouco surda, por isso, temos que insistir! — disse ele, tornando a tocar a campainha.

Vi um vulto passar pela janela e a porta se abriu. Uma senhora com um vestido preto e cabelos brancos que aparentava mais de oitenta anos sorriu quando reconheceu Sebastian. Ela nos convidou a entrar.

— Que bom que apareceu, meu querido! Pensei que não viesse mais.

Ela cochichou algo no ouvido dele e nos conduziu pelo corredor até uma antessala onde um belíssimo piano negro de cauda *James & Holmstrom* decorava o lado de uma janela com vista para o quintal.

— É do ano de 1886. Pertenceu ao meu avô. — disse ela, orgulhosa, fazendo menção para que eu me sentasse no sofá ao seu lado. — É uma tristeza ter um instrumento tão lindo e não saber tocá-lo. Só mesmo meu falecido marido.

Sebastian foi até o piano e se sentou no banco.

— Como conheceu Sebastian? — perguntei.

Ela tirou os óculos de grau. Tinha os olhos azuis como minha avó e Sebastian, profundos como o oceano.

— Meu nome é Lucinda. Eu almoço no Parádosis de vez em quando. Nós até já conversamos.

Senti-me péssima por não me lembrar. Era difícil recordar todos os clientes, mas eu não me conformava por esquecer os clientes habituais do restaurante. Por onde eu havia estado todos os últimos anos que não havia reparado nela?

— Não se preocupe, meu bem. É normal não se lembrar. São muitas pessoas que passam por lá, todos os dias.

— Me desculpe. Eu realmente lamento por isso.

Lucinda me sorriu cordialmente.

— Respondendo à sua pergunta... eu conheci Sebastian hoje, no almoço. Ele me contou que compôs uma música e eu o convidei para passar aqui hoje à tarde e tocar para mim. — Ela se virou para Sebastian e disse: — Ela é mesmo uma moça muito bonita, meu filho.

— Você compôs uma música? — indaguei com uma entonação de surpresa.

— É um prelúdio para a sua sonata.

— Sebastian...

— Posso? — interrompeu ele, levantando a tampa de madeira.

Seus dedos pousaram sobre as teclas brancas e pretas. Sebastian extraiu o som das notas musicais como um beija-flor extrai o néctar de uma flor, com tamanha leveza e suavidade, que era como se não as tocasse.

Sua voz entoou quente e aveludada. As palavras que se conjugavam com as notas como se tivessem desde sempre integrado a melodia. Ele fechava os olhos e se entregava cada vez mais à música. Eu sentia as lágrimas deslizando pelo meu rosto, mas não queria chorar e embaçar a visão daquele anjo ao piano.

Quem melhor do que eu para saber
Que a liberdade é como um pássaro fugitivo
Por mais asas que haja nos sonhos
É preciso saber para onde se quer voar

Sou grato por não saber por onde andei
Porque assim eu silencio os meus fantasmas
E sou grato por conhecer o meu destino
Pois só assim eu posso estar aqui

Eu não imagino como seria o mundo sem você
E não quero imaginar como seria não tê-la conhecido
Tudo o que existe é o momento
Em que o "agora" e o "depois" se encontram

Quem melhor do que eu para saber

*Que a música que aprisiona é a mesma que liberta
Sou grato por conhecer o meu destino
Pois só assim eu posso estar aqui*

Quem melhor do que Sebastian para traduzir meus sentimentos, dar corpo às palavras e alma à minha música? Eu não havia me esquecido de que tinha sido ele, desde o início, que me dera inspiração para compor. Eu não havia me esquecido de que nós já tocamos uma música juntos. Eu só não fazia ideia de como ele havia aprendido a tocar tão bem.

Levantei-me do sofá. Sebastian, pressentindo minha presença ao seu lado, deu-me espaço para sentar ao seu lado no banquinho. Minhas mãos se juntaram às dele no teclado e, sobrepostas como eu sonhara um dia, concluíram as notas do nosso dueto.

Lucinda aplaudiu de pé durante bastante tempo. Eu e Sebastian não conseguíamos interromper nossa troca de olhares. Ela, então, pediu-nos licença para passar um cafezinho e pediu que ficássemos a vontade.

— Tudo começou com você... — disse eu. — Esse prelúdio é o nosso começo.

Ele beijou minhas mãos e perguntou:

— O que você queria me contar?

Mordi a pontinha dos lábios fazendo um pouco de suspense.

— Eu estou livre, Sebastian! Finalmente! Eu disse a Theo que não vou me casar com ele.

Ele conteve o sorriso e levantou uma sobrancelha.

— Ele entendeu?

— Isso não importa. Com o tempo, Theo vai aceitar e me esquecer. Só precisamos ter um pouco de paciência e esperar.

Ele me puxou para seus braços e me deu um longo beijo. Depois falou docemente ao meu ouvido:

— Eu esperei por você no prelúdio e esperarei até o soar da última nota.

Capítulo 43

Desejei ter ficado no bucólico Largo do Boticário ouvindo as histórias que Lucinda partilhava conosco, mas precisávamos arrumar o restaurante para o jantar. Na despedida, ao me abraçar, ela disse:

— O destino é como uma pauta musical que se reescreve sozinha.

Eu não sabia se tinha entendido bem a metáfora; sequer sabia se ela fazia sentido, no entanto, sorri como se fizesse e acenei adeus.

Durante a caminhada, senti que Sebastian queria me dizer algo, mas toda vez que olhava para mim, perdia a coragem. Ele acelerava o passo enquanto eu tentava retardar nossa chegada ao máximo.

Talvez ele soubesse; talvez, eu pressentisse o pior.

Quando entramos no restaurante, fomos recebidos pelos meus pais, sentados na mesa mais à frente. Meus olhos encontraram primeiro os do Sr. Egídio. Não me lembrava de alguma vez ter visto aquela sombra que lhe roubava a cor e o brilho, mas eu sabia exatamente que significava decepção. Já D. Artêmia tinha o semblante carregado de rugas e me encarava com olhos altivos de acusação.

No silêncio das palavras, tanto meu pai como minha mãe me diziam que eu estava encrencada, porém, só percebi mesmo do que seria julgada quando Theo apareceu. Ele surgiu como se fosse sua vez de entrar no palco e sustentava um sorriso macabro nos lábios esticados. A satisfação fazia seu olhar brilhar por uma vitória doentia, ao avaliar Sebastian de cima a baixo.

O que Theo sabia? O quanto havia contado aos meus pais?

Independentemente das respostas, foi o suficiente para tornar Sebastian o alvo das atenções dos Mastropoulos e me tornar responsável pelo que fosse acontecer com ele a partir daquele momento.

Mesmo sem eu saber o que Theo havia contado aos meus pais, ele parecia seguro de tê-los convencido e nada que eu dissesse poderia reverter o que já tinha sido decidido. Ele estava tão irritantemente seguro de si que se levantou de onde estava e parou à minha frente com os braços cruzados no peito, me encarando por algum tempo com empáfia e desprezo antes de bater a porta do restaurante por trás de si.

Então, quando o que podíamos fazer era enfrentar a realidade, eu e Sebastian nos entreolhamos. Neste escasso instante, confessamos tudo sem precisar dizer nada. Apenas demos nossas mãos e entrelaçamos nossos dedos; sem palavras, sem dúvidas, sem medo e sem reservas.

Papai se levantou da cadeira sem tirar os olhos das nossas mãos dadas. Sebastian tentou soltar-se, mas eu apertei sua mão ainda mais forte, impedindo-o.

— Papá, eu e Sebastian est...

— Saia daqui, garoto! — interrompeu papai num tom imperativo e depois enrijeceu ainda mais a voz: — Desapareça daqui e não volte nunca mais.

Sebastian virou o rosto para mim e balançou a cabeça, pedindo para deixá-lo ir. Eu não queria que ele fosse embora daquele jeito, sem defesa, como se tivesse feito alguma coisa errada. Foi difícil, mas deixei sua mão se desvencilhar da minha. Conforme ele caminhava para a porta e se afastava de mim, meu coração se espremia com a sensação de que estávamos nos perdendo. Quanto maior a distância entre nós, mais real parecia a despedida.

Embora a porta do restaurante já estivesse fechada, continuei observando Sebastian pelo vidro. Seus lábios pronunciaram as palavras "eu te amo" antes que virasse de costas e atravessasse a rua. Quando tornei a focalizar papai, ele estava mais perto e seu olhar não era apenas de decepção, mas de incredulidade, também.

— Vocês não podem se meter assim na minha vida! — exasperei. — Não podem!

— É claro que podemos. Somos seus pais.

— Pois às vezes gostaria de me esquecer disso! Tenho 21 anos. Não pensem que não sei o que faço.

— Você não age como uma mulher madura!

— E o que é ser maduro? Enxotar Sebastian desse jeito?

— Você nos decepcionou, Alícia. Nós confiamos em você. Como pôde colocar esse rapaz na casa da sua avó? — arguiu.

Eles sabiam não só que eu e Sebastian estávamos juntos, mas também que vovó o estava hospedando.

Por um instante, pensei o quanto Theo poderia ter ouvido da minha conversa com Caroline mais cedo na Escola de Música, e o quanto teria sido cínico ao demorar nas suas conclusões sobre Sebastian. Só podia ser isso. Por fim, preferiu jogar meus pais contra vovó, apenas para me atingir, me desestruturar completamente.

Diante do meu silêncio, D. Artêmia se levantou da cadeira, me apontando o dedo e parecendo completamente fora de si.

— Só mesmo aquela velha caduca para acobertar um absurdo desses! — gritou ela.

— Não fale da minha avó desse jeito! Não falem do que vocês não sabem!

De repente, me dei conta de que não havia nenhum cliente no restaurante. Tudo parecia ter sido planejado. Nem mesmo sombra de Alessandro e os outros funcionários. Deviam ter dado alguma desculpa para eles e os clientes, fechado as portas, a fim de que a conversa ocorresse sem testemunhas e não prejudicasse o negócio da família. Um fato completamente inédito.

Procurei por Sebastian através do vidro da entrada. Para onde ele teria ido? Para onde eu iria? Não conseguiria ficar nem mais um minuto ali.

— Se sua avó aproximou esse rapaz de você, sou obrigado a concordar com sua mãe. Cecília perdeu completamente o juízo. — Meu pai abanou a cabeça. — E você, que eu tentei educar em vão... teve mesmo a quem sair, Alícia. E o pior é que se orgulha disso.

Encarei-o por um momento, avaliando o quanto de verdade meu pai colocava em suas conclusões. Sem pensar duas vezes, não retive as palavras engasgadas na minha garganta e rebati:

— Como pode julgar sua própria mãe desse jeito? O senhor é tão influenciável pela sua mulher? Quem parece que está perdendo o juízo é o senhor, papá!

Quando percebi, minha face direita estava prestes a ser atingida pela mão de meu pai. Porém, o impacto não ocorreu. Minha reação antecipada ao bofetão que ficou suspenso no ar, suspendeu também o tempo. O tapa que não levei ardia e inflamava no rosto de papai, que arrependido do gesto, recolheu a mão do ar e procurou meus olhos. Só que eu não desejava encará-lo. Corri para as escadas o mais rápido que pude e subi, tropeçando nos degraus e no meu próprio orgulho.

Nada seria igual entre nós.

Capítulo 44

Sentia-me sufocada no meu próprio quarto, entre as minhas próprias coisas. Nada fazia sentido se eu não pudesse ser quem eu era e se não pudesse tomar minhas próprias decisões sem magoar minha família. A última coisa que eu queria era ter decepcionado meu pai e ter dado motivos para que o relacionamento entre ele e vovó piorasse ainda mais.

Com os olhos embaçados de lágrimas, recolhi todas as pastas e arquivos do armário e despejei tudo sobre a cama. Folhas e mais folhas de pautas e partituras, tantos estudos em anos da minha vida dedicados à música, que meu avô me ensinara a amar. Ali, naquela montanha de papel, estava tudo o que eu aprendera com ele, que ele quisera ensinar ao meu pai e que eu recuperara por ele. Aquelas partituras não eram para ser minhas. Aquela história não era minha. Tudo que fiz foi para que meu pai se orgulhasse de mim.

Se eu queria encontrar razões para continuar, precisava recomeçar do zero. Assim, tomada por uma frieza inconsciente, atirei todas as folhas para a lata de lixo, acendi um fósforo e, em poucos instantes, eu queimava as folhas e silenciava a música que ardia dentro de mim.

Enquanto o fogo retorcia as pautas, quase se podia ouvir o choro das notas que se esvaíam em fumaça. Meus olhos consumiam a história contada em cada linha do pentagrama; pela retina iluminada pelas chamas, passava o filme da minha vida. A última imagem que vi antes do passado esvanecer foi a do meu primeiro violino. Diferente de papai (que desprezou o seu), eu saí correndo pela vila do Catete, anunciando aos vizinhos o presente que vovô havia me dado. Naquele dia, ele me ensinou a segurar o arco e a posicionar-me com o instrumento pela primeira vez, como se já soubesse que eu repetiria aquele gesto pelo resto da minha vida.

Uma nuvem de cinzas tomou conta do quarto, e das lembranças que viraram pó, repentinamente, eu me lembrei da partitura de *Gratia*. Era tarde demais para salvá-la, pois pouco restava do que queimava na lixei-ra. A pequena fagulha que ainda brilhava se apagou antes do título sumir.

Com cuidado para que não se desfizesse, peguei o papel carbonizado nas mãos. As lágrimas gotejavam pelo meu queixo. Embora chorar não fosse ressuscitar a música, eu precisava extravasar a raiva que sentia de mim mesma por ter atirado a música de vovô na fogueira.

Naquele instante, o celular tocou. Tentei ignorá-lo, mas ao fim de cinco chamadas, fui vencida pela curiosidade e, pensando que pudesse ser Sebastian, olhei para o visor. Era Carol. Ao atendê-la, os soluços não me permitiam responder e ela ficou aflita. Mesmo com o telefone afasta-do do ouvido, eu podia ouvi-la exasperando do outro lado:

— O que aconteceu, Alícia? Alô? Você está aí?

— Es-tou... — Eu engolia o choro, mas a respiração ainda não se normalizava.

— Você está chorando?! O que houve? — Ela não esperou pela mi-nha resposta e emendou: — Vou já para aí!

— Não precisa... só me escute, por favor.

Houve um vácuo na ligação. O que eu mais apreciava numa amiga como Caroline não eram as palavras que ela me dizia; eram os meus si-lêncios que ela respeitava.

— Terminei meu noivado com o Theo hoje à tarde. Ele deve ter ouvido nossa conversa sobre Sebastian estar morando na casa de vovó e veio correndo contar aos meus pais. Eles já sabem de tudo. Sabem sobre mim e Sebastian.

— Minha Nossa Senhora do Perpétuo Socorro! — exclamou Carol. Depois de expressar-se dessa maneira, pareceu sem jeito. — Desculpe! Não quis dizer um palavrão. Eu tenho me controlado ultimamente.

— Pois não se controle. A ocasião é grave. E eu não sei se tenho consciência do quanto...

A ficha ainda não tinha caído até então. Eu não queria pensar na magnitude da cisão que provocara na minha família.

Carol aconselhou:

— Olha, Alícia, pense o seguinte: agora não precisa esconder mais nada de ninguém. Tirou um peso dos ombros! Seus pais vão ter que acei-tar sua decisão e pronto.

Se fosse simples assim e se tratasse apenas de mim...

Olhei para o papel destruído na minha mão e as lágrimas voltaram a rolar no meu rosto.

— Para piorar... eu estava tão irritada que queimei todas as minhas partituras! Inclusive a mais importante... uma música do meu avô!

— Meu Santo Expedito! — ela enfatizou o "santo" e depois se corrigiu: — Ah, quer saber? Que merda! Merda mesmo!

— Eu não acredito que fiz isso...

— Bem, veja pelo lado bom da coisa... Você deu um grito de independência hoje. Tenho certeza de que seu avô ficaria orgulhoso de você, por assumir seus sonhos.

— Mas não por queimar uma partitura dele...

— Tome esse seu gesto como um renascimento. Tipo Fênix! — Ela se empolgou. — Vamos, renasça das cinzas!

Desiludida, olhei para o estojo do meu violino sobre a cadeira.

— Como poderei algum dia tocar de novo aquela música?

— Amiga, o mais importante é o renascimento dentro de você — filosofou.

Revirei os olhos. Ainda bem que ela não podia ver.

— Você tem certeza que não anda frequentando nenhuma igreja? — debochei.

— Alícia, estou falando sério. Você pode não ter percebido ainda, mas hoje houve uma mudança em você.

Refleti por um instante. Havia sido esse o meu objetivo desde o momento em que risquei o fósforo. Eu queria uma mudança, no entanto, eu não me sentia renascida; sentia-me parte daquelas cinzas. Ainda que o tempo provasse que Carol estava certa, naquele momento, tudo o que eu pensava era na música que eu havia assassinado e que talvez nunca mais conseguisse tocar.

Uma hora depois do telefonema de Carol, eu estava deitada no chão, os olhos grudados no teto, projetando as imagens de todos os acontecimentos que me levaram a provocar o incêndio do meu passado. Queria encontrar respostas e, principalmente, entender por que eu me penalizava tanto.

Fechei os olhos e desejei que o tempo voltasse atrás. Desejei por desejar, pois provavelmente a única coisa que eu teria feito de diferente seria ter ficado mais tempo na casa de D. Lucinda, postergando o inevitável. Tudo o que eu havia feito, com exceção disso, havia sido por impulso, guiada pelas emoções.

Do fundo do meu inconsciente, vozes do passado e do presente se confundiam e se atropelavam. A princípio, pensei que estivesse sonhando, mas as vozes ficavam cada vez mais exaltadas. Eu podia reconhecer o timbre agudo de D. Artêmia sobressaindo estridulamente entre as ondas sonoras.

Desci pela escada e parei abruptamente no último degrau, diante de uma cena que pensei que nunca fosse presenciar. Enfim, o dia pelo qual eu aguardara a vida inteira havia chegado, no entanto, não nas melhores circunstâncias. A exaltação de D. Artêmia não podia ter outra vítima senão minha avó. Ela estava de lado para mim e meus pais, de frente. Ninguém havia notado minha presença, ou preferiram ignorar. Eu acho que queriam que eu fosse, como sempre, uma mera espectadora da minha própria vida.

— Eu conheço a minha neta melhor do que vocês dois. Ela sempre viveu o dilema entre ser ou não ser a Alícia que vocês lhe impuseram. Ainda assim, ela os respeita muito e respeita as suas tradições.

— Tanto respeita que traiu a nossa confiança, mamãe! — rebateu papai com a testa coberta de rugas. — Ela usou a senhora para nos enganar, fugir aos seus compromissos, viver uma vida paralela. Eu não sei mais quem é a minha filha! — exasperou. — Eu conversei com ela sobre meu pai e pensei que tivéssemos nos aproximado... mas não. Nunca estivemos tão distantes.

Vovó se aproximou dele. Eu pensei que, ao tentar chegar perto demais, papai recuasse, mas ele não se mexeu.

— Se o seu pai estivesse aqui, ele certamente teria as palavras certas. Ele era tão sábio, que não sei o que diria. Mas sei que Alícia é uma ótima filha, Egídio. Ela nunca os traiu; nunca os deixaria. Ela só quer ser livre.

Ele franziu ainda mais a testa.

— A senhora está falando de Alícia ou está falando de mim?

— Eu estou falando de liberdade, meu filho. Todos temos direito de escolher o nosso destino. Você escolheu o seu. Eu nunca o impedi.

— E foi a melhor escolha que ele poderia ter feito! — intrometeu-se minha mãe. — Se não fosse por mim, Egídio não teria um negócio bem-sucedido e uma família bem vista no círculo.

Vovó refletiu calada por um instante e disse:

— Há um ditado grego que você deve conhecer, Artêmia: "O homem é a cabeça da casa, já a mulher é o pescoço, que vira a cabeça para onde quiser". Você tomou por hábito decidir tudo por ele e até pode cuidar bem das aparências e das finanças do meu filho. Mas e o coração? Ele não me parece um homem plenamente feliz.

— Que petulância! Não se meta em assuntos da nossa família! — ordenou ela.

Mamãe estava com uma atitude ainda mais autoritária do que aquela com a qual eu estava acostumada a conviver no dia-a-dia. Ela era muito teatral quando contrariada e, especialmente com vovó, implacável no seu jogo de cena.

— Tem razão. Eu nunca fui parte desta família. Mas sou avó de Alícia e desejo todo seu bem.

Eu tinha voltado a ser o tema da conversa.

— Se a senhora quisesse o bem dela, não a teria desvirtuado das tradições — atacou mamãe. — Não teria infiltrado um rapaz *xeno* em nossas vidas para aproximá-lo da nossa filha!

Vovó balançou a cabeça.

—Sebastian não é um rapaz qualquer; ele é especial. Eu moro sozinha e tenho quartos vagos em casa, então, convidei-o para morar comigo. É um bom rapaz, que me faz companhia. E ele gosta muito de Alícia.

— Egídio, tire sua mãe daqui ou eu vou perder a cabeça!

Papai não se manifestou. Sua expressão era de incógnita. Parecia que ele ainda não acreditava no que estava acontecendo.

— O que a senhora pretende, afinal?! — exasperou mamãe. — Destruir nossa família? Já não basta ter destruído a sua?

— Nós éramos uma família feliz. — Mais uma vez, vovó tentou uma aproximação de papai. Ele se esquivou. — Você não foi feliz, Egídio?

Como um mero processador de dados, papai reproduziu roboticamente:

— Mamãe, por favor, vá embora.

— Me responda, filho.

— Essa conversa não é sobre mim. É sobre Alícia. E quem resolve isso somos eu e Artêmia. Nós não deixaremos que nossa filha estrague seu futuro. Ela sabe que sempre quisemos o melhor para ela. E ela nunca mais vai nos decepcionar.

O que ele quis dizer com isso? Que eu estava condenada a manter meu noivado com Theo, a desistir dos meus sonhos de ser a *spalla* de uma grande orquestra para cuidar de uma penca de filhos e receber o círculo grego em minha casa aos domingos?

Aparentemente frustrada por si mesma e por mim, vovó tomou de volta a palavra e disse:

— Egídio, você viveu dilemas semelhantes aos que sua filha está vivendo, e por isso, deveria entendê-la. Melhor do que ninguém, você pode ajudar Alícia. Ela ainda vai precisar muito de você. E de você também, Artêmia.

Nos olhos dos meus pais, eu podia ver todo o futuro de conto de fadas que eles haviam traçado para mim desde que eu estava na barriga da minha mãe e eles colocavam a música de Nana Mouskouri para me ninar. Nos olhos da minha avó, eu via a melancolia de um passado que ela queria reescrever com meu pai, eu via a esperança do que ela queria recuperar através de mim.

Apesar de saber que todos eles queriam genuinamente o melhor para mim, eu estava cansada de ser sempre uma mera espectadora da minha vida.

Vovó me olhou, finalmente. Havia mais brilho em seus olhos do que no reflexo das lentes dos seus óculos. Ela me estendeu o braço e, sem trocarmos nenhuma palavra, nos abraçamos. Tudo o que havia sido dito e o que não havia sido dito também era resultado de ações e omissões que nenhuma palavra podia suprir. As respostas que eu procurava não estavam nas palavras, e sim, nas atitudes. De nada adiantaria continuarmos ali.

Eu e vovó deixamos o restaurante para trás e fizemos sinal para um táxi. Mais do que me defender, vovó havia me resgatado.

Capítulo 45

A paisagem que se via pela janela do carro era a mesma de sempre, mas havia mais luz e calor na arquitetura dos prédios, no contorno das montanhas, nos galhos das árvores, nos meios-fios, nos rostos dos transeuntes. Tudo estava mais intenso aos meus olhos.

Finalmente, eu via o mundo de fora da redoma.

Sentia-me protegida com a cabeça pousada no ombro de vovó e suas mãos entremeadas nos meus cabelos. Aquele era o cafuné mais gostoso do mundo.

— Obrigada, vó.

— Pelo quê, querida?

— Por tudo o que tem feito por mim e por Sebastian.

— Você gosta mesmo dele, não é?

— Eu o amo, vovó. — Não acreditava que havia acabado de lhe confessar isso. Mas como não podia gritar para o mundo inteiro ouvir, repeti só para ela e para mim: — Um amor que nunca senti antes na minha vida.

— Vocês serão felizes, Alícia. Mais do que eu e seu avô fomos.

Sorri pela inocência da minha avó.

— Não estamos nas histórias da carochinha...

— E você pensa que essas histórias são inspiradas no quê? Na vida real, meu bem. Você pode fazer da sua história com Sebastian um conto de fadas.

— Mmmm... quem sabe? A fada madrinha, nós já temos! — Abracei-a. Levantei a cabeça do seu ombro e perguntei: — Por falar nisso, vó... como a senhora fez para pagar a conta do hospital?

— Não importa, meu bem.

Encarei-a com uma sobrancelha arqueada.

— Vó...?

— Eu vendi o violino do seu avô — confessou.

O rádio do carro, todas as buzinas e apitos dos guardas de trânsito silenciaram.

— A senhora não podia ter feito isso!

Ela prendeu uma mecha do meu cabelo por trás da minha orelha e disse com a voz morna e calma:

— Querida, não se preocupe.

— Era a lembrança mais importante que a senhora tinha dele.

— *Você* é a lembrança mais importante que ele me deixou.

— Vó, eu não sou digna que me diga isso! Eu queimei todas as minhas partituras... — As lágrimas tomaram meus olhos. — Queimei *Gratia* sem querer...

Vovó estreitou os olhos e me sondou por intermináveis instantes. Eu nunca lhe tinha confessado que a roubei, não a havia consultado quando resolvi tocá-la no primeiro aniversário de morte de vovô e agora, curta e direta, estava lhe confessando que a destruí. Não tinha sido premeditado ou proposital, mas isso não aliviava a minha culpa.

Mas ao invés de me condenar, ela foi surpreendente mais uma vez. Quando contrariou minhas expectativas e me acolheu com um sorriso, eu devia ter adivinhado o que ela diria:

— De que vale uma partitura sem o seu instrumento? E de que vale um instrumento, sem o seu músico? Não precisamos de nada disso para nos lembrarmos do seu avô. Quer saber como?

Ela abriu a janela e me pediu para que fechasse os olhos. O vento fresco do entardecer acariciou meu rosto e assobiou ao meu ouvido.

— Sempre que sentir o vento te tocar, você vai ouvir. Ele está em todo o lugar.

O taxi estacionou em frente à vila. Eu pretendia apenas deixar vovó em casa e dizer à Sebastian que ia ficar tudo bem. Àquela hora, os Mastropoulos previsivelmente me aguardavam para um sermão daqueles. Embora soubesse tudo que iriam dizer, eu não fugiria da raia.

Assim que pisei na calçada e olhei na direção do portão, avistei o Ford preto de Theo estacionado. Eu e vovó nos entreolhamos. Preocupada, ela me deu passagem para que eu corresse e entrasse na frente.

Encontrei as luzes de casa apagadas. Entrei assim mesmo e gritei pelos dois. Quando vovó chegou, eu estava tão nervosa que continuava a chamar por Sebastian, mesmo sabendo que ele não estava lá.

— Calma, querida. Não adianta ficar assim. Venha, vou preparar um chá de cidreira para você.

— Eu não vou esperar sentada, vó. Não sei o que Theo pode fazer com Sebastian.

— Talvez Theo não esteja com Sebastian. Talvez aquele carro nem seja dele, minha filha. Há muitos carros parecidos pela cidade...

— Vó, eu conheço muito bem o carro de Theo. É a mesma placa. E, pelo jeito vitorioso que ele sorriu quando passou por mim no restaurante, agora tenho certeza de que veio atrás de Sebastian.

— E o que você vai fazer? Vai sair sozinha à procura deles?

— Estamos perdendo tempo, vó. Se algum deles aparecer, ligue para mim.

Dei-lhe um beijo e saí em disparada.

Conforme avançava pelas ruas transversais, tentava falar com Theo, mas ele não atendia o celular. Eu perguntava por Sebastian pela vizinhança. Lembrei-me imediatamente da vendedora de flores e de quando me disse que seria capaz de reconhecer Sebastian pela cor dos olhos. Não era difícil descrevê-lo; a palavra "adônis" bastaria para defini-lo. No entanto, para não impactar ninguém e não passar atestado de maluca, eu precisava ser um pouco mais prolixa.

Quando encontrei o jornaleiro, fiz uma descrição perfeita de Sebastian, ressaltando os olhos extremamente azuis e a roupa que vestia quando foi expulso do restaurante pelos meus pais. Relatei também que devia estar acompanhado de outro rapaz e retratei Theo da forma igual, mas com bem menos entusiasmo.

O jornaleiro acenou para o dono de um bar e repetiu a descrição em alto e bom som, enfatizando em "extremamente azuis". Todos os clientes sentados às mesinhas na calçada viraram para mim e eu senti o rosto arder de vergonha. Apenas uma pessoa, uma moça da minha idade, me chamou.

— Você pode ter certeza de que se eu tivesse visto esses dois, não teria deixado que eles se perdessem de mim. — Ela piscou um olho.

Sorri automaticamente e continuei minha busca, caminhando na direção do parque do Museu da República. Ninguém havia visto nenhum dos dois e ainda olhavam para mim como se eu estivesse descrevendo seres extraterrestres. Bom, talvez eu mesma estivesse sendo confundida com um.

Já estava desanimada quando parei em frente ao portão fechado do parque e suspirei fundo antes de dar a meia-volta. No mesmo instante, um segurança passou por mim. Ouvi seu rádio alertando que dois rapazes haviam conseguido escalar o gradil lateral e passado para dentro das dependências dos jardins.

Não havia coincidência. Àquela hora da noite, mesmo com o parque mergulhado no breu e alguns seguranças em seu perímetro, tomei minha decisão. Depois de tudo que eu havia passado naquele dia, se existia alguém com coragem suficiente para invadir o lugar, esse alguém era eu.

Capítulo 46

Aproveitei o instante em que os seguranças saíram da frente da entrada lateral para escalar o portão. Olhei para cima e medi os riscos do topo ao chão: as chances de me estabacar eram tão grandes quanto as de ser pega. E as chances de encontrar Sebastian são e salvo, cada vez menores; afinal, Theo não o teria levado para um lugar ermo e sombrio apenas para conversarem, eu supunha. Apesar disso e da minha total falta de vocação para o atletismo, de uma coisa eu estava segura: eu correria qualquer risco para chegar até eles.

Com a sorte de estar calçando All Stars, consegui encaixar a planta do pé com firmeza entre cada grade das barras de ferro. Eu me preocupava com a sola de borracha escorregando vez ou outra, pois o barulho podia atrair a atenção dos guardas, além de ser extremamente irritante.

A dois metros do chão, eu estava sentada em uma coluna de concreto, de onde tinha uma vista privilegiada de toda a área que circundava o prédio do museu. Depois de averiguar que ninguém se aproximava, segurei as barras da grade e comecei a descida devagar, um pé após o outro.

Na metade do caminho, ouvi o rádio de um segurança.

O barulho da transmissão ficava cada vez mais perceptível e definido, o que me fez concluir que o homem se movimentava em minha direção e bastante rápido. Calculei a altura do salto e desejei ser ginasta olímpica desde criancinha.

Ao olhar para baixo, o pânico aproximou o cimento duro e frio dos meus olhos e eu fiquei tonta só de imaginar a textura do impacto. Não havia tempo para pensar. Ou pulava dali agora mesmo, ou seria pega e, em poucos minutos, estaria nas mãos dos guardas e rodeada de moradores curiosos.

Respirei fundo, fechei os olhos e me joguei no ar, tão depressa que nada passou pela minha cabeça, até o momento em que todo meu corpo se desmembrou; pelo menos, essa foi a sensação que eu tive. Estava satisfeita por me sentir dolorida, pois era sinal de que estava inteira. Porém, quando tentei me levantar, percebi que o tornozelo doía mais do que qualquer outra parte do corpo. Então manquei até uma parede que serviria de escudo até os guardas passarem. Encolhi-me encostada a ela e esperei.

Os dois comentaram que um dos seguranças havia visto uma movimentação suspeita próximo ao antigo coreto. Isso era do outro lado do parque. Não seria fácil percorrer toda aquela área, sozinha e sem pistas. Eles tinham vantagem sobre mim, mas eu faria disso um jogo.

Escorei-me às costas dos dois até meu próximo esconderijo, ao lado do Café. Ao passar, aproveitei e roubei um copo e um pano de prato que estavam à vista. O pano, guardei no bolso da calça; o copo, atirei para as escadinhas da entrada da lojinha.

Com o barulho do vidro quebrando, o segurança que estava no bebedouro se levantou depressa e outros dois, que não sei de onde surgiram, se juntaram a ele. Enquanto eles correram para o lado do museu, eu aproveitei para passar pelo cartaz do cinema e chegar ao mural de avisos, onde parei. Eu não podia correr, mas mesmo que precisasse, seria impossível, com o tornozelo doendo cada vez mais.

Enquanto havia despistado os homens, passei pela ponte sobre o laguinho e me sentei no chafariz de Vênus, bem no centro do parque. Eu sabia que estava exposta ali, mas precisava cuidar do meu pé. Fiz uma atadura rústica com o pano de prato e continuei a busca, atravessando o jardim pelo caminho das palmeiras imperiais.

Ruídos provocados pelo vento nas plantas me fizeram parar de caminhar a esmo. Eu precisava decidir o lado que queria procurar os rapazes. Não havia muito por onde eles se esconderem, por isso, presumi que seria mais fácil estarem do lado direito, onde ficava o prédio anexo e o prédio da Reserva Técnica. E foi para lá que eu parti.

A cascata da gruta estava funcionando e o barulho da água me deu sede. Eu devia ter bebido a água do bebedouro quando passei por ele, mas talvez o segurança tivesse me visto. Ali, no escuro sob os rochedos, ninguém poderia me ver. Eu relutei, pois sabia que não devia beber aquela água sem tratamento. Aproximei-me da cascata e quando ia encostar as mãos em concha na água, ouvi um ruído que parecia algo se arrastando. Afastei-me para apurar a audição e em alguns instantes ouvi de novo o mesmo ruído. Sem pestanejar, passei por trás de uma pedra e avancei para dentro da gruta. Precisei conter um grito com a revoada de morcegos que passaram por mim.

Com a dispersão dos voadores, normalizei a respiração e voltei para a cascata. Foi quando ouvi de novo o ruído; desta vez, acompanhado de um gemido agonizante. Não era momento para ter medo. Eu havia chegado até ali e, mesmo que não quisesse ver o que eu desconfiava que encontraria lá dentro, um deles ou os dois, precisavam de mim.

Conforme eu avançava para dentro da gruta, sentia a umidade invadindo meus pulmões. Meu coração disparava cada vez mais acelerado. Tropecei numa pedra e me apoiei na parede, e então, ouvi a respiração inconstante e entrecortada perto de mim. Eu sentia o calor de um corpo, no entanto, não havia nesga de luz que me permitisse enxergar quem estava aos meus pés.

Lembrei do celular na minha bolsa. A bateria estava fraca, mas durou o suficiente para que a luz do visor iluminasse o rapaz encolhido a um canto da gruta.

Sebastian! Oh, meu Deus!

Ao notar a minha presença, ele ergueu a cabeça devagar. Meus olhos encontraram os dele e isso bastou para que meu céu voltasse a ter estrelas. Numa fração de segundo, eu já estava ao seu lado, abraçando-o. Ele tentou sorrir e reclamou; talvez eu o estivesse apertando demais.

Seu rosto estava tão machucado, tão inchado, que um de seus olhos não abria. Analisei-o com pouca luz e aparentemente não estava sangrando. Nem sombra de Theo. Tive tanta raiva dele naquele momento, que desejei que estivesse em pior estado que Sebastian. Infelizmente, conhecendo o histórico de medalhas e prêmios de Theo nas artes marciais, eu sabia que isso era praticamente impossível.

— Onde dói? — perguntei. — Eu sei, é uma pergunta idiota e provavelmente dói em todo lugar, mas preciso investigar se você consegue andar se apoiando em mim ou se vou precisar carregá-lo.

Sebastian levou a mão até o peito e sussurrou alguma coisa ininteligível.

— O quê? O que foi? Você não consegue falar? — Sua voz era tão fraca que eu não o conseguia ouvir. — Não fale. Não se esforce.

Sebastian tentou se comunicar mais uma vez, mas não conseguiu. Acariciei seu rosto com receio de que meu toque provocasse mais dor.

— Meu amor, você precisa se apoiar em mim, ok? Tudo bem se eu colocar seu braço em volta do meu pescoço?

Ele fez que sim. Levantei-o bem lentamente, segurando-o pela cintura.

— Precisamos chegar à saída do parque e pegar um taxi para o hospital. Você consegue ficar de pé e andar comigo até lá?

Ele me estendeu a mão e ensaiou um sorriso frágil. Eu não achava que ele conseguiria ficar de pé sem o apoio da parede, mas conseguiu. Chegamos juntos até a cascata e, no instante em que passamos por ela, ele tombou sobre a pequena piscina.

Quando me agachei para ajudá-lo, reparei na água tingida de vermelho vivo. *Sangue.* Ele tinha algum ferimento, mas eu não sabia onde. Consegui arrastá-lo para fora da piscina e deitei sua cabeça nas minhas pernas. Abri os botões da sua camisa, mas não encontrei nenhum corte na região do seu torso.

Sebastian virou a cabeça para olhar para mim e tentou mais uma vez se levantar. Com o gesto, um fio de sangue derramou pelo canto da sua boca. Ele deve ter sentido uma dor lancinante, pois deitou de novo sobre a minha perna, contorcendo-se como um menino que se esforçava para não chorar.

— Fique quieto. Não se mexa. Eu vou dar um jeito de tirar você daqui.

Ele tentou dizer alguma coisa, mas apenas balbuciou algo como as palavras "trem" e "lua", que não faziam sem sentido nenhum naquele contexto. Eu estava ficando desesperada e não conseguia disfarçar isso para Sebastian. Percebi que seus olhos começavam a se fechar e implorei para que os mantivesse abertos. Eu vi isso tantas vezes nos filmes; não sabia por que, mas sabia que ele não podia adormecer.

Uma luz trêmula atingiu meus olhos de repente e vi que um dos seguranças do parque se aproximava. A lanterna estacionou sobre o rosto de Sebastian e eu pude conferir a verdadeira dimensão de suas feridas. Sem responder às perguntas que o guarda me fazia, comecei a chorar copiosamente, até finalmente exteriorizar:

— Por favor... ajude a gente.

Capítulo 47

O guarda chamou uma ambulância e ficou comigo até os paramédicos chegarem. Conversando com ele, senti vontade de denunciar Theo. A vontade só não foi maior do que a razão; apesar da minha certeza, eu não tinha provas. Além disso, não deixaria Sebastian se tivesse que ir a uma delegacia.

Antes de fecharem a porta da van do SAMU, ouvi um dos seguranças comentando que o outro rapaz tinha fugido pelo portão da praia do Flamengo.

O enfermeiro responsável me perguntou há quanto tempo Sebastian havia perdido a consciência. Eu me desesperei e não consegui responder. Foi preciso que me dessem uma injeção com algum calmante. Logo me senti mole e sonolenta; adormeci ao som hipnotizante e melancólico da sirene.

Quando acordei, se ainda não estivesse sob o efeito dos remédios, teria apagado novamente com a quantidade de sangue que Sebastian havia perdido. Só de olhar para a bacia quase transbordando bem ao lado da maca, já me dava náuseas. Perguntei ao enfermeiro de onde vinha a hemorragia se eu não tinha encontrado nenhum ferimento nele, mas ele disse que em breve um especialista viria falar comigo.

De repente um grupo de médicos passou por mim, arrastando a maca de Sebastian para dentro da emergência do hospital. Fiquei sozinha e sem saber o que fazer. Não parecia real o que eu estava vivendo. Eu não queria acreditar e neguei de tal forma que, por alguns instantes, fiquei em estado de choque. Quando dei por mim de novo, já estava correndo atrás da maca, sem saber para onde tinham levado Sebastian.

Nos corredores frios de paredes pálidas, todos que passavam por mim eram também frios e pálidos. Todos os que me viam, mesmo mancando com o tornozelo enfaixado, me ignoravam sem piedade.

Quando já estava desistindo de pedir ajuda, cruzei com uma enfermeira que me atendeu. Se não fosse pelo batom vermelho, eu pensaria que ela era um anjo.

A enfermeira, que se chamava Natália, me informou que Sebastian estava internado e sendo preparado para uma cirurgia de urgência. Depois de fazer uma atadura decente para o meu tornozelo, ela me levou até a sala de espera do Centro Cirúrgico e disse que iria chamar o médico responsável para me explicar o que estava acontecendo.

Os programas de comédia que passavam naquele horário na tevê estavam me deixado irritada e a minha impaciência já tinha me feito picotar três copos de plástico. Eu tinha dado cinco ou seis voltas pela recepção, sondando todas as enfermeiras do plantão, mas ninguém sabia me dizer quando o médico viria falar comigo.

Joguei-me na cadeira e tapei os olhos com as mãos, encurvando as costas até encostar com o rosto nos meus joelhos. Fiquei encolhida nessa posição até alguém tocar meu ombro. Levantei depressa e senti a cabeça girar ao tentar focar os olhos do médico. Ele tinha uns trinta e poucos anos. O nome bordado em seu jaleco dizia Dr. César Aury Lopes, neuro-oncologista. Devia ser algum equívoco. Sebastian foi espancado brutalmente e deveria estar sendo atendido por um cirurgião ortopedista, traumatologista ou algo assim.

Minhas mãos, já resfriadas pelo ar condicionado, haviam virado gelo. Só de avaliar o semblante do médico, em alguns segundos, me senti totalmente petrificada. Ele quebrou o silêncio com um interrogatório que eu dispensaria, mas não me absteria de responder.

— Você deve ser a namorada do Sebastian... Alícia Mastropoulos?

— Sim, sou eu.

— Há algum outro parente dele aqui no hospital?

— Não. Nem no hospital, nem em lugar nenhum.

O médico demonstrou surpresa.

— Ele não tem família? Pais, tios, avós?

— Ninguém. Só eu e minha avó. Mas, neste momento, estou sozinha aqui.

Aproveitei a pausa em que ele anotou algo em sua prancheta e, não conseguindo controlar minha aflição, disparei:

— Diga logo, doutor. O que Sebastian tem? Qual a extensão da sua lesão? E por que a hemorragia?

Ele parou de escrever e me encarou com os olhos castanhos irrequietos por trás dos óculos de armação de chumbo.

— O que eu tenho para dizer, Alícia, bem... eu preferia que você estivesse acompanhada. É possível chamar sua avó ou seus pais?

— Doutor, essa burocracia é totalmente dispensável. Eu sou maior de idade. Por favor, me leve para junto de Sebastian e me conte lá.

— Ele está bastante sonolento por causa da medicação e agora precisa descansar. Daqui a meia hora fará uma angiografia por ressonância magnética que vai prepará-lo para o planejamento cirúrgico. A cirurgia será ainda nesta madrugada.

— Eu não posso vê-lo nem por um instante antes da cirurgia? — Ele balançou a cabeça e eu insisti. — Por favor, doutor... Eu quero ao menos desejar-lhe boa sorte.

— Infelizmente, não é um caso de sorte, Alícia.

Uma bofetada na cara não teria doído tanto.

— O que o senhor está dizendo é que — minha voz desapareceu — Sebastian precisa de um milagre, é isso?

Olhei de novo para as palavras no bordado do jaleco e uma lágrima deslizou pelo meu rosto quando abaixei a cabeça.

— Então o que o senhor veio fazer aqui? — perguntei com a voz embargada. — Se não pode me dizer nada, se não pode me levar até ele...

Ele suspirou e disse:

— Ok. Venha comigo.

O médico me conduziu até seu gabinete e colocou uma radiografia craniana sobre a placa iluminada de uma mesa.

— Veja... aqui. Nesta região, você pode ver a necrose tumoral. — Ele apontou para uma mancha no exame, a qual eu mal conseguia identificar, de tão minúscula. — É um glioma e está localizado na massa do lobo parietal esquerdo do cérebro de Sebastian.

O quê? Sebastian tem câncer?

A pergunta soava idiota. Ao mesmo tempo, eu não queria exteriorizar aquela palavra, como se ao pronunciá-la pudesse tornar real.

— Nós estivemos aqui e ele fez alguns exames recentemente... Nós vínhamos buscar os resultados...

— Sim, eu tenho todos os exames dele comigo. — Ele apresentou os envelopes sobre a mesa. — Você pode dar uma olhada e consultar outros especialistas, mas os resultados da tomografia por si só já me permitem confirmar esse diagnóstico.

— Há quanto tempo ele está doente?

— Não sei precisar, mas o Gliobastoma Multiforme é um tumor maligno de grau IV, ou seja, cresce e se espalha muito rápido e praticamente não existe esperança para impedir seu avanço sobre os tecidos adjacentes do cérebro. Por isso, temos que operar de urgência.

Ele falou como um juiz sentenciando uma pena de morte: técnico, frio e decisivo. Eu não tinha como continuar o diálogo se não recorresse à frieza dele também. Eu precisava saber o real estado de Sebastian, não queria que o médico me poupasse de nada.

— Mesmo que se remova o tumor... o que vai acontecer?

— A cirurgia se chama craniotomia e visa aumentar a sobrevida do paciente, mas não poderá curá-lo. Ganharemos tempo para iniciar os tratamentos de quimioterapia e radioterapia. Somente esses tratamentos poderão eliminar as células cancerosas que permanecerem após a cirurgia e evitar a recorrência do tumor. Nós tentaremos removê-lo por inteiro, mas nem sempre é possível por causa da sua localização. Entretanto, a craniotomia é um procedimento seguro, não se preocupe.

Se ele me pedisse para pular de um trem seria mais fácil. Eu estava apavorada.

— Quanto tempo ele precisará ficar aqui no hospital?

— Pelo menos uma semana para recuperação.

— Eu vou poder ficar com ele?

— Se o seu plano de saúde cobrir, sim.

— Eu darei um jeito de pagar e ficarei aqui. Não vou sair do lado dele, doutor. Ele precisa de mim.

Pela primeira vez desde que o médico se apresentou, notei um brilho a mais nos seus olhos. Ele havia deixado de ser frio e pálido como todos os outros.

— Vamos fazer o seguinte: Sebastian ainda tem alguns minutos antes do exame. Acho que faria bem estar ao seu lado até esse momento.

Não resisti e abracei-o.

— Obrigada, doutor. Muito obrigada.

Quando o médico adentrou comigo a sala de repouso, Sebastian imediatamente virou a cabeça para a porta. Acho que ele previa que eu estaria ali, pois já tinha um sorriso no rosto inchado pela surra. Ainda que vestido com a bata feia do hospital e com tubos no nariz, seu sorriso continuava luminoso e seus olhos, tão azuis e brilhantes quanto o mar refletindo o brilho do sol. As luzes brancas empalideciam ainda mais sua pele, mas seus lábios estavam vermelhos, graças à medicação que vinha recebendo.

Tive receio de me aproximar demais. Ele percebeu e chamou com o dedo para que eu me juntasse à cama. Ele parecia tão fraco, mas ao mesmo tempo, tão forte. Deu tapinhas no colchão para que eu sentasse ao seu lado.

Depois que Dr. César nos deixou sozinhos, tomei coragem para me inclinar sobre Sebastian. Eu me aproximei dele devagar, com cuidado para não me atrapalhar com os equipamentos médicos. Dei-lhe um beijo suave e breve nos lábios. Quando me afastei, ele permaneceu de olhos fechados e disse:

— Eu quero mais.

Ainda havia uma cirurgiã auxiliar na sala, esterilizando alguns instrumentos. Ela piscou para mim e fiquei vermelha. Dei mais um beijo nele, desta vez mais demorado. Ele retribuiu, ainda que timidamente.

— Desculpe, Alícia.

— Desculpe, pelo quê?

— Eu não queria que passasse por isso.

— Sebastian... eu vou ficar ao seu lado o tempo todo.

Ele balançou a cabeça.

— Você não pode. Precisa ajudar sua família e terminar o semestre na faculdade.

Fiquei hipnotizada. Como Sebastian podia ser assim?

— Nada é mais importante do que você. — Passei a mão em

seu rosto. Sua pele estava gelada, então, cobri-o com um lençol que estava numa cadeira.

— Faltam apenas dois dias para a sua apresentação. Eu quero que aplaudam de pé a sua sonata.

— Você estará comigo. Vou levar a foto que Alessandro tirou da gente e deixar na estante, ao lado da partitura.

Ele deixou o semblante sério de lado e sorriu.

— Sim, eu estarei lá. Sempre estarei com você.

Sustentamos nossos olhares por alguns instantes, em silêncio. Ele interrompeu a sintonia para perguntar:

— Você está usando os brincos que eu lhe dei?

Sacudi-os na orelha e ele ergueu um canto dos lábios num sorriso torto, mas charmoso.

— Ficam lindos em você.

Reparei que Sebastian lutava para não adormecer. Ele bocejou duas vezes seguidas e sua mão foi ficando cada vez mais solta na minha. Ainda assim, sempre que as pálpebras pesavam, ele arregalava os olhos. Fiz menção de me deitar ao lado dele e olhei para a médica, pedindo sua permissão. Ela meneou a cabeça e eu afastei um pouco o lençol para abraçá-lo.

— Está na hora de descansar, meu amor. — Passei o braço sobre o seu peito e o acariciei sobre o tecido da bata. — Eu vou cantar para você dormir.

Capítulo 48

Eu tinha a coluna em frangalhos de tanto tentar encontrar posição na cadeira. Minha cabeça latejava por conta das luzes halógenas da sala de espera e o ar condicionado ressacava meus olhos, além de me fazer espirrar sem parar. Pelo menos, haviam desligado a tevê. Tudo me incomodava, como se eu estivesse hipersensível e muito tensa à espera de que a porta se abrisse com alguma notícia sobre a cirurgia de Sebastian.

Quando aconteceu, eu me levantei num salto. Não era quem eu esperava, mas alguém de quem eu precisava muito naquele momento. Vovó notou meus ombros rígidos quando pousou a mão sobre eles e massageou.

— Querida...

— Como a senhora soube que eu estava aqui?

— O hospital me ligou. Fui eu quem levou Sebastian da primeira vez, lembra-se?

— Vó... o Sebastian... — As lágrimas caíam tão facilmente dos meus olhos que eu já nem perceberia que chorava, não fosse pela dor que esmagava meu peito.

— Eu sei, meu bem... eu sei.

Ela repetiu o confortável gesto de deitar minha cabeça em seu colo e penteou meus cabelos com seus dedos macios.

— Você precisa descansar, Alícia. Não pode ficar aqui sentada a noite inteira.

— Eu não vou sair daqui enquanto a cirurgia não terminar.

Vovó me levantou pelos ombros e, como raras vezes eu ouvi, empregou um tom mais autoritário à voz:

— Não vai adiantar nada você ficar aqui agora. No momento em que Sebastian acordar, ele procurará por você. E você precisa estar bem para ajudá-lo.

Levantei-me repentinamente.

— Como é que eu vou ajudar o Sebastian, vó? Eu me sinto péssima, sem forças... — Comecei a chorar de novo. — Eu não... sei como. É uma doença horrível! Não tem cura!

Ela se levantou e me abraçou para me acalmar. Chorei mais ainda em seu ombro.

— Não fale assim, querida. Sebastian pode ter uma vida normal. Não perca a fé.

— A senhora não entendeu... O médico foi bem claro. E eu não quero vê-lo sofrer... eu não vou suportar.

Naquele momento de desconsolo, de nada adiantariam as palavras de vovó, mas sua presença me bastava. Ao menos, eu não estava sozinha. Ela ficou em silêncio e depois me afastou de seus braços. Pegou a carteira em sua bolsa e tirou de lá um santinho com a oração e a imagem de Nossa Senhora das Graças.

Ali, de pé no centro da sala de espera do centro cirúrgico, às três e meia da madrugada, ela segurou minhas duas mãos e começou a rezar.

Mesmo sem saber aquela prece, eu rezei junto com ela.

Minha sorte foi não ter encontrado ninguém no caminho. Subi correndo as escadas de casa e passei direto pelo escritório, sem verificar se meus pais estavam lá. Fechei a porta do meu quarto, abri os armários e retirei algumas peças de roupa, atirando-as sobre a cama. Não me importava a combinação das peças, eu só precisava de algumas blusas de mangas compridas e casaquinhos para suportar o ar condicionado do hospital durante a semana que passaria lá.

Sem bater à porta, minha mãe adentrou o quarto.

— O que você pensa que está fazendo, Alícia?

Continuei a atirar roupas para a cama, sem olhar para ela.

— Não me ignore, menina! Onde está a educação que eu te dei?

Passei por ela e me agachei ao lado da cama para pegar a mala do chão. Comecei a arrumar as roupas de qualquer jeito, até que mamãe segurou o meu braço.

— Você não vai sair desta casa! — gritou ela.

E gritou tão alto que chamou a atenção de papai, que entrou correndo no quarto.

— O que está acontecendo aqui? — Ele olhou primeiro para a mala sobre a cama, depois para mim. — O que significa isso, Alícia?

Não consegui mais conter as lágrimas e extravasei um pouco da pressão que sentia no peito. Doía demais olhar para papai e não poder lhe contar o que estava acontecendo, porque ele simplesmente não entenderia, muito menos apoiaria.

Quando mamãe soltou meu braço, chorei até perder o fôlego. Lembrei-me do jeito inocente com que Sebastian olhou minhas fotografias e pensei na infância que ele não se recordava e que tinha sido tão boa para mim. Lembrei-me do jeito curioso como ele olhava para tudo como se fosse pela primeira vez. Lembrei-me do jeito contemplativo com que ele olhou para mim quando me viu no hospital, como se eu fosse o horizonte que ele não conseguia alcançar. Em todos os seus olhares, que eram muitos, independentemente da direção, eu me via neles. Tão longe e tão perto.

Coloquei uma última peça na mala e fechei. Peguei-a pela alça e arrastei até a porta, onde parei. Papai e mamãe se encaravam em desespero.

— Eu não consigo viver em desarmonia com vocês. Durante minha vida inteira, fui obrigada a aceitar a ausência de vovó. E eu não vou suportar a ausência de vocês. Principalmente agora, num dos momentos mais difíceis da minha vida. — Enxuguei as lágrimas e baixei a cabeça.

Papai se aproximou e levantou meu queixo.

— O que está acontecendo, Alícia? Conte para nós. Nós somos seus pais e sempre a apoiaremos.

Fiquei em silêncio e tornei a baixar a cabeça. Não tinha coragem para contar. Na verdade, eu não conseguia pronunciar o nome daquela doença; uma palavra pesada, dolorosa e fatal demais.

— Só pode ser influência da sua mãe, envenenando a menina como sempre, Egídio! Eu sabia que isso ia acontecer um dia. Que ela ia conseguir separar a nossa família. — Mamãe ergueu os braços teatralmente e exclamou: — Enfim, o teto desabou sobre as nossas cabeças!

— Cale a boca, Artêmia! Você não consegue ficar quieta? — exasperou papai, com a voz grave. Nunca tinha ouvido usar aquele tom com mamãe. — Não vê que a menina não está bem?

Enquanto ela se afastou e se colocou na janela de costas para nós, ele se aproximou mais de mim e pegou a mala da minha mão, pousando-a no chão.

— Por favor, filha, por que você está assim?

— Pai, nem sei como dizer isso...

Analisei seu rosto cautelosamente. Ele parecia realmente preocupado. Eu não tinha o direito de lhe esconder mais nada.

— O Sebastian tem câncer. — Respirei fundo e disse: — Não sei se ele tem muito tempo de vida.

Papai não mexeu nenhum músculo no rosto, além dos que já estavam torcidos em rugas. Mamãe se virou depressa para mim e o vento que entrava pela janela me trouxe seu perfume de rosas brancas. Eu senti muita saudade do seu abraço. Sua expressão, antes de austeridade, era agora de incredulidade.

Foi papai quem primeiro me estendeu os braços. Atirei-me em seu colo e fechei os olhos, fazendo de conta que ainda era a menina de tranças e fitas azuis que chegava da escola e corria para o seu abraço. Eu ainda sentia suas mãos em minhas costas quando, de repente, o perfume de rosas me envolveu também. Mamãe estava ali, me acolhendo de novo como se nada houvesse mudado entre nós.

Apenas uma palavra me ocorria. Essa, muito fácil, leve e bonita de pronunciar: família.

No caminho para o hospital, meus pais esgotaram todas as possibilidades e suas variantes de perguntas sobre Sebastian. Além de intrigados com seu passado, ficaram penalizados por saber que ele não tinha ninguém no mundo e consternados com um diagnóstico tão severo para uma pessoa tão jovem. A mudança de tratamento ao falar de Sebastian foi brusca, como se tivessem adotado um novo filho. Eu ficaria feliz com isso, se não fosse pela doença. Meus pais aparentavam estar de tal modo inconformados que, de repente, me senti capaz de consolá-los.

— Um rapaz tão bonito e jovem... — repetia mamãe.

— Tratei-o tão mal da última vez em que o vi... — penalizava-se papai.

No banco traseiro de onde eu estava, coloquei as mãos nos ombros dos dois.

— Não se sintam assim. Sebastian vai sair dessa. Ele vai dar um jeito de surpreender. Ele sempre fez isso.

Papai olhou-me pelo retrovisor e perguntou:

— Filha, o quanto você gosta desse rapaz?

Eu refleti por um tempo. Não porque não soubesse a resposta, mas porque não encontrava palavras que pudessem expressar.

— Pensem numa gota e depois num oceano. Agora pensem primeiro no oceano e depois na gota. O meu amor por Sebastian é assim: pode ser uma gota ou o oceano inteiro, não importa. O que importa é que um e outro se complementam, independentemente do referencial.

Meu pai, lá no seu âmago, pareceu satisfeito com a resposta que ouviu. Ou então se identificou intimamente com ela, trazendo-lhe boas lembranças.

Quando chegamos ao hospital, vovó estava sentada no corredor que dava para a sala de espera e se levantou assim que me viu. Ela acelerou o passo e me abraçou com força ao me encontrar.

— Querida, Sebastian foi levado às pressas para a UTI. Eu estava com ele quando...

Ela embargou a voz. Eu sustei minha respiração.

— Quando o quê, vó?

— Ele disse apenas... — Ela sibilou algo que não percebi, depois prosseguiu. — "Apresentação". Foi sua última palavra antes de fechar os olhos.

O quê? A apresentação da Escola de Música?

— Onde está o médico? Eu quero vê-lo! Eu preciso vê-lo!

Papai precisou me segurar. Pela primeira vez, senti que seus braços não eram tão fortes, ou talvez minha força fosse maior do que eu pensava. Consegui me soltar e corri até a recepção, exigindo falar com o Dr. César.

Enquanto aguardávamos pelo médico, meu pai colocou minha avó em um taxi para que ela fosse para casa trocar de roupa. Bastante nervosa, ela aceitou. Neste ínterim, meus pais ficaram abraçados num canto da sala e eu, no lado oposto, sem querer falar com ninguém.

Quando Dr. César chegou ao hospital, me torturou durante quase meia hora de espera angustiante. Fui escoltada pelos meus pais até seu gabinete e nos sentamos diante dele, lado a lado. Nossos três pares de olhos inquiriram-no em silêncio.

— O quadro de Sebastian é estável. Fiquem tranquilos.

— Como eu posso ficar tranquila, doutor? Ele está na UTI! — exasperei.

— Eu preferi removê-lo para a UTI, porque lá temos equipamentos mais adequados para o caso dele e ele será monitorado 24 horas ininterruptamente.

— Minha avó me disse que ele apagou enquanto falava...

— Sebastian precisa se recuperar porque seu corpo está muito debilitado, Alícia. A cirurgia foi um sucesso e é nisso que você precisa pensar. Nós conseguimos remover todo o tumor. Os prognósticos são otimistas, por isso, fique confiante. Ele vai precisar disso durante o tratamento.

— O que mais podemos fazer, doutor? — perguntou papai. — Do que ele precisa?

— Não se preocupe, Sr. Mastropoulos. Enquanto Sebastian estiver sob os meus cuidados, farei tudo que estiver ao meu alcance para não perdê-lo.

Eu tinha acabado de ganhar Sebastian. Perdê-lo era algo que não passava pela minha cabeça. E se ele queria que eu me apresentasse na Escola de Música enquanto estivesse internado, eu cumpriria seu desejo de uma forma que ninguém mais conseguiria fazê-lo.

Capítulo 49

O salão do Solar Henrique Lage estava completamente lotado.

Como em todas as apresentações de fim de semestre, Oscar preparara uma grande festa, com direito à recepção com coquetel, decoração com flores e tochas iluminadas na entrada do solar. Não havia passado um mês desde que eu estivera aqui, neste mesmo palco, diante de quase todos os mesmos rostos. Naquele dia, eu ainda não conhecia Sebastian e não o procurava na plateia como eu fazia hoje, mesmo sabendo que ele não poderia estar aqui.

Por iniciativa do próprio departamento da Escola de Música, o concerto havia sido divulgado em vários meios de comunicação e, por isso, jornalistas se amontoavam de um lado do salão, fotografando o ensaio da orquestra. Os flashes me incomodavam e toda vez que ofuscavam meus olhos, eu baixava o violino para desmotivar os fotógrafos. Não adiantava nada. Eles preferiam ver um músico parado a respeitar a sua concentração.

Pela primeira vez desde que eu começara a me apresentar publicamente, meus pais chegaram cedo para conseguir um lugar na primeira fileira. Sempre que olhava para mamãe, ela me agraciava com um sorriso singelo e maternal. Já papai não sorria, mas tinha o orgulho estampado no rosto. Eles sabiam o quanto aquele momento significava para mim, o quanto eu havia lutado para chegar ao final de mais um semestre e o quanto a presença deles era importante. Finalmente, meus pais valorizavam meu sonho. E valorizando meu sonho, eles estavam me valorizando também.

Vovó foi um dos últimos convidados a chegar e já não havia lugares. Qual foi a sua surpresa quando papai se levantou e indicou uma cadeira vaga ao seu lado. Não foi coincidência como ele quis fazer parecer. Ele havia guardado o assento para ela e nós sabíamos. Eu estava emotiva e tentei não borrar a maquiagem com as lágrimas, mas foi impossível evitar.

Antes de me levantar para receber o maestro, tirei a fotografia de Sebastian do bolso da calça e prendi-a com um clip à partitura da sonata.

Agora sim, o espetáculo podia começar.

Todos os alunos fariam as suas apresentações solo, com exceção de mim, que havia composto uma sonata para violino e piano. Por essa mesma razão e por ser a *spalla*, Oscar me escolheu para fazer a abertura. O que ele não esperava é que eu pretendia tocar o prelúdio que Sebastian me escreveu introduzindo a sonata. Contrariando o protocolo e as expectativas do maestro, em vez de apoiar o violino no ombro, caminhei até o piano de cauda e me sentei no banco. Sem saber o que fazer, ao maestro Oscar caberia apenas observar e aplaudir no fim.

E os aplausos vieram. Eu ainda tinha os olhos fechados, ainda podia sentir os dedos de Sebastian nos meus, em contato com as teclas do piano. Eu ainda podia acreditar que ele estava ali, me assistindo e me aplaudindo também.

Aquele era meu momento. Confiante, inspirada e mais segura do que nunca, fui até o meu lugar de *spalla*, posicionei o violino e apresentei minha obra:

— Meu nome é Alícia Mastropoulos. Eu sou neta de Amadeus Mastropoulos e primeiro violinista desta orquestra. Compus uma sonata que se chama: Sonata da Aurora.

Do silêncio e do último contato visual que fiz com meu pai, eu me renovei. Todos os sorrisos desabrocharam como flores na plateia e, de repente, eu sentia como se estivesse num imenso jardim, cercada de perfume, cor e vida.

Quando as três notas finais interrogaram o público ao final da sonata, a ovação tomou conta do salão. Carol me presenteava com um olhar esfuziante, como se eu tivesse alçado o patamar dos deuses da música. Levou algum tempo para Oscar se render e juntar-se aos aplausos, mas quando o fez, foi o primeiro a gritar "bravo". A resposta talvez fosse essa. Talvez, como me contou vovô Amadeus em sua parábola, eu só precisasse acreditar na magia de Paganini e o impossível seria possível.

Ainda assim, mesmo tendo o impossível ao meu alcance, Sebastian não estava lá. Mesmo com os aplausos coroando meu sucesso, eu não podia ficar até o fim. Tirei a fotografia de Sebastian da partitura e, mais uma vez, por ele, deixei tudo para trás.

Atravessei o gramado do parque Lage como se flutuasse, com o estojo do violino pendurado às costas e o coração explodindo de alegria. Eu queria chegar depressa ao hospital e dividir com Sebastian o que estava sentindo. Não sabia quanto tempo tinha para alcançá-lo, mas sabia que ele estaria me esperando.

Alguém gritava meu nome, mas eu não queria olhar para trás. Quando conseguiu me alcançar, Carol segurou meu braço, eu me virei e larguei o estojo no chão. Sem dizer nada, ela sorriu para mim e me puxou para um abraço longo e apertado.

— Estou orgulhosa de você, amiga! — Ela tinha a voz chorosa. — Eu sou sua fã. Você sabe, né?

Ela queria que eu chorasse também e eu a atenderia, mas estava guardando as lágrimas de alegria para Sebastian.

— Você vai perder sua apresentação, Carol. — Enxuguei os olhos depressa, ainda antes de uma lágrima teimosa me vencer.

— Eu acho que ninguém vai prestar atenção a mais nada depois do espetáculo que você deu. — Ela riu. — A orquestra bem que podia ser dispensada.

Balancei a cabeça, desprezando seu ataque idolátrico.

— O Oscar vai dar as notas no fim. Você pode...

— É claro. Eu guardo sua avaliação comigo. — Ela se afastou e pegou o estojo do chão, pendurando-o no meu ombro. — Agora corre. Corre para ele.

— Ele está me esperando — disse.

— Eu sei. Ele está sempre esperando você.

Quando eu ia dar as costas para minha amiga e continuar meu caminho, o carro de Theo parou ao nosso lado. Ele abriu o vidro fumê do motorista e eu pude ver as marcas da luta no seu rosto. Fiquei feliz pelos seus hematomas e não me envergonhei disso. Era bom confirmar que Sebastian não se entregara à luta, que ele havia revidado e que Theo não era invencível.

— Alícia, eu preciso falar com você.

— Eu não posso conversar agora, Theo. Estou com pressa.

Ele colocou o braço para fora, sobre o vidro da janela.

— Eu já soube o que aconteceu.

— Desculpa, Theo, mas eu tenho mesmo que ir — ignorei-o, atravessando à frente do carro.

— Ei! — gritou ele e eu virei para trás. — Você pode voltar para mim! Não precisa passar por nada disso. Esqueceremos tudo.

Eu não acreditava que ele estava falando sério. Ele não podia ser tão egocêntrico!

Olhei incrédula para Carol, que tinha os braços cruzados ao meu lado como se fosse minha guarda-costas. Apesar da postura rígida, ela estava se controlando para não rir. De fato, Theo às vezes era tão sem noção que não deixava de ser cômico. Eu tinha mais com o que me preocupar, mas não podia resistir àquela oportunidade.

Aproximei-me da janela do carro e, ao debruçar nela, obriguei-o a recuar. Ele ficou me analisando, intrigado.

— Talvez eu tenha te dado a impressão errada... — Tirei o anel de noivado do meu dedo. — É que eu me esqueci de te devolver isso.

— Não precisa me devolver. Eu sei que você vai pedi-lo de volta.

— Sabe, Theo, você é bonito, rico, *grego*... é um bom partido — disse.

Ele arregalou os olhos, surpreso. No entanto, devolveu o sorriso sedutor que eu lhe fazia.

— Eu sei. — Meneou a cabeça, convencido.

— Só que eu nunca estive a procura de um bom partido, mas de alguém que me desse algo que você nunca poderia me dar, porque simplesmente não tem para dar. — Ele estreitou os olhos numa interrogação e não me abstive de satisfizer sua curiosidade: — Gardênias.

— Não seja piegas, Alícia! Você não vai ficar comigo porque eu não te dei essas malditas gardênias? Eu posso ir agora e compr...

— Eu não vou ficar com você porque você nunca vai me fazer feliz.

Ele engoliu o que pretendia arguir. Mais aliviada, virei as costas e antes de atravessar a rua, reconheci a gargalhada de Carol.

— Você é um imbecil — ouvi-a dizer.

Theo saiu cantando pneu. Ele devia ter mais pressa do que eu. Vai ver, precisava passar no florista.

Assim que cheguei ao hospital, mal havia passado pela porta giratória e a recepcionista me interceptou, pedindo que eu a acompanhasse até o gabinete do Dr. César, pois ele precisava falar comigo. Ela me conduziu até lá e, no caminho, não quis responder nenhuma das perguntas que lhe fiz. É claro que eu estava curiosa e aflita com a sua abordagem.

Como o Dr. César não estava no consultório, sem alternativas, a recepcionista deixou que eu o aguardasse sozinha. Meia hora depois, eu já havia explorado todas as fichas dos pacientes, aprendido os nomes de todos os componentes do cérebro de tanto girar o molde de plástico na minha mão e até ousara adivinhar o diagnóstico de um paciente através de um eletroencefalograma.

Cansada de esperar pelo médico, saí da sala e procurei por uma placa que indicasse o caminho da UTI. Enquanto esperava pelo elevador, uma enfermeira apressada e carrancuda parou ao meu lado e entrou à minha frente. Ela estranhou quando eu escolhi o quinto andar e eu lhe sorri para quebrar o gelo.

— A senhora tem autorização para entrar na UTI? — Ela tinha os olhos apontados para mim, procurando algo na minha roupa. Provavelmente, deu pela falta do crachá. Teria sido melhor não ter sorrido para ela.

— Pois é, eu não sabia que precisava disso. Estou aqui apenas para visitar...

Ela apertou o andar térreo.

— Primeiro corredor até o final, depois segunda entrada à direita. Comunique à recepção.

Quando o elevador estacionou e a enfermeira saiu, dei-lhe uma banana. Desci até o terceiro andar, onde a porta novamente se abriu. Para minha surpresa, ou melhor, *nossa,* o Dr. César entrou. Ele parecia aborrecido e me puxou para fora.

— Alícia, o Sebastian desapareceu.

Ele havia dado a informação de modo tão brusco que eu tive dúvidas se havia escutado bem.

— O quê?

— Quando a enfermeira entrou no quarto dele pela manhã, o leito estava vazio. Sebastian desligou-se sozinho dos aparelhos e desapareceu sem ser visto por ninguém.

— Isso não é possível! O senhor me disse que ele seria monitorado ininterruptamente!

Eu via em seus olhos que ele estava tão surpreso quanto eu.

— Estou vindo agora da sala da segurança. Nem as câmeras dos corredores registraram nada. Foi como se ele não tivesse saído do seu leito.

— Ele não pode ter ido longe, doutor... precisamos procurá-lo! — exasperei.

— Alícia, a partir do momento em que um paciente sai do hospital sem lhe ter sido dada alta, ele está pela sua própria conta e risco. Não posso me responsabilizar por ele.

— Mas ele sumiu sob a sua responsabilidade!

— Ele tomou a decisão, não eu. — Ele colocou a mão pesada no meu ombro. — Se ele quisesse ser encontrado, não teria fugido. Sinto muito.

Senti meus olhos arderem com vontade de chorar, no entanto, eu já havia chorado tanto nos últimos dias que as lágrimas pareciam ter se secado. Na verdade, eu não queria nunca mais chorar.

— Alícia, ele está muito doente. Precisa da medicação. Se encontrá-lo, convença-o a fazer o tratamento. Sem a quimioterapia, o câncer poderá voltar.

Saí do hospital repetindo para mim mesma que Sebastian não seria capaz de me magoar daquele jeito. Ele não desapareceria sem se despedir de mim, não morreria longe de mim. *Não se deixaria morrer.*

Caminhei sem rumo durante algum tempo. Dei duas voltas no quarteirão do hospital e, perdida em pensamentos mirabolantes e lembranças fugidias, peguei um ônibus para a casa de vovó. Eu não tinha esperanças de encontrá-lo por lá, mas precisava muito estar com ele, de algum modo.

Capítulo 50

Eu arrastava os pés pelas pedras portuguesas das calçadas do Catete, retardando os passos, com medo de encontrar o quarto de Sebastian vazio, e com ele, o medo de enfrentar o vazio da minha vida sozinha.

Quando tudo à minha volta não me dizia nada e o nada me dizia tudo, parei em frente à casa de número 3. Eu nunca estaria pronta para este momento.

Vovó abriu a porta antes de mim. À pergunta que eu não tive coragem de pronunciar, ela respondeu fazendo que não com a cabeça e me deu passagem para que eu conferisse com meus próprios olhos. Subi até o quarto. Ao entrar, senti um aroma de mel com amêndoas no ar. Eu podia sentir sua presença ali, ainda que as maiores lembranças que eu tivesse dele não fossem materiais.

Abri o armário e verifiquei que todas as suas roupas estavam intocadas. Passei as mãos pelos cabides e escolhi uma camisa, a que eu mais gostava, a primeira que ele vestiu para mim. Ele ficava ainda mais bonito de azul.

Deixei que o vento entrasse pela janela e fechei os olhos por alguns momentos, imaginando como seria se ele estivesse ali comigo. Talvez nos sentássemos na cama e ele perguntasse como foi a apresentação. Eu lhe responderia que ele ainda estava me devendo os aplausos, só para implicar com ele. Eu, então, posicionaria meu violino no ombro, como estava fazendo agora, e tocaria só para ele.

Quando terminei de tocar, o silêncio dos aplausos foi substituído pelo assobio do vento, que fez girar repentinamente o biombo ao lado da janela. O avental "PERIGO: estou fazendo churrasco" balançou, trazendo as memórias dos nossos momentos de guerra e de paz.

Uma série de questões, para as quais eu talvez nunca obtivesse as respostas, nascia com estas memórias. Será que ele havia mentido quando prometeu que nunca iria embora? Será que eu não tinha dado a Sebastian suficientes provas de amor? Será que tudo havia sido um sonho e que Sebastian nunca existiu? Ou será que ele existiu apenas para me provar que eu existo?

Eu nunca pensei que fosse capaz de sentir felicidade e dor ao mesmo tempo. Eu havia conhecido um anjo e ele havia ido embora. Ele me deu tanto e não levou nada.

Vovó entrou de mansinho e sentou-se ao meu lado, na cama. Nos braços, ela trazia um álbum de fotografias antigo que pousou sobre o meu colo. Eu sinceramente não estava com cabeça para olhar passado em preto e branco. Tudo à minha volta havia se tornado tão cinza e triste que eu preferia continuar tocando o meu violino e imaginando que Sebastian estava ali comigo.

Sem a mínima delicadeza com o meu momento introspectivo, vovó tirou o violino dos meus braços e me entregou o álbum aberto. Meus olhos passearam sobre a fotografia 15x31, cuja legenda dizia: "Coreto do Parque Lage — Verão de 1960". Embora envelhecida e um pouco manchada, a erosão do tempo não maculara o brilho dos tons da sépia. O amarelo era de tal modo luminoso que os cabelos de vovó pareciam mais loiros e os olhos de vovô mais claros. Ali, minha avó, aparentando uns 20 anos de idade, com a mão no queixo, debruçava sobre a mureta do coreto e olhava para meu avô, que mirava a câmera.

— Alícia, quando você tocou *Gratia*, aconteceu alguma coisa?

A pergunta de vovó me surpreendeu. Eu não entendi o que ela queria dizer. Voltei os olhos para a fotografia e refleti por um tempo. Lembrei que havia tocado a música até o fim, que todos no salão do Solar Henrique Lage aplaudiram de pé, inclusive ela e meus pais, que estavam na plateia. No entanto, quando terminei de tocar a música, eu não sentia como se merecesse aqueles aplausos.

— Eu errei a última nota.

A expressão de vovó se iluminou como na fotografia em sépia. Ela olhava para mim a espera que eu tivesse alguma conclusão.

— Você teve um dia normal... — ela fez uma pausa e passou a mão sobre a fotografia —, exceto pelo rapaz que apareceu no coreto perguntando por você. O rapaz de olhos azuis como os meus. — Voltei-me para ela e procurei a mesma pigmentação oceânica que me fizera mergulhar tantas vezes no olhar de Sebastian. — Como Sebastian, eu também não conheço meu passado, Alícia. Eu não me lembro de nada até conhecer o seu avô.

Estreitei os olhos, encarando-a.

— Como a senhora conheceu vovô?

— Eu acordei no coreto, num dia de verão. Chamei por ele e ele apareceu.

Meu coração acelerou. Parecia loucura. Desviei rapidamente meus olhos. Eu não queria olhar para ela e constatar que eu podia estar pensando o que ela estava pensando. Ela nunca havia me contado. Sua história com vovô sempre esteve envolta numa aura de muito mistério. Qualquer semelhança entre as nossas histórias não podia ser mera coincidência. E, se não fosse coincidência, seria o quê?

Vovó colocou a minha mão entre as dela e disse:

— O nome Cecília foi seu avô quem me deu.

— Por isso a senhora acolheu Sebastian em sua casa? Deu-lhe um nome e...

— Eu não sei por que, Alícia. Não sei por que isso acontece, mas está se repetindo.

— Mas a senhora e vovô tiveram uma longa vida juntos. Já eu e Sebastian...

— A sua história com Sebastian ainda não terminou.

Esquadrinhei seu rosto, intrigada. Então, ela continuou:

— Toque *Gratia* novamente. Toque até a última nota, sem errar.

Uma avalanche de perguntas pesou sobre minha cabeça. Estaria vovó querendo dizer que a vida de Sebastian estava atrelada às notas de *Gratia*? Que a existência dele só era possível por causa daquela música? Que seu destino estava escrito naquelas notas? Se isso fosse verdade... eu tinha sido responsável por trazer Sebastian e por interromper sua vida, só porque errei a última nota?

— A senhora acha que...?

— Eu não sei, querida. Mas eu tenho fé. Somente você poderá trazê-lo de volta.

O fulgor do meu ânimo logo esmoreceu.

— Eu queimei a partitura, vó. A senhora esqueceu?

Em contraste com o meu, todo o semblante dela sorriu.

— O destino é como uma pauta musical que se reescreve sozinha.

Eu me lembrava de ter ouvido essa frase antes. D. Lucinda já havia me dito isso e eu não tinha entendido. Agora fazia sentido; ou pelo menos, parecia fazer algum sentido.

— Você está certa! Eu não preciso ver as notas. Só preciso tocar com meu coração. — Segurei a mão de vovó com força e ajudei-a a se levantar. — Eu vou fazer isso agora. Vou reescrever o destino de Sebastian!

Diante de minha avó, com toda a fé que eu nunca imaginei que tivesse, que eu sequer sabia o que significava, percebi que todas as minhas perguntas só tinham uma resposta: eu fui capaz de tornar possível o impossível.

Capítulo 51

Eu ainda estava com a roupa preta e calorenta da apresentação no corpo. Queria ficar bonita para quando reencontrasse Sebastian e, por isso, resolvi passar em casa para colocar um dos vestidos que ele gostava tanto. Escolhi o meu preferido, branco, de alcinha e cintura bem marcada numa fita de cetim cor-de-rosa, com um tule rendado que cobria do busto até a barra da saia. Eu não estava vestida de noiva, mas a sensação devia ser parecida. Eu sentia como se fosse meu grande dia.

Coloquei o estojo do violino no ombro, passei pelo escritório de papai e entrei para lhe dar um beijo. Ele estava concentrado, contabilizando as faturas dos fornecedores, para variar. Só notou minha presença quando eu já estava bem perto dele, fazendo sombra às suas costas.

— Alícia, você está... linda! — Ele arregalou os olhos.

— Obrigada, papá. É bom ouvir isso. — Dei-lhe um beijo na bochecha.

— Eu tenho muito orgulho da mulher que você se tornou. Você sabe disso, não sabe?

— Eu sei.

— Por isso mesmo, poderia seu velho pai ter a honra de saber aonde você vai, tão fagueira?

— "Fagueira"? — Ele conseguiu me fazer rir. — Eu vou me encontrar com *ele*.

Naquele breve momento, senti-me de novo uma menina. Um sorriso aberto se formou no rosto de papai.

— Fico feliz em saber que Sebastian está saindo da UTI.

Papai não sabia de nada e talvez nunca viesse a saber a verdade. O mistério era o que tornava minha história um conto de fadas. Eu simplesmente sorri e ele não disse mais nada.

Antes de encostar a porta do escritório e sair, voltei para trás.

— Papá, hoje eu descobri uma coisa. Assim como as notas musicais não se conjugam à sorte, vovô Amadeus não conheceu vovó Cecília por acaso. A história deles não foi inventada, foi destinada. Isso faz dela uma história muito especial. Você não acha?

Em silêncio, papai se levantou da cadeira, pegou um embrulho que guardava embaixo da mesa e me entregou. Pelo tamanho e volume da caixa, eu pude imaginar, mas não me arrisquei a dizer o que era. Ao invés de abrir, fiquei segurando o objeto nos braços, sem fazer nada.

— Abra! Acabe logo com o suspense! — exigiu ele, sorrindo.

Rasguei o papel florido de uma só vez e comecei a chorar quando vi o nome gravado na plaquinha de metal: "Amadeus Mastropoulos".

— Como... como conseguiu, papá?

Minhas mãos tremiam segurando o violino que minha avó havia vendido para pagar o hospital. Estava polido e renovado, tal como o tinha visto da última vez.

— Eu recuperei o violino do seu avô numa loja de antiguidades em Copacabana. O resto da história é muito chato... você sabe, filha, eu tenho os meus contatos.

Abracei-o tão forte, que pude ouvir seu coração batendo no mesmo compasso que o meu.

— Obrigada, papá. Esse é o melhor presente que eu ganhei em toda a minha vida!

— O meu também, minha filha. O meu também.

Capítulo 52

Flores, folhas e pedras foram ficando para trás. A cada passo que eu dava naquele caminho, mais forte era a certeza de que eu estava cada vez mais perto.

O coreto era o mesmo, no entanto, as luzes daquele horário da tarde lhe davam uma aparência diferente. O verão ao entardecer coloria o ar de um tom alaranjado e, não por acaso, eu me sentia parte de uma fotografia em sépia. Procurei por borboletas como as que me seguiram da última vez em que estive ali. Estariam adormecidas, talvez. Ou, quem sabe, ainda não teriam nascido.

Subi as escadinhas segurando o vestido para não tropeçar. Ele não era comprido demais, mas o suficiente para uma garota estabanada como eu perder o equilíbrio. Se eu tivesse que cair, que fosse nos braços de Sebastian. Pensando bem, já que ele não estava ali como num sonho que tive, me estendendo a mão e me convidando para dançar, eu também não estava ali para sonhar.

Pousei o violino sobre o mosaico de cerâmica no chão e girei uma volta completa em torno de mim mesma, fazendo a saia do vestido rodar. Espantei alguns passarinhos com a minha falta de pudor, quando falei bem alto, olhando para cima:

— Quem dera eu pudesse flutuar e quando pousasse, você já estivesse aqui!

Eu não era tão leve para voar, mas o vento forte que começou a soprar, bem que podia me levar.

Quando o sol já começava a se pôr, encostei o arco sobre as cintilantes cordas prateadas do violino de vovô e toquei a música dele com todo meu coração.

Uma lágrima me escapou e caiu.

Correu pelo cavalete.

Alojou-se no tampo.

Fez soar a amplitude da última nota.

E, enfim, no silêncio, reescreveu a história.

Os cabelos soltos atingiram meus olhos e, por um instante, eu os fechei.

— Alícia?

Sobre os autores

FELIPE COLBERT nasceu no Rio de Janeiro. É autor de vários romances e livros técnicos. Além de escritor, palestrante e coach literário, ocupa o cargo de editor desde 2015. Possui trabalhos publicados no Brasil e na Europa. Iniciou a carreira escrevendo *thrillers* vencedores de prêmios. Já idealizou projetos literários que beneficiaram centenas de escritores com a aplicação de técnicas internacionais de estruturação de romances. Atualmente mora na cidade de São Paulo.

LU PIRAS é natural do Rio de Janeiro, advogada e escritora com livros publicados em grandes editoras brasileiras, incluindo os romances *Um Herói Para Ela*, *Além do Tempo e Mais Um Dia* e *O Livro Delas*. Começou a carreira literária em 2011, com a publicação da série de romance sobrenatural *Equinócio*. Atualmente vive em Melbourne, na Austrália, colecionando mais histórias para contar.

EDITORA
CADMO
www.editoracadmo.com.br